ANDREAS PITTLER

Die Spur der Ikonen

WAS WÄRE WENN Sommer 1989: Das sozialistische Weltsystem steht vor seiner finalen Krise. In Moskau, Prag, Ost-Berlin und anderen Städten des Warschauer Pakts steigert sich die Unruhe. Auch in Ost-Wien, Hauptstadt der Österreichischen Demokratischen Republik, die in Folge des Oktoberstreiks 1950 nach dem Vorbild der DDR gebildet wurde. Doch Peter Landsrait, Hauptwachtmeister der Volkspolizei der ÖDR, hat andere Sorgen. An der Wiener Mauer, die Ost-Wien vom Westen trennt, stößt er auf Schmuggler, die sich, wie Landsrait im Zuge seiner Ermittlungen herausfindet, auf Ikonen spezialisiert haben und offenbar schon seit Längerem mit Leuten aus dem Westen kooperieren. Landsrait und sein Team ermitteln auf Hochtouren, da von Seiten der Partei Druck ausgeübt wird. Die politischen Nachrichten erweisen sich dabei als nicht gerade förderlich für die Arbeit, denn einige von Landsraits Kollegen beginnen an der Zukunft des österreichischen Arbeiter- und Bauernstaats zu zweifeln.

© Marketa Kvitkova

Andreas Pittler, geboren 1964 in Wien, studierte Geschichte und Politikwissenschaften (Mag. und Dr. phil.). Bereits 1985 erschien sein erstes Buch, dem bislang 52 weitere folgten. Veröffentlichte er anfangs primär historische Sachbücher, so verschob sich sein Schwerpunkt seit dem Jahr 2000 vermehrt in Richtung Roman. Besondere Bekanntheit erlangte er mit der Krimi-Serie rund um David Bronstein. Seine Werke wurden in bislang 6 Sprachen übersetzt. Er war mehrfach für Preise nominiert und erhielt 2006 das »Silberne Ehrenzeichen für Verdienste um die Republik Österreich«. 2016 wurde ihm von Bundespräsident Heinz Fischer der Berufstitel »Professor« verliehen.

Bisherige Veröffentlichungen im Gmeiner-Verlag:
Der göttliche Plan (2016)
Wiener Bagage (2014)
Mischpoche (2011)

ANDREAS PITTLER

Die Spur der Ikonen

Kriminalroman

GMEINER SPANNUNG

Besuchen Sie uns im Internet:
www.gmeiner-verlag.de

Im Ehnried 5, 88605 Meßkirch
Telefon 07575/2095-0
info@gmeiner-verlag.de

1. Auflage 2017

Lektorat: Claudia Senghaas, Kirchardt
Herstellung: Mirjam Hecht
Umschlaggestaltung: U.O.R.G. Lutz Eberle, Stuttgart
unter Verwendung eines Fotos von: © costadelsol / Fotolia.com
Druck: CPI books GmbH, Leck
Printed in Germany
ISBN 978-3-8392-2040-5

Personen und Handlung sind frei erfunden.
Ähnlichkeiten mit lebenden oder toten Personen
sind rein zufällig und nicht beabsichtigt.

PROLOG

Beinahe lautlos bog der Ford Taunus vom Mittersteig in die Neugasse ein. Langsam rollte er die große einschüchternde Mauer entlang, an deren Zinnen vereinzelt Suchscheinwerfer angebracht waren, die periodisch gespenstische Lichtkegel auf die andere Straßenseite warfen. Die Fenster auf der Westseite waren allesamt dunkel, jene auf der Ostseite gar nicht erst zu sehen. Auf halber Strecke zur Margaretenstraße hielt der Wagen an.

»Und du bist dir sicher, dass es hier ist?«, fragte der Beifahrer, der nervös nach den Scheinwerfern Ausschau hielt. Der Lenker des Fahrzeugs zündete sich gelassen eine Chesterfield an. »Glaubst du, ich mach das zum ersten Mal, oder was?«

»Ich frag ja nur«, gab sein Spezi kleinlaut zurück. »Und jetzt?«, ließ er sich nach einer kurzen Pause erneut vernehmen.

»Jetzt warten wir«, statuierte der andere, während er gemächlich den Rauch der Zigarette ausblies.

Minuten vergingen, die dem einen wie eben Minuten, dem anderen aber wie Stunden vorkamen. Der Fahrer griff nach seiner Zigarettenschachtel und hielt sie dem Jüngeren unter die Nase. »Da. Nimm eine.

Das beruhigt.« Kurz ward von der rechten Fahrzeugseite aus Widerspruch erwogen, doch dann griff der Mann schweigend zu und zündete sich umständlich selbst eine Zigarette an. Gleich darauf unterdrückte er aufsteigenden Husten, dafür ein mitleidiges Lächeln des Älteren erntend. »Scheiß di ned an, Bua«, kam es gönnerhaft im lokalen Idiom aus dessen Mund, »uns kann ja nix passieren. Im schlimmsten Fall erwischt's die Ostler.«

»Und wenn die da oben auf uns schießen?« Die Anspannung des Jüngeren klang durchaus nicht ab.

»Na was soll sein? Ich geb Vollgas. In 100 Metern sind wir auf der Margaretenstraße, und dann können die uns gar nichts mehr.« Er kurbelte das Fenster hinunter und klopfte am Glasrand Asche ab. »Wir verschwinden im ›Renz‹ – und die Ostler in Sibirien. Das ist alles.«

Der Gedanke an das verruchte Nachtlokal mit seinen nackten Mädchen schien den Jüngeren endlich ein wenig zu beruhigen. Der Ältere ahnte, welche Gedanken seinem Partner durch den Kopf gingen. »Wie's auch kommt: Dir legt heute nur die Mitzi die Handschellen an.«

Die Maria war der Star unter den Schönen der Nacht. Abend für Abend strippte sie auf der Bühne der Erotik-Bar in der Ramperstorfer Gasse. Und gegen einen kleinen Aufpreis durfte man dann mit ihr nach hinten gehen, um privat mit ihr ein Gläschen Schampus zu leeren. Ehe man sich, entsprechendes Entgelt vorausgesetzt, auch selbst entleeren durfte. Je nach Höhe der Summe vor ihr, auf ihr oder in ihr. Und der Beifahrer spürte, dass sich nun auch der letzte Körperteil, der bislang noch nicht angespannt gewesen war, versteifte.

Beide starrten angestrengt durch die Finsternis. Der Fahrer warf einen Blick auf seine Seiko. »Jetzt wurdert's langsam Zeit«, ließ er sich vernehmen. Was die Nervosität seines Kumpanen nicht gerade verringerte.

Die Zigaretten waren längst aufgeraucht, als beide ein schleifend-knarzendes Geräusch vernahmen. Der Fahrer richtete sich auf und spähte durch die Windschutzscheibe. Etwa zehn Meter vor ihnen wurde ein Kanaldeckel verschoben. »Das sind sie«, zischte er. Er öffnete die Fahrertür und trat ins Freie. Aus der Öffnung in der Straßenmitte blickte ihn ein neugieriges Augenpaar an, das in einem stiernackigen Glatzkopf steckte. Der Fahrer sah kurz nach den Suchscheinwerfern, dann nickte er. Behände kletterte der Kahle aus dem Kanal und lief geduckt auf das Auto zu. Auch der Fahrer ging, ohne zu wissen, warum er dies eigentlich tat, in die Knie. »Willi«, stellte sich der Mann aus dem Osten vor. »Auch Willi«, antwortete der Fahrer automatisch. Natürlich hieß er nicht so, aber der Zoni musste ja nicht alles wissen. »Wir haben da drüben 30 Ikonen gelagert. Einige davon sind bei euch ein Vermögen wert. Wo ist die Kohle?« Der falsche Willi deutete auf den Kofferraum. Der echte Willi nickte. Dann eilte er zurück zum Kanal und pfiff hinein. Er wartete einen Augenblick, dann bückte er sich weiter nach unten und griff nach etwas, das er sodann auf die Straße legte. Mit einem schnellen Wink gab er dem Fahrer zu verstehen, er möge zu ihm kommen. Gemeinsam mit seinem Kompagnon schleppte dieser mehrere Bündel zum Auto. Er öffnete den Kofferraum und legte das erste Paket hinein. Dann erst schlug er die Stoffe, in welche die Ikonen eingeschlagen waren, beiseite, um zu prüfen, ob er auch die richtige Ware bekommen hatte. Er kannte sich zwar nicht sonderlich mit alten Gemälden aus, aber die auf den gebeizten Holzbrettern aufgepinselten Heiligendarstellungen sahen ohne Frage alt aus. Er ging also davon aus, dass er von den Zonis nicht übervorteilt worden war. Als Nächstes zählte er die Bündel. Es waren sechs, inklusive jenem, das Willi der Zoni ihm in diesem Moment brachte. Anhand der Wölbungen konnte er feststellen, dass sich in jedem fünf Bilder befanden. Also 30 insgesamt, wie vereinbart. Er ging zurück zur Fahrerseite, hob die Rückbank an und entnahm dem darunter befindlichen Hohlraum eine kleine Tasche. »Da«, sagte er zu Willi, »10.000 West-Schilling. Wie vereinbart.« Der Zoni stockte. »Mark! Es waren 10.000 West-Mark vereinbart. Nicht Schilling.«

Der falsche Willi zuckte mit den Schultern. »Davon weiß ich nichts. Das müssen deine Chefs mit meinen Chefs abklären.«

»Du willst mich wohl bescheißen«, brauste der echte Willi auf. Noch ehe sein Gegenüber reagieren konnte, traf sie beide ein Lichtkegel. »Hier spricht die Volkspolizei«, hörten sie aus einer ihnen unbekannten Richtung. »Scheiße«, fluchte der Glatzköpfige und tauchte ohne weiteres Wort unter dem Auto weg. Sein Westkollege stellte sich demonstrativ ins Licht und hielt seinen westösterreichischen Pass in die Höhe. »Regt euch nicht auf, Burschen, ich g'hör da her.«

Möglichst gelassen stieg er wieder in den Taunus, in den sich sein Kompagnon bereits geflüchtet hatte. Während er den Motor startete, sah er im Augenwinkel, wie Willi der Zoni über sich den Kanaldeckel zuzog. Es konnte ihm rechtschaffen egal sein, ob der Schmuggler am anderen Ende des Kanals bereits von der Staatssicherheit erwartet wurde oder nicht. Das einzig Entscheidende war: Er hatte die Ikonen. Und das um ein Siebentel des vereinbarten Preises. Besser hätte es gar nicht laufen können.

Er bog nach links in die Margaretenstraße ein und fuhr dann gemächlich in Richtung Gürtel. »Mitzi?«, fragte er in die Richtung des Beifahrers. »Mitzi!«, bestätigte der.

1.

Peter Landsrait hasste Sitzungen. Das durfte er sich natürlich nicht anmerken lassen, denn sonst konnte er seine Karriereplanung gleich vergessen. Dennoch: Er war nicht Polizist geworden, um die halbe Dienstzeit mit inhaltslosem Geschwätz zuzubringen. Da waren die Meetings des FÖGB, also der Gewerkschaftsvereinigung, dann jene der Betriebszelle der Partei, dann noch jene der Betriebssportvereinigung und schließlich jene der Kulturorganisation und jene des Polizeiverbands. Auf diese Weise konnte man locker die halbe Arbeitswoche zubringen, ohne auch nur einen einzigen konkreten Arbeitsschritt getan zu haben, zumal, wenn man sich dann noch regelmäßig mit den Abschnittsbevollmächtigten traf, mit den Bezirksbehörden Fühlung hielt oder sich sonst irgendwie wichtig machte. Wie sein direkter Vorgesetzter etwa. Major Jäger hatte wohl seit dem reaktionären Putschversuch in der CSSR vor nunmehr über 20 Jahren keinen konkreten Fall mehr bearbeitet. Aber, wie Jäger stets betonte, dafür hatte er ja seine Mannschaft. Und die bestand neben Hauptwachtmeister Landsrait noch aus Oberwachtmeister Schneider, Wachtmeister Artner und den drei Unterwachtmeistern Farkas, Kellner und Rozehnal. Letztere waren erst vor zwei Jahren von der VP-Schule »Alfred Klahr« in Favoriten abgegangen und durften nun ebenfalls bei der Kriminalpolizei Dienst tun.

Landsraits Revier in der Klagbaumgasse befand sich auf neuralgischem Territorium. Keine 100 Meter weiter verlief der antifaschistische Schutzwall. Gerne erzählte Jäger, wenn er einmal keine Sitzung besuchen konnte und daher auf einen, wie er es nannte, Plausch unter Kollegen vorbeischaute, wie die Mauer vor knapp 30 Jahren innerhalb weniger Tage errichtet worden war. »Das war ja«, hatte Landsrait Jägers Stimme lebendig im Ohr, »quasi eine Anweisung aus Berlin. Weil der Genosse Ulbricht so ein Trum hingestellt hat, mussten wir das natürlich auch haben. Allerdings sind in Berlin die Straßen doppelt und dreimal so breit wie bei uns.« Und genau so sah es aus an der Grenze der Bezirke Wieden, das noch zum Territorium der ÖDR gehörte, und Margareten, das Teil dieses merkwürdigen Konstrukts namens West-Wien war. Das war offiziell gar nicht Teil der sogenannten BRÖ, eine Insel aus einigen Wiener Bezirken, die von Briten, Amis und Franzosen verwaltet wurden. In der Verlängerung hieß die Klagbaumgasse Neugasse, und da stand er. Der antifaschistische Schutzwall. Vier Meter hoch, einen Meter breit und mit Stacheldraht überwuchert. Aus seiner Kindheit konnte sich Landsrait noch daran erinnern, dass jene Gasse schon damals ziemlich schmal gewesen war. Wenn, was allerdings selten der Fall war, auf beiden Straßenseiten ein Auto parkte, dann kamen keine zwei Wagen mehr aneinander vorbei. Jetzt gab es, soweit er wusste, auf der Westseite ein generelles Halt- und Parkverbot, um wenigstens einem Wagen das Fortkommen entlang des schmalen Fahrstreifens zu ermöglichen. Auf der Ostseite durften ja ohnehin nur die Fahrzeuge der Volkspolizei, der Staatssicherheit und der Nationalen Volksarmee die neuralgische Gasse benutzen, doch wenn sie einmal nicht mit dem 1600er Lada, sondern mit einem der neueren Wolga fuhren, dann galt es, dort schon sehr vorsichtig zu agieren, um nicht die Mauer oder aber den Gehsteig entlangzuschrammen. Und da es unmöglich war, an dieser Stelle irgendwo einen Wachturm zu errichten, hatte der Grenzschutz vorsorglich einige Wohnungen requiriert, in denen nun die Organe der Grenztruppen darüber wachten, dass es weder zu einer kapitalistischen Infiltration noch zu einem Fall von Republikflucht kam.

Automatisch sah Landsrait auf die Uhr. Vorne quasselte immer noch der Oberstleutnant vom Betriebsschutz über irgendwelche neuen Maßnahmen angesichts der geänderten geopolitischen Gemengelage. Landsrait interessierte sich dafür ungefähr ebenso wie für den berühmten Sack Reis, der irgendwo in China umfiel. Gelangweilt blätterte er in der aktuellen Ausgabe der Monatszeitschrift »Die Volkspolizei«, als hinten im Saal die Tür aufging. Kellner, der Bereitschaft hatte, kam auf ihn zu. »Könnten Sie einmal kurz kommen, Genosse Hauptwachtmeister«, flüsterte er ihm zu. Landsrait war zutiefst dankbar für die Abwechslung und folgte Kellner nach nebenan.

»Der Grenzschutz hat in der Nacht auf heute zwei verdächtige Subjekte in der Neugasse gestellt. Als die beiden flüchten wollten, machten die Genossen von der Schusswaffe Gebrauch, und erst, nachdem einer von den beiden, wie sich herausstellte, tödlich getroffen worden war, hat sich der andere ergeben. Und den haben sie jetzt zu uns ins Revier gebracht.«

Landsrait hob die Augenbrauen. »Wieso zu uns? Republikflucht fällt nicht in unser Aufgabengebiet.«

»Das ist es ja. Anscheinend waren die beiden nicht auf dem Weg in den Westen, sie kamen vielmehr aus dem Westen in unsere Richtung!«

»Spione?«

»Keine Ahnung, Genosse Hauptwachtmeister. Sie haben jedenfalls beide Ausweisdokumente unserer Republik, und es heißt, die sind echt.«

Allmählich dämmerte Landsrait, weshalb der Kriminelle bei ihnen gelandet war. Die Grenztruppen vermuteten offensichtlich einen Fall von Wirtschaftskriminalität. Die beiden hatten irgendetwas in den Westen geschmuggelt und dafür wahrscheinlich Westwährung erhalten. »Konnte irgendein ausländisches Geld bei dem Mann sichergestellt werden?«

»Ja. 10.000 West-Schilling in unauffälligen Noten.« Das erhärtete Landsraits Verdacht. »Und die Genossen wollen jetzt, dass wir uns der Sache annehmen, ja?«

Kellner nickte. »Na gut, dann gemma's an.« Beschwingt begab sich Landsrait ins Vernehmungszimmer.

Dort saß ein bulliger Glatzkopf von etwa 40 bis 45 Jahren. Der Wachhabende reichte Landsrait den sichergestellten Personalausweis. »Wilhelm Schütz«, las der Hauptmeister laut, »geboren am 12. Oktober 1946 in Güssing.« Dann sah er den Mann direkt an. Dieser bestätigte die Angaben mit einer entsprechenden Kopfbewegung. Landsrait nahm Schütz gegenüber am Tisch Platz, kramte seine »Club« aus der Rocktasche und zündete sich eine an. »Was machen Sie in der Nacht im Keller eines Hauses in der Neugasse?«, fragte er schließlich. »Und vor allem, woher haben sie 10.000 Einheiten einer ausländischen Währung?«

Landsrait bemühte sich, ernst zu bleiben. Jedes Mal wieder musste er innerlich schmunzeln, wenn er zu dieser absurden Formulierung zu greifen hatte. Aber der österreichische Arbeiter- und Bauernstaat war nun einmal nicht gut auf das imperialistische Überbleibsel westlich seiner Grenzen zu sprechen, weshalb die Einheiten der Exekutivorgane dazu angehalten waren, Begriffe wie »Bundesrepublik Österreich« oder »West-Schilling« nach Möglichkeit zu vermeiden.

Schütz hatte zwischenzeitlich nur mit den Schultern gezuckt. Das war naheliegend. Es gab keine vernünftige Erklärung für die beiden Tatbestände, und so blieb dem Mann nichts anderes übrig, als in Schweigen zu verharren.

Landsrait verdrehte die Augen und seufzte laut. »Komm, Schütz, wir sind nicht blöd oder was. Geld und Keller ist gleich Schmuggel. Eine andere Erklärung gibt's da gar nicht. Also sag uns einfach, was du nach draußen gebracht hast, in wessen Auftrag und aus welcher Quelle, dann hast du eine realistische Chance, dass du vor der Jahrtausendwende wieder in Freiheit bist.«

»Ach, ihr lasst mich in den Westen?«, übte Schütz sich in Ironie. Abrupt rieb Landsrait auf, sodass Schütz instinktiv zusammenzuckte. Landsrait aber schmunzelte nur. »Dass wir Leute schlagen, ist westlich-imperialistische Gräuelpropaganda. Aber das Strafmaß erhöht sich schon, wenn du nicht geständig bist. Dann werden es eben 15 oder 20 Jahre statt drei oder fünf. Liegt ganz bei dir.«

Tatsächlich begann Schütz zu schwitzen. »Ich hab praktisch gar nichts gemacht«, begann er. »Ein Fremder, den was ich gar nicht kenne, der hat mir 200 West-Schilling gegeben, wenn ich ein Packerl in den Westen schaff'. Ich hab noch gefragt, was da drinnen ist, doch der Fremde hat nur g'meint, es wär' besser, wenn ich das gar nicht erst wüsst. Jetzt weiß ich, warum er das g'sagt hat.«

Landsrait machte einen auf erstaunt: »Und du glaubst echt, du kommst mit der Nummer durch? Du musst zu viel Westfernsehen geschaut haben.«

»Ich weiß nur, dass ich das Geld gut gebrauchen kann. Meine Frau will endlich ein g'scheites Auto, und das Enkerl kommt bald in die Schule. Dazu braucht's auch Geld.«

»... das aber ehrlich verdient sein will«, ermahnte Landsrait.

»Ich hab eh Sonderschichten gemacht im Kombinat. Aber was nützt das, wenn man sich erst eintragen muss, bevor man hier irgendwas bekommt.«

Landsrait lehnte sich zurück. »Aha, der feine Herr wollte die Warteschlange umgehen und ein Auto am Schwarzmarkt erwerben. Oder wie?«

»Ja«, maulte Schütz, »aber nur, weil man auf euren blöden Gräf & Stift eine Ewigkeit warten muss, bis man ihn bekommt. Sieben Jahre und mehr.«

Landsrait lächelte. »Du weißt selbst, dass das ein Blödsinn ist. Einen Gräf und Stift bekommst du innerhalb von sechs bis acht Wochen ab Kauf. Wie auch einen Lada, einen Moskwitsch oder einen Trabant. Länger dauert es nur bei Luxuskarossen wie einem Wolga oder einem ZIL. Aber die kannst du dir sowieso nicht leisten. Nicht einmal mit deinem Schmugglergeld.«

Von Schütz kam nur ein grunzendes Geräusch.

Landsrait beugte sich vor. »Wenn du dich schon so gut auskennst, dann weißt du sicher auch, dass wir noch ganz anders können, wenn wir wollen. Denk einmal an deinen Kollegen. Als spuck's aus, sonst spuckst du gleich Blut und Zähne.«

Schütz spannte seine Nackenmuskeln an. »Was soll ich noch sagen! Dieser Herr hat mich am Marx-Ring angesprochen, hat mir gesagt, auf mich würde jemand im Kanal bei der Neugasse warten, und dem soll ich das Packerl geben. Er würde mich bezahlen, und das Geld sollte ich dann heute am Nachmittag an den besagten Herrn aushändigen.«

»Wo?«

»Na wieder am Marx-Ring. Im ›Café Einheit‹.«

Landsrait kannte die Örtlichkeit gut. Das genannte Etablissement befand sich gegenüber dem Kunstmuseum direkt am Ring. Daneben stand das große Lenindenkmal, dessen ausgestreckter rechter Arm auf die Landstraße wies, die, anders als das sogenannte West-Wien, eine noch kleinere Insel im Meer der ÖDR darstellte. Vor 20 Jahren hatte es im Zuge der sogenannten »neuen Ostpolitik« von BRD und BRÖ Verhandlungen mit der Regierung und dem Staatsrat gegeben, wo Staatsratsvorsitzender Muhri beim Westen einen Gebietstausch angeregt hatte, doch natürlich war der Westen stur geblieben. Auch wenn ihm die Versorgung von zwei Bezirken mit weniger als einer Viertelmillion Einwohner ein Vermögen kostete, so waren die Landstraße und Simmering ein beständiger Stachel im Fleisch des sozialistischen Vaterlandes und somit buchstäblich unbezahlbar für den Imperialismus.

»Wann?«

»Um drei.«

Automatisch konsultierte Landsrait seine Uhr. Es war kurz nach elf. »Beschreib mir den Fremden. Wie sieht er aus?«

»Meine Güte! Etwa 1,70 groß, graue Haare. Um die 50. Und sehr distinguiert.«

»Distinguiert?«

»Na ja, vornehm halt. Ich glaub', der ist was Besseres.«

»Wir leben in der Österreichischen Demokratischen Republik. Da sind alle Menschen vor dem Gesetz gleich. Stände und Klassen sind abgeschafft«, schnarrte Landsrait reflexartig.

»Ja genau. In der ÖDR gibt es nichts Besseres.«

Landsrait war sich dessen vollkommen bewusst, dass Schütz gerade eine unverfrorene Provokation vom Stapel gelassen hatte, doch die undurchdringlich gutmütige Miene, die Schütz dazu machte, ließ es fast unmöglich erscheinen, ihm das auch nachzuweisen. Gleichviel. Er, Landsrait, hatte jetzt ganz andere Sorgen als einen ironischen Kommentar zur Gesellschaftsformation der ÖDR.

»Irgendeinen Bart? Brillen? Sonstige besondere Kennzeichen oder Auffälligkeiten?«

»Jetzt, wo Sie's erwähnen – Augengläser. Ja. So ganz dicke. Hornbrillen. Und er raucht ›Montecristo‹.«

Dass sich der Verdächtige kubanische Zigarren leisten konnte, sprach, auch wenn Landsrait das vor niemandem zugegeben hätte, tatsächlich dafür, dass der Mann *etwas Besseres* war. Umso mehr war schnelles Handeln geboten.

»Und, ich weiß ja nicht, ob das wichtig ist, aber …«

»Aber was?«

»Er hat einen Akzent. Irgendwie russisch. Oder slawisch halt.«

Landsrait kam ins Wanken. Die Art, wie Schütz über seinen Auftraggeber sprach, wirkte auf ihn so, als wäre dieser dem Schütz tatsächlich fremd. Aber wer wäre schon so dumm, auf einen solchen Auftrag einzugehen? Für 200 West-Schilling? Die Gefahr, dass es sich dabei um eine Falle der Staatssicherheit handelte, war viel zu groß. Nein, niemand ließe sich auf ein solches Spiel ein.

Während Landsrait diesen Gedanken noch in sich ausklingen ließ, arbeitete sein Gehirn schon an der nächsten Frage. Es war zweifelsohne naheliegend, einige Polizisten in Zivil in besagtem Café zu postieren, um, wenn der Verdächtige erschien, diesen sofort dingfest zu machen. Doch er, Landsrait, war einfacher Hauptwachtmeister der Volkspolizei. Eine solche Maßnahme überstieg mithin seine Kompetenzen bei Weitem. Bevor er also irgendeinen konkreten Schritt setzte, musste er sich mit Jäger ins Einvernehmen setzen. Landsrait blickte wieder auf die Uhr. In der Zwischenzeit war die Sitzung sicher schon zu Ende gegangen. Gleichzeitig rückte die Mittagspause heran. Wenn er also Jäger noch erreichen wollte, dann galt es, rasch zu reagieren.

Landsrait ließ Schütz in den Zellenblock abführen und begab sich selbst in sein Büro, wo er sofort zum Telefonhörer griff. »Genossen Jäger bitte«, flötete er der Telefonistin ins Ohr. Wenig später vernahm er die

Stimme seines Vorgesetzten. Die klang unwillig. Kein Wunder. Im Geiste war der Mann sicher schon bei Tisch.

»Genosse Major. Wir haben da einen mutmaßlichen Fall von Schmuggel am Hals, und es scheint, als würde sich der Auftraggeber dieses Aktes von Wirtschaftskriminalität heute am Nachmittag im ›Café Einheit‹ einfinden. Ich ersuche daher um die Erlaubnis, das genannte Kaffeehaus am Nachmittag observieren zu dürfen.«

»Machen Sie, was Sie wollen, Landsrait. Aber gehen S' mir mit Details nicht auf die Nerven, gell? Alsdern. Mahlzeit.«

Landsrait lächelte. Das hatte ja besser funktioniert, als er hatte erwarten dürfen. Er brauchte nur noch dafür zu sorgen, dass Farkas, Kellner und Rozehnal zum entsprechenden Zeitpunkt an Ort und Stelle waren, dann musste ihnen der Auftraggeber, wenn er denn tatsächlich existierte, unweigerlich ins Netz gehen.

Zufrieden mit sich und dem Fortgang der Dinge griff Landsrait nach seiner speckigen Ledertasche, öffnete die Verschlüsse und holte den grünen Plastikbehälter hervor. Diesem entnahm er eine Knackwurst und die beiden Scheiben Mischbrot, die extra noch in ein Butterbrotpapier eingewickelt waren. Aus der obersten Schreibtischschublade holte er sein Taschenmesser, mit dem er die Wurst schälte. Nun stand dem Mittagmahl nichts mehr im Wege. Ehe er aber den ersten Bissen zu sich nahm, breitete er die aktuelle Ausgabe des »Neuen Österreich« vor sich aus. Und wie immer begann er seine Lektüre mit der Sportseite. Denn wenn es etwas gab, wofür sich Landsrait nachhaltig erwärmen konnte, dann war es Fußball.

Die neue Saison hatte eben erst begonnen. Alle jagten den »FAC«, der zum Entsetzen der kommunistischen Sportfunktionäre in der abgelaufenen Spielzeit den Meistertitel geholt hatte. Als Polizist galten seine Sympathien pflichtschuldigst »Dynamo Wien«, dem allseits bekannten und geschätzten Polizeiverein. Doch »Stahl Favoriten«, »Volksstimme Brigittenau« sowie die Provinzmannschaften »Roter Stern Krems«, »Vorwärts Steyr« und »Roter Husar Eisenstadt« waren auch in diesem Jahr wieder als harte Konkurrenten einzustufen. Insgeheim trauerte Landsrait immer noch den vergebenen Chancen von vor zwei Jahren nach, als »Dynamo« im Cup der Meister sensationell den Namensvetter aus Berlin ausgeschaltet hatte, um dann ausgerechnet gegen den West-Meister »Rapid« sang- und klanglos auszuscheiden. Ein Sieg gegen die Hütteldorfer hätte den Aufstieg ins Viertelfinale bedeutet, so aber blieb der Fußball der ÖDR wieder einmal außen vor und in der internationalen Arena auf die Zuschauerrolle beschränkt. Doch wie Landsrait dem Vorbericht auf die erste Runde der Oberliga entnahm, strotzte »Dynamo« vor Selbstbewusstsein. Vielleicht also konnten sie den Titel wieder ins Tolbuchin-Stadion zurückholen.

Landsrait hatte die Wurst fast aufgegessen, als er sich endlich der Titelseite der Zeitung zuwandte. Mit flinken Augen überflog er die Schlagzeilen. Der Erste Sekretär der Zentralrats der FÖJ, Gusenbauer, hatte sich mit Friedensaktivisten aus dem neutralen Ausland getroffen. Ein kleines Foto zeigte den dicken Vorsitzenden, der mit seinem Vollbart an den italienischen Schauspieler Bud Spencer erinnerte, mit einer farblosen Blondine, die, wie der Bildunterzeile zu entnehmen war, dem sozialdemokratischen Jugendverband Schwedens vorsaß. Ebenfalls titelseitenwürdig war laut Meinung des Zentralorgans der Partei die Stellungnahme des Politbüro-Mitglieds und ZK-Sekretärs für Landwirtschaftsfragen. Der Mann hatte Vertreter der LPG »Laurenz Genner« im Ministerium empfangen und sich bei dieser Gelegenheit zuversichtlich gezeigt, dass die Weinernte in diesem Jahr die Kennziffern des aktuellen Fünfjahresplans um nahezu 100 Prozent übererfüllen würde. Landsrait ertappte sich bei der Frage, ob angesichts dieser Prognose bald jemand als »Bestwinzer« ausgezeichnet werden würde, gab es doch schon »Bestmelker« und »Bestmäher«, wobei Letztere nicht selten Anlass zu ironischem Spott boten, wenn natürlich auch nur hinter vorgehaltener Hand.

Erwartungsvoll sah zudem Staatsratsvorsitzender Muhri dem Besuch seines Amtskollegen Honecker entgegen. Eine Tatsache, die naturgemäß die Hälfte der Titelseite füllte. Landsrait las den Bericht aufmerksam und wunderte sich, dass darin die aktuelle Flüchtlingskrise der DDR mit keinem Wort erwähnt wurde. Seit dem Vormonat waren Tausende DDR-Bürger in die Westbotschaften von Prag und Budapest geflohen, was auch den Bürgern der Staaten des Warschauer Vertrags nicht verborgen geblieben war, egal, ob sie nun heimlich West-Fernsehen sahen oder nicht. Landsrait fand, eine solche Entwicklung zu ignorieren, war der falsche Weg. Man musste die Krise offen ansprechen, Selbstkritik üben und in einer nach vorne gerichteten Diskussion progressive Lösungen für das Problem finden.

Aber mutmaßlich geschah das ohnehin. Honecker kam sicherlich auch deshalb in die Hauptstadt der ÖDR, weil er sicherstellen wollte, dass die Organe der ÖDR ein Ausufern der Flüchtlingskrise bereits im Vorfeld unterbanden. Landsrait kam nicht dazu, den Gedanken zu Ende zu spinnen, denn in diesem Augenblick kamen Artner und Schneider ins Büro. Automatisch sah Landsrait auf. »Karl! Friedrich!«, grüßte er sie, »alles erledigt?« Artner nickte. »Der Einbruch ist ordnungsgemäß abgeschlossen, und den subversiven Agitator haben wir an die Genossen von der Staatssicherheit abgetreten.« Auf den Gesichtern der beiden zeichnete sich ein Lächeln ab. »Freut euch nicht zu früh«, dämpfte Landsrait ihren aufgekeimten Optimismus, »es gibt schon wieder Arbeit.« Tatsächlich bewegten sich vier Mundwinkel in erstaunlicher Geschwindigkeit nach unten.

Nachdem Landsrait die Sachlage erläutert hatte, erhob sich von beiden Protest. »Das geht nicht«, begann Artner, »ich muss um vier meine Kleine von der POS abholen.«

»Und ich bin ab drei zum Treffen der ÖSG delegiert«, ergänzte Schneider.

Landsrait seufzte innerlich. Die zahlreichen Freundschaftsgesellschaften mit den sozialistischen Bruderstaaten, von denen die ÖSG, die »Österreich-Sowjetische Gesellschaft«, die bedeutendste war, fraßen fast noch mehr Arbeitszeit auf als die Gewerkschaftssitzungen. Doch Landsrait verwunderte es nicht, dass diese Organisationen sich allgemein großer Beliebtheit erfreuten, denn durch sie kam man verhältnismäßig leicht zu Auslandsurlauben. Wer nicht immer nur sein wackeliges Segelboot über den Neusiedler See schippern lassen wollte, der konnte es durch die ÖUF, die »Österreich-Ungarische Freundschaft«, an den Plattensee, durch die entsprechenden Gesellschaften mit der DDR, Bulgarien oder Polen an die Ostsee, ans Schwarze Meer oder wenigstens an die Masuren schaffen. Aus genau diesem Grund war auch er Mitglied bei der ÖPG. Aber dass Artner sich seiner polizeilichen Arbeit mit der Begründung entziehen wollte, er müsse seine Tochter von der Schule nach Hause bringen, das war schon mehr als dreist. Denn Landsrait kannte Artners Tochter Katja gut. Sie war bereits zehn und konnte daher die paar Gassen von der Polytechnischen Oberschule »Alfons Petzold« in die heimatliche Winarskystraße ohne Probleme auch alleine schaffen. Allerdings, so fiel Landsrait ein, hatte er mit

Farkas, Kellner und Rozehnal ohnehin drei Leute zur Hand. Das Café hatte nur zwei Eingänge, es sollte also leicht möglich sein, den Verdächtigen auch mit nur vier Polizisten zu stellen.

Allerdings durfte er Artner nicht das Gefühl geben, er sei in solchen Fragen leicht manipulierbar, sonst wurden solche Extratouren zur Regel. Landsrait setzte daher ein strenges Gesicht auf: »Aber nur ausnahmsweise, hast du verstanden, Karl? Und das nächste Mal will ich so etwas rechtzeitig wissen! Damit das klar ist.« Artner senkte den Blick und nickte pflichtschuldigst.

Landsrait wandte sich nun Schneider zu. »Und wo geht's hin? Moskau? Leningrad? Kiew?«

»Gar nirgends vorerst. Aber wir haben eine Delegation von der Krim da. Und ich hoffe, die sprechen eine Gegeneinladung aus.«

»Du Glücklicher«, entfuhr es Artner, »Jalta! Schwarzmeerstrand! Sonne, Sand und Meer.«

»Von wegen«, wiegelte Schneider ab, »die sind aus Simferopol. Da gibt's nur einen Bahnhof, ein Puppentheater und ein paar Berge.«

»Danke für den Ausflug in die Geografie«, kürzte Landsrait den sich entspannenden Diskurs jäh ab, »zurück zur eigentlichen Arbeit. Wir haben da einen potenziellen Schmuggler in Haft, falls ihr euch noch daran erinnern könnt. Und wenn ihr schon für die Observierung am Nachmittag ausfallt, dann könnt ihr euch wenigstens jetzt in die Neugasse begeben und ein bisschen mit den Anrainern plaudern, ob denen irgendetwas aufgefallen ist.«

Landsrait wusste nur zu gut, dass er Artner und Schneider damit leere Kilometer aufhalste, denn selbst wenn jemand irgendetwas bemerkt hatte, würde er mit der Volkspolizei sicher nicht darüber reden. So gesehen war es klüger, sich mit den Genossen der Staatssicherheit ins Einvernehmen zu setzen, damit die ihre IM befragten, über die sie sicherlich auch in diesem Abschnitt verfügten.

Für sich selbst stellte sich nun die Frage, wie er die folgenden zwei Stunden zubrachte, ehe er sich mit den drei Kollegen zum Kaffeehaus aufmachte. Fürs Erste konnte er Nachschau halten, ob die Kollegin bereits das Vernehmungsprotokoll von Schütz abgetippt hatte. Das könnte er dann immerhin gleich dem Akt beilegen. Er griff zum Telefonhörer und wählte die vierstellige Nummer der Stenotypistin. Bei jeder neuen Zahl gab die Wählscheibe ihr charakteristisches Knattern von sich. »Helga Hruby«, hörte er endlich die Stimme der Mitarbeiterin. »Du, Servus, Peter da«, begann er, »sag, hast du das Protokoll von heute schon fertig?«

»Bitte Peter, was glaubst du? Zuerst war Gewerkschaftssitzung, dann habe ich die mir gesetzlich zustehende Mittagspause in der Kantine zugebracht …«

»Was gab's denn heute Gutes?«

»Fleischlaberl mit Erdäpfelpüree«, gab die Hruby zurück, und Landsrait bedauerte, stattdessen mit Knackwurst und Brot vorliebgenommen zu haben.

Das Sozialmenü in der Polizeikantine kostete ohne Suppe und Getränk nur 70 Groschen, das war keine unbillige Summe. Er beschloss, am nächsten Tag kein Menagereindl mehr ins Büro zu bringen, sondern sich einmal in den Kreis der Kollegen zu begeben, auch wenn dies bedeutete, dass er die Zeitung später lesen musste.

»Na ja, jedenfalls hab ich dann gleich nach der Mittagspause damit angefangen«, beendete Hruby ihre Rechtfertigung zwischenzeitlich.

»Ja, passt schon«, beruhigte Landsrait sie, »wenn du fertig bist, dann leg es mir auf meinen Schreibtisch. Ich bin dann nämlich wahrscheinlich schon auf Außendienst.«

Landsrait zündete sich eine »Club« an und blies den Rauch gegen die Fensterscheibe. Langsam aber sicher trübte sich das Wetter ein. »Wir werden heute noch Regen kriegen«, sagte der Hauptwachtmeister zu sich selbst. Sein Blick fiel wieder auf die Zeitung. Bis er mit seiner Mannschaft ausrücken musste, hatte er noch eine gute halbe Stunde Zeit. Und die vertrieb er sich wohl am besten mit Lektüre. Allerdings war es vielleicht vernünftiger, statt dem Tagblatt ein Buch zu lesen. Das konnte man viel besser verschwinden lassen, falls es Jäger einfiel, unangekündigt bei ihm vorbeizukommen. Landsrait stand auf und ging zum Kleiderständer, wo er sein Sakko aufgehängt hatte. Er zog aus der Rocktasche das schmale Taschenbuch, das er derzeit mit sich führte. »Störfall«, ein Werk der DDR-Autorin Christa Wolf, das vor zwei Jahren im Weimarer Aufbau-Verlag erschienen war und sich unter anderem mit der Reaktorkatastrophe im Kernkraftwerk Tschernobyl befasste. Die ÖDR hatte nur eine einzige Atomanlage, in Zwentendorf im nördlichen Niederösterreich gelegen, und Landsrait war sich sicher, dass dort Fehler, wie sie in der Ukraine gemacht worden waren, nicht vorkommen konnten, denn das Werk war eine gelungene Koproduktion von deutscher Präzision und österreichischer Innovation. Da konnte ganz einfach nichts schiefgehen.

Landsrait blätterte die Seiten hin und her und suchte nach der Stelle, an der er die Lektüre am Morgen, als er von seiner Wohnung ins Büro gefahren war, unterbrochen hatte. Dabei rief er sich den zweiten Handlungsstrang wieder ins Gedächtnis. Der Bruder der Erzählerin stand vor einer schwierigen und gefährlichen Gehirnoperation.

Er hatte kaum zehn Zeilen gelesen, als die Tür aufflog. Major Jäger stand formatfüllend im Türrahmen. Automatisch erhob sich Landsrait. »Genosse Major, was verschafft mir die Ehre?« Jäger kam ohne Umschweife zur Sache. »Genosse, Sie haben mir da am Telefon irgendetwas zugeraunt über irgendeine Schmuggler-Sache. Das hat mir keine Ruhe gelassen. Erzählen Sie mir mehr davon.« Landsrait berichtete, was sie bisher über die Angelegenheit in Erfahrung gebracht hatten.

»Und Sie glauben also, es gibt da einen Hintermann, der sozialistisches Eigentum ins kapitalistische Ausland verschiebt?« Landsrait nickte. Jäger kraulte nachdenklich seinen leninschen Spitzbart. »Das könnte eine heikle Angelegenheit werden, da müssen wir vorsichtig vorgehen.« Landsrait stimmte eilig zu. »Ganz meine Meinung, Genosse Major.«

»Da müssen wir auf jeden Fall mit der Staatssicherheit Kontakt aufnehmen. Und natürlich, wenn sich zeigt, dass es da um etwas Wertvolles geht, auch mit der KoKo.« Aus langjähriger Erfahrung wusste Landsrait, welche Einrichtung sich hinter diesem Kürzel verbarg. Die »Kommerzielle Koordinierung« war für den Handel mit dem Westen zuständig, den es offiziell natürlich gar nicht gab. Aber irgendwie musste ja auch der Arbeiter- und Bauernstaat an westliche Devisen kommen, denn nur so war es ihm möglich, am Weltmarkt jene Güter zu erwerben, die es im real existierenden Sozialismus nun einmal nicht gab. Der Schilling der ÖDR war durchaus eine starke Währung, aber wie auch bei der Mark der DDR oder beim sowjetischen Rubel war es dem Westen gelungen, den Realwert der jeweiligen Währung drastisch unterzubewerten, sodass man auf dem Schwarzmarkt für einen West-Schilling gleich sieben Schilling der ÖDR berappen musste. Daher waren die Tagestouristen aus West-Wien in der Hauptstadt der ÖDR alles andere als beliebt, denn sie machten sich allesamt offen über die Preise in der ÖDR lustig und führten sich auf wie Gott in Frankreich. Eine Attitüde, die sein Großvater gern mit »Was kostet die Welt-Mentalität« umschrieben hatte. Wenn

Opa wüsste, wie diese Wessis heutzutage in seiner Stadt hausten, er würde sich im Grabe …

»Hallo? Genosse Hauptwachtmeister? Haben Sie mir überhaupt zugehört?« Jäger ließ eindeutig Unwillen erkennen. »Verzeihen Sie, Genosse Major«, rang Landsrait um eine Entschuldigung, »ich war in Gedanken ganz bei unserem Fall.«

»Sie stimmen mir also zu, dass wir die genannten Organe in die Ermittlungen einbeziehen?«

»Vielleicht, Genosse Major, sollten wir nichts übereilen. Ich habe vor, diesem Hinweis des verhafteten Schmugglers nachzugehen, wonach er um drei Uhr seinen Kontaktmann im ›Café Einheit‹ treffen sollte. Wenn es den nämlich gar nicht gibt, wenn Schütz den nur erfunden hat, dann könnten wir uns bei den Genossen blamieren. Und das würde ich gerne vermeiden.«

Natürlich war es Landsrait vollkommen gleichgültig, was die Wichtigtuer von der Stasi von ihm hielten. Aber wurden die jetzt schon in den Fall eingebunden, dann übernahmen sie ihn gleich ganz, und Landsrait durfte ihnen bestenfalls noch Tee vom Samowar holen. Das war *sein* Fall, und damit es auch so blieb, mussten die Jungs von der Staatssicherheit von der Sache ferngehalten werden.

»Ja, das ist vielleicht kein schlechter Gedanke. Nicht vorschnell urteilen, Sie haben recht, Genosse Hauptwachtmeister. Ich denke, es kann nichts schaden, wenn Sie dort einmal unverbindlich vorbeischauen, ob Sie jemanden antreffen, auf den die Beschreibung dieses … dieses Schmugglers passt. Und wenn so jemand dort ist, dann kontaktieren Sie sofort die zuständigen Organe.«

»Ich weiß nicht, Genosse Major. Das wäre vielleicht immer noch eine Spur zu voreilig. Was, wenn uns Schütz eine Falle stellt? Er hat uns eine Person beschrieben, die eigentlich ziemlich durchschnittlich geraten ist. Da kann es bald eine Ähnlichkeit geben. Und am Ende erwischen wir den Falschen und liefern ihn an die Genossen von der Stas… von der Staatssicherheit. Die würden dann schön über uns lachen.«

Landsrait hatte Jäger nun genau dort, wo er ihn hatte haben wollen. Die Debatte dauerte dem Major bereits zu lange, weshalb er die Lust daran verlor. Außerdem war nun auch Jäger bewusst, dass die Angelegenheit heikel war, sodass er sie ohne Zweifel an Landsrait abwälzen würde, damit er, Jäger, im Ernstfall den Kopf aus der Schlinge ziehen und Landsrait als Schuldigen benennen konnte.

Und so kam es auch. Umständlich räusperte sich Jäger. »Na ja, Sie wissen ja, Genosse Landsrait, wir Kommunisten sind ein ganz besonderer Schlag, wir sind aus ganz besonderem Material geformt, wie Lenin so schön sagt. Sie werden das schon hinbekommen, Genosse.« Landsrait hatte Mühe, nicht zu grinsen. Unbewusst hatte Jäger nicht Lenin, sondern Stalin zitiert. Oder aber, Jäger wusste sehr wohl, dass diese Worte von dem Generalissimus ausgesprochen worden waren, hatte sie aber, da dieser ja nicht mehr sonderlich hoch im Kurs stand, einfach dem Gründervater der Sowjetunion zugeordnet. Letztlich war beides möglich. Jäger engagierte sich einerseits recht auffällig in den diversen Gremien der Partei, andererseits konnte man ihm nicht unterstellen, theoretisch sonderlich beschlagen zu sein. Aber das galt wohl für die meisten Funktionäre. Und noch mehr für die Mitglieder. Er, Landsrait, war schon mit 19 in die Partei aufgenommen worden, und dennoch hatte er nicht einmal das »Kommunistische Manifest« gelesen, geschweige denn die 43 Bände der MEW. Mit der Partei war es ganz einfach so wie mit der Gewerkschaft. Man trat ihr bei, damit man seine Ruhe hatte und unter Umständen auch leichter Karriere machte. Oppositionelle Geister geißelten in privatem Rahmen diese Haltung als opportunistisch oder gar speichelleckerisch, doch Landsrait wusste aus verlässlicher Quelle, dass es »drüben« auch nicht viel anders war. Dort musste man, wollte man etwas werden, der West-ÖVP beitreten. Zumindest in Bundesländern wie Tirol, Vorarlberg oder Salzburg. In Kärnten oder der Steiermark mochte es angehen, sich der SPÖ anzuschließen und dennoch aufzusteigen. Aber diese Fälle waren die Ausnahme. Mit der ÖVP war man in der sogenannten BRÖ auf der sicheren Seite. So wie eben in der ÖDR mit der Arbeiter- und Bauernpartei. Das Prinzip war dasselbe, Klassenstandpunkt hin oder her.

Aber er verzettelte sich wieder einmal mit seinen Grübeleien. Jäger hatte ihm, zum zweiten Mal übrigens, was auffällig für ihn war, freie Hand gelassen. Also wurde es Zeit, dass er Nägel mit Köpfen machte. Er trommelte die Mannschaft zusammen und sah zu, dass er fristgerecht im »Café Einheit« sein würde.

Etwa 20 Minuten vor drei Uhr nachmittags erreichte Landsrait mit seiner Mannschaft das Café. Schon vor dem Eingang hatte er mit den drei Männern vereinbart, dass sich Farkas und Rozehnal in der Mitte des Lokals an einen Tisch setzen sollten, wo sie, so Landsraits Regie, zwei Arbeitskollegen zu mimen hatten, die nach Dienstschluss noch gemeinsam einen trinken gingen. Kellners Rolle war es, gleich beim Haupteingang Platz zu nehmen und dabei so zu tun, als warte er auf jemanden. Landsrait selbst setzte sich in die Nähe des Hinterausgangs und zog sein Buch hervor. Er rauchte sich eine »Club« an und vertiefte sich vermeintlich in den Text, dabei keinen Augenblick lang die Uhr über dem Eingang aus den Augen lassend.

Nach der zweiten Zigarette kam die Bedienung und fragte ihn nach seiner Bestellung. Illusionslos orderte er eine Melange, ahnend, dass sie nicht besonders gut schmecken würde. Zwar war die Versorgungslage der ÖDR mit Kaffee weitaus besser als jene der DDR, wo die Bürger, wie Landsrait aus verschiedenen Quellen wusste, den Kaffee-Ersatz, den ihnen die SED zumutete, spöttisch »Erichs Krönung« nannten, doch wenn man sich vor Augen hielt, dass Wien vor einem halben Jahrhundert noch das Zentrum der weltweiten Kaffeekultur gewesen war, dann mochte man doch ein wenig wehmütig werden. Von seinem Großvater hatte er gehört, dass es vor dem Faschismus Kaffeespezialitäten wie Pharisäer, Kapuziner und Einspänner gegeben hatte, Getränke, von denen man nunmehr nur noch träumen konnte, auch wenn die Feindpropaganda behauptete, im Westen der Stadt gäbe es derlei immer noch.

Landsrait malte sich aus, einmal ins kapitalistische Ausland fahren zu können, um im »Café Rathaus«, im »Café Ritter« oder im »Café Grillparzer« persönlich nach solch ausgefallenen Köstlichkeiten Ausschau zu halten. Er kam ins Sinnieren. Das »Café Tomaselli« in Salzburg, die Hauptstadt der sogenannten Bundesrepublik Österreich, warb angeblich damit, dass man unter 30 verschiedenen Kaffees wählen konnte. Da gab es den Gerüchten zufolge Kaffee mit Marillenlikör, mit Schokolade, mit Zimt und mit unzähligen anderen Zutaten. Aber das war halt der Preis für die politisch korrekte Einstellung. Die Staaten des Rates für gegenseitige Wirtschaftshilfe beuteten keine Karibikinseln aus, indem sie ihnen Kaffeeplantagen aufzwangen, deren Erträge dann zu Schleuderpreisen in die Zentren der kapitalistischen Metropolen gebracht wurden, während die ortsansässige Bevölkerung sich nicht einmal eine einzige Kaffeebohne leisten konnte. Der Sozialismus war eben nicht gänzlich ohne Opfer aufzurichten, wiederholte Landsrait geistig eine der Parolen Jägers, während er darauf wartete, dass ihm der Kellner seinen Kaffee mit Milch brachte. Und wieder sah er auf die Uhr. Die zeigte Punkt drei Uhr. In Landsrait wuchs die Anspannung. Er riskierte einen Blick zu seinen Mitarbeitern und registrierte zufrieden, dass auch die nun in erhöhter Aufmerksamkeit waren.

Den Aschenbecher könnte das Servierpersonal auch einmal leeren, dachte sich Landsrait, während er zum wiederholten Mal versuchte, ein und denselben Absatz zu lesen. Es war kurz vor vier, und immer noch hatte niemand das Café betreten, der auch nur eine entfernte Ähnlichkeit mit der von Schütz beschriebenen Person besessen hätte. Der Halunke hat uns angeschmiert, kam es Landsrait in den Sinn.

Und ganz plötzlich war er da. Schütz hätte den Mann nicht exakter beschreiben können. Sofort erkannte ihn Landsrait, und ihm fiel siedend heiß ein, dass er sich nicht überlegt hatte, wie er nun konkret vorgehen sollte. Natürlich konnte er den Mann einfach verhaften und auf die Wache mitnehmen. Wenn Schütz aber absichtlich eine falsche Fährte gelegt und der Mann eine gänzlich weiße Weste hatte, dann war Landsrait nicht nur angeschmiert, dann bekam er auch fraglos gröbere Probleme mit Jäger. Und, schlimmer noch, wenn der Mann irgendwie mit der Partei oder mit einem der befreundeten Bruderländer verbandelt war, dann blickte Landsrait ganz schnell in einen überaus beunruhigenden Abgrund. Nicht auszudenken, wenn sich herausstellte, dass er den Repräsentanten der sowjetischen Außenhandelsvertretung arretiert hatte. Oder den Botschafter der CSSR, der einfach ganz harmlos ein Wiener Café besuchte.

Landsrait versuchte, sich Schütz noch einmal ins Gedächtnis zu rufen. War der Mann gewitzt genug, die Polizei derart aufs Glatteis zu führen, indem er ihr einen Mann beschrieb, von dem er wusste, dass er ein hohes Tier war? Kaum! Schütz erschien überaus einfältig zu sein, er kam also kaum auf derlei durchtriebene Ideen. Dennoch, Landsrait brauchte einen konkreten Verdacht, um den Mann dingfest machen zu können. Er wartete also, bis sich der Fremde gesetzt hatte. Dann stand er auf und ging auf den Mann zu. Er tat besonders verschwörerisch und ging neben dem Tisch in die Knie, sich vermeintlich die Schnürsenkel bindend. »Herr Schütz schickt mich. Er ist verhindert. Es ist etwas schiefgegangen«, zischte er, ehe er dem Verdächtigen direkt in die Augen sah.

Für einen Moment blitzten diese auf. Dann sprang der Mann mit für sein Alter erstaunlicher Behändigkeit auf und hastete auf den Ausgang zu.

Landsrait konstatierte mit Erleichterung, dass der Mann in seiner Panik den Haupteingang gewählt hatte. Kellner stellte sich ihm in den Weg und schickte sich an, ihn festzuhalten. Doch der Kerl war nicht nur flinker, sondern offensichtlich auch stärker, als Landsrait angenommen hatte. Mit bemerkenswerter Leichtigkeit warf er Kellner um und hatte auch schon die Türschnalle in der Hand. Landsrait, der wieder stand, riss seine Makarow 9 Millimeter aus dem Holster. »Stehenbleiben!«, schrie er. Tatsächlich hielt der Mann für einen Augenblick inne, ehe er seine Flucht fortsetzte. Zu Landsraits großem Ungemach kam in genau diesem Moment ein Pärchen zur Tür herein, sodass er nicht von der Schusswaffe Gebrauch machen konnte, ohne Gefahr zu laufen, einen Unbeteiligten zu treffen. Fluchend rannte er los und hoffte dabei, dass der Verdächtige wenigstens nicht auch noch ausdauernder als angenommen war.

Als Landsrait endlich am Marx-Ring stand, sah er nur noch schemenhafte Umrisse in einiger Entfernung. Er unterdrückte einen Fluch und schöpfte zeitgleich neue Hoffnung, als der Lada von Farkas und Rozehnal an ihm vorbeiflitzte. Vielleicht konnten sie ihn mit dem Einsatzwagen doch noch stellen. Er selbst holte tief Luft und setzte dann die Verfolgung zu Fuß fort.

Keuchend erreichte er den Robert Blum-Kai, der von dem mächtigen Gebäude der Volkshochschule »Urania« dominiert wurde. Wahrscheinlich, so sagte sich Landsrait, würde der Verdächtige versuchen, über die Rosa-Luxemburg-Brücke in die Leopoldstadt zu entkommen. Und wirklich sah er den Mann den Kanal überqueren. Landsrait selbst wurde von Farkas am Steuer des Lada links überholt, und hektisch deutete er auf die Brücke. Farkas verstand und bog rechts ein. Kurz schien es, als würde der Mann überlegen, in den Donaukanal zu springen. Doch es war Hochsommer, und der Wasserlauf war nur ein erbärmlich dünnes Rinnsal, sodass es Selbstmord gewesen wäre, einen solchen Ausweg zu wählen. Dieser kleine Moment des Zauderns aber reichte aus, dass Farkas den Lada haarscharf vor den Beinen des Flüchtenden zum Stehen brachte. Dieser wandte sich panisch um und lief zurück Richtung Kai, direkt in Landsraits Arme.

Diesmal war der Hauptwachtmeister besser vorbereitet. Eilig gab er einen Warnschuss in die Luft ab, dann legte er direkt auf den Verdächtigen an, der keine fünf Meter mehr von ihm entfernt war. Weitere fünf Meter hinter ihm holten Farkas und Rozehnal rasch auf. Die Flucht war zu Ende. Der Mann erkannte, dass er keine Chance mehr hatte, und ergab sich.

Die Reaktion auf den Namen Schütz und die anschließende Flucht waren, so fand Landsrait, genug Indizien dafür, dass der Mann etwas zu verbergen hatte und tatsächlich in den Schmuggel involviert war. Noch verdächtiger freilich machte ihn der Umstand, dass er zwei Pässe mit sich führte. Einen Reisepass der DDR einerseits sowie, und das machte die Sache noch komplizierter, einen der sogenannten BRÖ. Die Daten in den Dokumenten stimmten überein. Demnach hieß der Mann Erwin Pramer und war 1938 in Urfahr geboren. Landsrait hielt die beiden Ausweise demonstrativ in die Höhe und sah Pramer durchdringend an. »Das müssen Sie mir aber jetzt einmal erklären, Herr Pramer.«

»Das ist doch ganz einfach«, bemühte der sich um Contenance. »Ich war bis vor Kurzem Bürger der

DDR, aber dort habe ich es nicht mehr ausgehalten und daher bin ich abgehauen.«

Diese Argumentation war nur allzu vordergründig. Offensichtlich hatte sich Pramer einfach die allgemein bekannte Tatsache, dass seit Sommerbeginn etliche DDR-Bürger über die CSSR in den Westen gelangen wollten, zunutze gemacht und behauptete daher, er gehöre zu dieser Gruppe. Doch das war mehr als unlogisch. Zum einen saßen diese Republikflüchtlinge nach Landsraits Wissen immer noch in der BRD-Botschaft in Prag fest, zum anderen hatte er noch nie gehört, dass jemand, der aus der DDR geflohen war, im Westen dann einen Pass der BRÖ erhalten hatte. Landsrait sah sich den DDR-Pass noch einmal genauer an. Er war im April 1986 ausgestellt worden und demnach noch eineinhalb Jahre gültig. Das Personaldokument der BRÖ wiederum stammte vom Vormonat und galt bis Juli 1994.

»Ich weiß, was Sie jetzt denken, Herr Offizier«, ließ sich Pramer vernehmen. »Wieso ich nicht nach Deutschland abgehauen bin. Aber ich bin Österreicher, wie Sie sehen. Ich wollte zurück in meine eigentliche Heimat.«

Auch wenn es ihm nicht gefiel, musste Landsrait zugeben, dass diese Erklärung plausibel klang. Die BRÖ hatte sich seinerzeit mit ihrem sogenannten Außenminister Gruber der westdeutschen Hallstein-Doktrin angeschlossen und verlieh seitdem ausnahmslos jedem, der es auf ihr Territorium schaffte und es wünschte, umgehend die Staatsbürgerschaft, was es für die DDR und die ÖDR so schwierig machte, ihre Bürger in den Westen reisen zu lassen. Selbst die CSSR, Polen und Rumänien, ja sogar die Sowjetunion selbst hatten dieses Problem. Man brauchte nur in einer Westbehörde auftauchen und in halbwegs verständlichem Deutsch zu behaupten, man sei Angehöriger der »deutschen Minderheit«, und schon wurde man als neuer Staatsbürger einer der beiden Bundesrepubliken begrüßt. Wie aber sollte es Pramer geschafft haben, vom Gebiet der CSSR einfach so ins kapitalistische Ausland zu kommen?

Landsrait fühlte sich nicht wohl in seiner Haut. Es bestand die reale Gefahr, dass die ganze Geschichte für ihn eine Nummer zu groß wurde. Es war am vernünftigsten, sich zu keinerlei Eigenmächtigkeiten hinreißen zu lassen. Die einzig korrekte Vorgangsweise, zu der er Zuflucht nehmen konnte, war, Pramer einmal ins Gefangenenhaus einzuliefern und dann Jäger zu informieren, dessen Aufgabe es anschließend sein würde, bei seinen Vorgesetzten nachzufragen, wie weiter verfahren werden sollte. Landsrait wies daher Farkas an, den Mann in den Lada zu verfrachten und in Favoriten in der Dzierzynski-Kaserne abzuliefern. Er selbst begab sich mit Kellner zurück ins Revier, um sich dort mit Jäger neuerlich zu beraten.

Wie erwartet drückte sich auch Jäger vor einer prompten Entscheidung. Er ließ Landsrait wissen, dass er sich mit Oberst Hertl beraten werde, der dann mutmaßlich General Berger von der Sache in Kenntnis zu setzen habe. »Und der wird dann wahrscheinlich den Genossen Minister informieren. Damit sind wir dann auf jeden Fall auf der sicheren Seite«, schloss Jäger sein Plädoyer ab. »Aber um die Zeit werde ich wahrscheinlich niemanden mehr erreichen, das muss also bis morgen warten. Na ja, wird dem Kerl nicht schaden, nehme ich einmal an.« Landsrait nahm Jägers Verdikt erleichtert zur Kenntnis. »Dann entscheidet sich alles Weitere morgen, Genosse Major?«

»Davon ist auszugehen, Genosse Hauptwachtmeister. In diesem Sinne wünsche ich einen angenehmen Feierabend.«

Das magische Wort war gefallen. Landsrait durfte nach Hause. Eilig verließ er das Gebäude und marschierte die Wiedner Hauptstraße entlang zur Mayerhofgasse, um so zur dort befindlichen Untergrundbahn zu gelangen. Die Linie 1 verband seit rund eineinhalb Jahrzehnten Favoriten mit den Bezirken jenseits der Donau, wobei es den Konstrukteuren gelungen war, die Trasse ausschließlich auf ÖDR-Gebiet zu errichten. In Berlin hatten die Genossen ja einzelne Stationen zumauern müssen, da sie sonst Zugang zum feindlichen Ausland geboten hätten. Landsrait war eben am Bahnsteig angekommen, als auch schon eine U-Bahn-Garnitur einfuhr. Die hohe Frequenz der einzelnen Züge hatten sich die Genossen von den Moskauern abgeschaut, wo das Intervall auch nur ein bis zwei Minuten betrug. Das war halt der Vorteil, wenn es bei einem öffentlichen Verkehrsmittel um den öffentlichen Verkehr und nicht um den privaten Profit ging. Im Westen drüben fuhren uralte Garnituren aus dem Jahre 1962, und die Fahrgäste mussten zehn und mehr Minuten auf ihren Fünfer oder ihren Einser warten, egal, ob es draußen stürmte oder schneite. Zudem blechte man für einen Fahrschein beinahe 20 West-Schilling, während hier im Osten der Fahrpreis gerade einmal 40 Groschen betrug.

Landsrait setzte sich nieder und vertiefte sich wieder in seine Christa Wolf. Vorbei am Karls- und am Stephansplatz ging es zum Praterstern und dann über die Donau nach Kagran. Dort hatte die Wiener Stadtverwaltung in den 70ern mehrere billige Plattenbau-Siedlungen errichtet, ganz nach dem Vorbild der Berliner Genossen. Und obwohl die meisten Gebäudekomplexe nach irgendwelchen historischen Persönlichkeiten benannt waren – so gab es neben dem Marx- und dem Engels-Hof auch einen Liebknecht-, einen Luxemburg- und einen Bebelhof, so wurden diese Namen im Alltag nur selten verwendet. Landsraits Wohnung befand sich offiziell im Georgi Dimitroff-Hof, doch angesichts der Tatsache, dass sich dieser am ehemaligen Trabrennplatz befand, nannten alle Bewohner den Komplex nur »Rennbahnsiedlung«.

Nach einem kurzen Fußweg erreichte Landsrait seinen eigenen Wohnblock. Im Erdgeschoss war ein »Konsum« untergebracht, und Landsrait überlegte, ob er seinen Kleinen nicht zur Feier des Tages eine

Schokolade mitbringen sollte. Produkte des volkseigenen Betriebs »Rotstern« aus der DDR waren dabei ebenso beliebt wie die »Milena«-Süßigkeiten aus der CSSR. Doch die eigene Produktion brauchte sich hinter den Bruderländern nicht zu verstecken. Die Jedleseer »Süßtafel« mundete durchaus ebenfalls.

Nach einem kurzen Blick in sein Portemonnaie kam er zu dem Schluss, dass er auch noch für sich und seine Holde etwas erwerben konnte. Er entschied sich für zwei Flaschen »Radeberger«, um einmal eine Abwechslung zum üblichen »Schwechater« zu haben. Er zog einen violetten Stefan Fadinger heraus und legte ihn auf das Verkaufspult. Die Konsum-Angestellte gab ihm das entsprechende Wechselgeld, und Landsrait zog mit seinen Einkäufen zufrieden ab.

Mit dem Aufzug erreichte er die siebente Etage, in welcher sich seine Bleibe befand. Alle Wohnungen waren mehr oder weniger gleich geschnitten. Gleich hinter dem Eingang erstreckte sich ein kleiner Flur, an dessen Ende das größte Zimmer lag, das naturgemäß als Wohnbereich genutzt wurde. Er wies ebenso wie der Schlafraum einen Balkon auf. Dann gab es noch Küche, Bad und Kinderzimmer, alles in allem etwa 80 Quadratmeter, die Landsrait als Erstbezug bewohnte. Gleich nach der Hochzeit vor nunmehr knapp 15 Jahren hatte er sich für eine eigene Wohnung angemeldet, und wenig später war er davon in Kenntnis gesetzt worden, dass ihm in dieser Anlage etwas zugewiesen werden würde. Nun lebte er schon über zwölf Jahre hier, und er war mit dieser Situation recht zufrieden. Natürlich würde es problematisch werden, wenn Nadja und Mischa einmal in die Pubertät kamen, denn dann war es ihnen nicht zuzumuten, länger ein Zimmer zu teilen, doch mit ein wenig Kreativität würde man auch dieses Problem lösen.

Kaum hatte er den Vorraum betreten, als ihm auch schon der Duft von Gulasch in die Nase stieg. Aus dem Wohnzimmer drangen gedämpfte Töne, was Landsrait darauf schließen ließ, dass Nadja und/oder Mischa vor dem Fernseher hingen. Klar, sagte sich der Hauptwachtmeister, es war noch nicht 18 Uhr, da gab es im »Österreich-Funk« ein eigenes Kinderprogramm, das regelmäßig mit dem Sandmännchen wenige Minuten vor sechs abgeschlossen wurde.

Landsrait begab sich gleich nach links in die Küche, wo seine Frau Andrea am Tisch saß und die Zeitung des Demokratischen Frauenverbands las. Der Topf mit dem Gulasch schmurgelte friedlich vor sich hin, und auch Landsrait wusste, dass ein Gulasch nur umso besser wurde, je länger es kochte. Er küsste die Gattin auf die Stirn und breitete dann seine Einkäufe vor ihr aus. »Das mit dem Bier war ganz offensichtlich eine gute Idee«, unterstrich er mit einem leichten Kopfnicken in die Richtung des Herdes. »Das hättest du nicht tun sollen«, mäkelte jedoch seine bessere Hälfte, »das war sicher alles sehr teuer.«

»Von wegen! 14 Schilling für die Schokolade und das Bier. Wenn wir uns das einmal nicht mehr leisten können, dann sollten wir besser auswandern.« Der durchdringende Blick seines Gegenübers signalisierte Zweifel an dem eben geäußerten Satz. »Ich weiß schon, was du meinst. Aber die 14 Schilling werden uns im Sommer in Warnemünde schon nicht abgehen«, zeigte sich Landsrait zuversichtlich. »Und außerdem freuen sie die Kleinen sicher.«

»Natürlich freuen sich die, wenn sie verwöhnt werden. Aber gleichzeitig bringst du mich in eine unmögliche Lage. Wenn ich ihnen dann nichts mitbringe, dann heißt es gleich wieder, der Papa ist aber viel, viel netter zu uns. Und ich bin dann wieder die Böse.«

»Ach was«, lächelte Landsrait, »die Schokolade gibst einfach du ihnen nach dem Essen. Dann kommen sie gar nicht erst auf solche Ideen.« Andrea schien nicht wirklich überzeugt, lenkte aber schließlich ein.

Landsrait verließ die Küche und ging ins Wohnzimmer. »Na, ihr zwei Partisanen, was gibt es denn?« Mischa, der jüngere der beiden, war nicht vom Bildschirm wegzubekommen, aber Nadja lief sofort zu ihrem Vater und strahlte ihn an. »Heute haben wir in der Schule über den Kapitalismus in Amerika gesprochen«, begann sie mit strahlenden Augen.

»Was du nicht sagst«, entgegnete Landsrait.

»Ja, der ist voll ungerecht. Dort gibt es ein paar Menschen, die sind so reich, dass sie gar nicht wissen, wohin mit dem ganzen Geld. Und dafür sind Millionen Menschen so arm, dass sie nicht einmal ein Paar Schuhe besitzen.«

»Das stimmt leider. So ähnlich war es früher bei uns auch. Das hat mir mein Opa, also dein Uropa, noch erzählt. Aber dann kam bei uns die Revolution, und darum gibt es bei uns jetzt niemanden mehr, der sich keine Schuhe leisten kann.«

»Und niemanden, der reich ist«, ergänzte Andrea, die nun auch ins Wohnzimmer gekommen war, um den Tisch zu decken.

»Und in Amerika unterdrücken sie das Volk«, platzte Nadja mit einem weiteren Teil ihres Wissens heraus, »ganz besonders die Minderheiten. Die Indianer und die Neger.«

»Auch das ist wahr«, stimmte Landsrait zu.

»Sag, Papa, warum gibt es eigentlich bei uns keine Neger?«, wollte Nadja nun wissen. Eine Frage, die offenbar auch das Interesse von Mischa erweckte, der sich das erste Mal bewegte und seinen Blick auf die Schwester und den Vater richtete.

»Ein paar haben wir eh auch hier«, erläuterte Landsrait, »das sind Studenten aus Afrika. In Äthiopien zum Beispiel, da hat das Volk vor ein paar Jahren erst seinen Kaiser vertrieben und regiert sich jetzt selbst. So wie wir hier. Und da die Äthiopier noch nicht so viele Erfahrungen sammeln konnten wie wir, helfen wir ihnen. Deshalb sind einige von ihnen hier und lernen, wie man Dämme errichtet, Felder effizienter bewirtschaftet und Stahlwerke baut.«

Nadja nickte. Mischa hatte das Fernsehen ganz vergessen und rückte eng an den Rest der Familie heran.

»Und dann haben wir auch noch junge Menschen aus Angola und aus Mosambik da. Das sind Länder ganz im Süden von Afrika, die von den Portugiesen jahrhundertelang unterjocht worden sind ...«

»Unterjocht? Was heißt denn das?«, wollte Mischa wissen.

»Das heißt, dass die Angolaner und die aus Mosambik nichts machen durften, wenn es ihnen die Portugiesen nicht eigens erlaubt haben. Und sie mussten die ganze Zeit für die Portugiesen arbeiten.«

»So wie Sklaven?«, fragte nun Nadja.

»Ja, so in etwa«, sagte Andrea.

»Das ist übrigens das Stichwort«, griff Landsrait den Begriff auf. »Jahrhundertelang haben Europäer, also die Franzosen, die Briten, die Spanier, die Portugiesen und die Holländer, Neger aus Afrika geraubt und sie nach Amerika gebracht, wo sie die Sklaven der Weißen sein mussten. Heute sind sie zwar formell keine Sklaven mehr, aber sie werden immer noch unterdrückt.«

»Wie denn?«

»Na ja, sie haben keine ökonomische Macht. Daher müssen sie für die Weißen arbeiten, und die geben ihnen nur ganz wenig Geld, obwohl die Güter, die von den Schwarzen erzeugt werden, ganz viel Geld bringen. Doch diese Differenz, die stecken sich die Weißen selber ein, und so werden die reich, obwohl sie selbst gar nichts arbeiten.«

»Das ist ja urgemein«, empörte sich Nadja.

»Ja, ist es. Aber die Weißen beuten nicht nur die Neger aus. Sie beuten auch die armen Weißen aus. Alle Menschen, die selber nichts besitzen und daher für andere arbeiten müssen.«

»Aber das ist ja bei uns auch so. Du arbeitest für die Polizei und Mama für die Schule. Werdet ihr auch ausgebeutet?«, wollte nun Mischa wissen.

»Nein, wir werden nicht ausgebeutet. Weil die Polizei, die Schule, überhaupt alles gehört uns, also dem Volk. Und daher ...«

»Das Gulasch aber nicht, oder? Das gehört nur uns!« Unüberhörbar schwang Angst in Mischas Worten mit.

»Keine Sorge, das bekommen nur wir. Nur wir allein«, lachte Landsrait.

Nadja fiel nicht in das Gelächter ein. Sie blieb vollkommen ernst. »Wenn ich groß bin, dann kämpfe ich gegen die Ungerechtigkeit. Jeder sollte Schuhe haben. Und niemand sollte ausgebeutet werden – oder unter... jocht.«

Landsrait streichelte seiner Tochter über den Kopf. »Das hast du sehr schön gesagt, Nadja. Aber jetzt essen wir erst einmal, in Ordnung?« Das Vorhaben fand Nadjas Zustimmung, die bedeutungsvoll ihren Kopf hob und senkte.

Der Jubel über die Schokolade war groß gewesen. Hoch zufrieden mit ihrer Beute zogen die Kinder in ihr Zimmer ab, während die Eltern nun den Fernseher für sich hatten. Es war halb acht und damit Zeit für die Nachrichten. Wie in der DDR hieß das Format

»Aktuelle Kamera«. Landsrait schenkte sich den Rest des Radebergers ein, zündete sich eine »Club« an und machte es sich auf der Couch gemütlich.

Der Hauptbericht galt natürlich dem bevorstehenden Staatsbesuch Erich Honeckers in der ÖDR. Genau wurde darüber berichtet, wie sich die einzelnen Delegationen auf den hohen Besuch vorbereiteten. Unterlegt waren die Ausführungen mit Bildern, welche die bereits festlich geschmückte Karl-Marx-Allee im Prater zeigte, wo immer abwechselnd die Fahne der ÖDR und jene des Gastlandes aufgehängt war. Die beiden Staatsratsvorsitzenden würden, so hieß es, im ehemaligen Lusthaus am Ende der Allee einen neuen Vertrag über die Vertiefung der bilateralen Zusammenarbeit unterschreiben und anschließend einen Appell für internationalen Frieden und Abrüstung machen.

Nach dieser Meldung ging es ins befreundete Ausland. Überraschend neutral, wie Landsrait fand, wurde über die Situation in der Volksrepublik Polen gesprochen. Dort war zu Anfang des Monats nach weniger als einem Jahr im Amt Mieczyslaw Rakowski als Ministerpräsident abgelöst worden. Seitdem rang der vormalige Innenminister Czeslaw Kiszczak um die Bildung einer neuen Regierung. Doch die in Polen recht umtriebige bürgerliche Opposition verweigerte sich derartigen Plänen und beharrte darauf, dass der Regierungschef aus ihren Reihen kommen müsse. Die »Aktuelle Kamera« hatte es tatsächlich geschafft, eine Stellungnahme des Staatsratsvorsitzenden zu diesem

Problem zu bekommen. »In der Österreichischen Demokratischen Republik ist es undenkbar, dass eine Gruppierung, die außerhalb der Reihen der Parteien der Nationalen Front steht, die Regierungsverantwortung übertragen bekommt«, stellte Muhri unmissverständlich klar, »aber die Volksrepublik Polen ist ein souveräner Staat, in dessen innere Angelegenheiten wir uns nicht einmischen.« Muhri bemühte sich um ein Lächeln, doch es wirkte, im Gegensatz zu sonstigen Gelegenheiten, gekünstelt. »Nichtsdestotrotz«, fuhr er dann mit entschlossener Miene fort, »werden wir uns mit den polnischen Genossen ins Einvernehmen setzen, um aus erster Hand zu erfahren, wie sie die aktuelle Krise in ihrem Land zu meistern gedenken. Ich bin aber«, und nun folgte wieder ein Lächeln, »zutiefst davon überzeugt, dass die Volksrepublik Polen auch weiterhin in unverbrüchlicher Treue zu den Grundsätzen unseres Gesellschaftssystems und damit fest auf dem Boden des Sozialismus steht.«

Landsrait hatte da so seine Zweifel. Die Polen waren schon seit fast zehn Jahren ein beständiger Quell politischen Ungemachs, und nicht wenige, allen voran Jäger, hatten in der Abteilung schon damals vehement die Ansicht vertreten, die Staaten des Warschauer Vertrags müssten, wie seinerzeit in der CSSR, intervenieren, um zu verhindern, dass in Polen die Reaktion wieder ihr hässliches Haupt erheben könne.

Um die Unwägbarkeiten in Polen sogleich wieder vergessen zu machen, brachte die »Aktuelle Kamera«

nun Meldungen aus dem kapitalistischen Ausland, die samt und sonders von Not und Elend berichteten. In England streikten die Bahnbediensteten und die Dockarbeiter gegen neue Sparpläne der Regierung Thatcher, die zudem unverändert wegen der Einführung der Kopfsteuer in der Kritik stand. In Glasgow hatte ein Labour-Aktivist namens Sheridan eine regelrechte Kampagne gegen diese neue Form der ökonomischen Ausbeutung gestartet, die, wie die »Aktuelle Kamera« zu berichten wusste, von der Britischen KP engagiert und federführend unterstützt wurde. Nach einem Beitrag über Streiks in Argentinien aufgrund der dortigen Währungskrise rapportierte die Sendung über die neuesten Aktivitäten der Unterstützer von Mumia Abu-Jamal, einem schwarzen Bürgerrechtler, der seit beinahe einem Jahrzehnt unschuldig in Haft saß.

Danach kehrten die Nachrichten ins Inland zurück und zeigten einen Werksbesuch von Außenhandelsminister Toni Hofer, der dabei vom neu gewählten Ersten Sekretär des FÖGB Groß begleitet wurde. Nach einem Kurzbericht über das Jugendsingen im Burgenland kam endlich der, nach Landsraits Meinung viel zu kurze, Sportteil. Er beugte sich vor und nahm nochmals einen großen Schluck von seinem Bierglas. Die Ergebnisse des Leichtathletikbewerbes in Melk interessierten ihn herzlich wenig. Wann kam endlich Fußball? »Zum Auftakt der neuen Saison in der Oberliga konnte heute Meister FAC durch zwei Tore von Peter Pacult 2:0 gegen Roter Stern Krems die Oberhand behalten. Roter Husar Eisenstadt und Volksstimme Brigittenau trennten sich torlos. Erster Tabellenführer ist jedoch Dynamo Wien durch einen 6:0-Kantersieg gegen ÖMV Stadlau. Dabei gelangen Roman Mählich in seinem ersten Spiel für Dynamo gleich vier Tore.«

Landsrait lehnte sich zufrieden zurück. Das war ein Auftakt nach Maß. Stadlau war zwar kein wirklich ernst zu nehmender Gegner, aber mit einem solchen Resultat signalisierte man den anderen Mannschaften gleich von Anfang an, dass der Weg zum Titel nur über Dynamo führte. Und Landsrait überlegte, ob er sich zur Feier des Tages einen Weinbrand gönnen sollte.

Im Hauptabendprogramm hatten Peter und Andrea die Wahl zwischen dem Spielfilm »Präriejäger in Mexiko« mit dem allseits bekannten Gojko Mitic als Häuptling Bärenauge, der erst vor wenigen Monaten in der DDR produziert worden war und nun erstmals auch in der ÖDR zu sehen sein sollte, und dem Lustspiel »Mein Vater geht auf Reisen«, eine Eigenproduktion des Österreichischen Fernsehfunks. Landsrait hoffte inständig, dass seine Frau nicht für die seichte Komödie plädieren würde, und blieb vorerst still.

Zu seiner großen Erleichterung stand Andrea auf und griff nach ihrem Buch. »Ich geh lesen«, sagte sie leichthin und verschwand im Schlafzimmer. Und Landsrait durfte Indianer spielen.

II.

Am nächsten Morgen wachte er früh auf. Er widmete sich eingehend der Morgentoilette, trank dann eilig eine Tasse Kaffee, ehe er seine Ledertasche schnappte, Andrea auf die Stirn küsste und mit einem schnellen Gruß an die Kinder die Wohnung verließ. Zehn Minuten später saß er in der U-Bahn, weitere 20 Minuten später an seinem Schreibtisch. Sein erster Anruf galt Jäger.

»Wie sollen wir nun weiter verfahren, Genosse Major?«

Am anderen Ende der Leitung schien sich Jäger umständlich zu räuspern. »Also bis auf Weiteres gehört der Fall uns, heißt es. Und das bedeutet, Sie verhören ihn, Genosse Hauptwachtmeister. Und nehmen Sie die Genossen Schneider und Artner mit.«

Landsrait packte seine Sachen zusammen und sammelte unterwegs die beiden Kollegen ein. Sie fuhren mit dem Lada nach Favoriten und ließen sich Pramer vorführen.

Der tobte sich erst einmal aus: »Es ist ein Skandal, wie man als Bürger eines freien und demokratischen Staates hier behandelt wird. Ich verlange, dass man mir die Gelegenheit gibt, mich mit meiner Botschaft in Verbindung zu setzen!«

»Ach, wir können den Genossen Botschafter gerne aus der Residenz der DDR herbitten. Kein Problem.« Landsrait grinste, und seine Kollegen taten es ihm gleich.

»Sie wissen ganz genau, was ich meine«, fauchte Pramer.

»Tja, ich kann es mir denken. Aber wissen Sie, Herr Pramer, bei zwei Pässen stellt sich immer die Frage, welcher ist nun der echte …«

»Das habe ich Ihnen doch schon gestern erklärt …«

»Erklärt haben Sie gar nichts. Sie haben mir Ihre Version angeboten. Aber ob die stimmt, wer weiß …«

»Hören Sie, ich weiß überhaupt nicht, was Sie von mir wollen! Ich bin ein Bürger der Bundesrepublik Österreich und war auf einem Tagesausflug in Ihrer Stadt, weil ich einmal den Prater besuchen wollte, von dem meine Eltern mir so oft erzählt haben. Und dann bin ich in ein Kaffeehaus gegangen. Das war alles.«

»Warum haben Sie dann so merkwürdig reagiert, als ich den Namen Schütz erwähnte? Und vor allem, warum sind Sie gleich danach geflohen?«

»Na wie würden Sie reagieren, wenn Ihnen jemand so ganz seltsam auf die Pelle rückt? Ich hatte Angst vor Ihnen!«

»Verarsch uns da nicht«, brüllte Artner, »du bist ein kriminelles Element. Du hast irgendetwas Wertvolles mit diesen beiden Ganoven in den Westen geschmuggelt. Gib es doch zu, dann kommst du vielleicht mit Gefängnis davon!«

Pramer mimte den Empörten. »Darf der so mit mir umspringen?«, wandte er sich an Landsrait. Der nickte.

»Hören Sie«, begann Pramer erneut, »ich kenne keinen Schütz. Ich …«

Landsrait gebot dem Mann mit erhobener Hand Einhalt. »Gut. Dann noch einmal von vorn. Sie behaupten also, Sie sind erst gestern in Wien eingereist.«

»Ja.«

»Das ist merkwürdig. Laut unseren Aufzeichnungen stammt Ihre letzte Einreise vom 31. Juli. Wenn Sie also nicht illegal aus- und dann gestern wieder eingereist sind, und zwar ebenso illegal, dann sind Sie schon eine ganze Weile hier, Herr Pramer. Was, so nebenbei bemerkt, auch illegal ist.«

Erstmals während der Vernehmung war Pramer um eine Antwort verlegen.

»Wissen Sie, unsere Grenzbehörden zeichnen das nämlich auf. Da geht man nicht einfach so hin und her, wie es einem gerade in den Sinn kommt.«

»Das muss ein Irrtum sein … ich …«

»Verkaufen Sie uns bitte nicht für dumm, Herr Pramer. Wir mögen vielleicht nicht so schillernd sein wie Ihre feinen Pinkel da in Ihrem Salzburg bei diesem Jedermann, aber wir machen unsere Hausaufgaben gründlich. Und deshalb kann ich Ihnen sagen, für jemanden, der angeblich aus der DDR abgehauen ist, wie Sie uns gestern wissen ließen, sind Sie erstaunlich oft zu Gast in unserem schönen Land. Und das stimmt einen dann doch nachdenklich.«

Pramer presste die Zähne zusammen und schwieg.

»Und wenn ich mir Ihren BR-Pass ansehe, dann ist der noch keine zwei Monate alt. Und trotzdem waren sie allein im Juli dreimal bei uns. Ich meine, den Prater sehen wollen ist ja ganz nett – aber jede Woche?«

Pramer blieb weiter stumm. Allerdings krampfte er nun die Finger seiner Hände so fest zusammen, dass deren Knöchel weiß wurden. Landsrait behielt seinen ruhig-beiläufigen Ton bei, zog aber die Daumenschrauben langsam weiter an.

»Sie mögen jetzt vielleicht glauben, Herr Pramer, was ist das schon, ein illegaler Grenzübertritt, na und? Eine Übertretung im doppelten Sinne, eine Gesetzesübertretung eben. Aber bloß etwas Verwaltungstechnisches, so, wie wenn man den Führerschein zu Hause vergessen hat oder ohne Fahrschein im Bus sitzt. Aber da irren Sie sich, Herr Pramer.«

Landsrait machte eine Kunstpause und sah Pramer direkt in die Augen. Natürlich versuchte der, weiterhin gelassen zu wirken. Doch Landsrait erkannte genau, dass er den Mann immer mehr genau dorthin bekam, wo er ihn haben wollte. Und in Pramers Augen blitzte allmählich Panik auf.

»Wissen Sie, wenn Sie noch nie zuvor bei uns gewesen wären, dann könnte ich ja vielleicht noch annehmen, Ihr Verhalten sei einem gewissen Unverstand geschuldet, einem Nicht-Erkennen der Tragweite Ihres Handelns. Aber wenn jemand so oft in die ÖDR einreist wie Sie, dann legt das doch einen ganz anderen

Verdacht nahe. Und damit meine ich nicht, dass ich Sie für einen Freund unserer sozialistischen Ordnung halte, falls Sie das glauben.«

Abermals hielt Landsrait inne. Er wollte Pramer die Gelegenheit geben, sich auszumalen, welche Anklage der Polizist gleich gegen ihn vorbringen würde. Pramer sollte ruhig ein wenig zappeln. Und wenn ihm dann die Tragweite dessen, was ihm hier alles drohen konnte, voll zu Bewusstsein gekommen war, dann würde die nackte Angst über den Verstand obsiegen, und das Geständnis des Mannes würde Landsrait in den Schoß fallen wie eine reife Frucht.

»Schauen Sie, Herr Pramer«, setzte Landsrait nun wieder an, »wir sind ja hier auch nicht gerade von gestern, gelt! Ihre Vorgehensweise lässt nur zwei mögliche Schlüsse zu. Entweder Sie verschieben irgendwelche Waren von West nach Ost und umgekehrt, oder, was freilich für Sie noch fataler wäre, Sie spionieren hier für eine westliche Macht.«

Die letzten sechs Worte hatte Landsrait langsam, blechern und mit immer lauterer Stimme von sich gegeben. Gleichzeitig richtete er sich auf und brachte seinen Oberkörper immer näher an Pramer heran, sodass Landsraits Gesicht am Ende des Satzes nur noch ein, zwei Handlängen von jenem Pramers entfernt war.

»Ich ... bin kein ... Spion«, brachte Pramer mühsam hervor.

Davon war Landsrait auch nicht ausgegangen. Aber es schadete nicht, wenn Pramer das Gefühl bekam, die

Volkspolizei hege diese Vermutung, denn mit Spionen, das wusste sicher auch Pramer, machte man hüben wie drüben wenig Federlesen. Der Mann sollte sich ruhig vorstellen, wie er in einer nasskalten Nacht aus einer kahlen Zelle gezerrt und in einen gespenstischen Innenhof geführt wurde, wo man ihn dann einfach an die Wand stellte. Dieses Szenario mochte helfen, Pramer die Zunge zu lösen.

Landsrait wartete. Auf seinem Gesicht zeichnete sich ein spöttisches Lächeln ab. Dieses sollte Pramer signalisieren, dass er sehr wohl für einen Agenten gehalten wurde. Mit allen Konsequenzen, die diese Annahme implizierte.

»Was denn sonst, Herr Pramer? Sie haben ja selbst vehement bestritten, einen Herrn Schütz zu kennen. Also geht es nicht um Schmuggel. Was, so frage ich Sie, bleibt dann noch übrig – außer eben Agententum.«

Für einen Augenblick schien es, als hätte Landsrait den Mann genau dort, wo er ihn hatte haben wollen. Ja, der Hauptwachtmeister war sich sicher, dass Pramer aus lauter Angst, abgeführt und erschossen zu werden, die Schmugglertätigkeit gestehen würde. Doch ganz plötzlich ging ein Ruck durch den Mann, und die eben noch so angespannten Züge entkrampften sich. »Ich bin Staatsbürger der Bundesrepublik Österreich. Ich verlange, mit meiner Botschaft sprechen zu dürfen. Das steht mir laut KSZE-Schlussakte, die auch die ÖDR unterschrieben hat, zu.«

Landsrait fluchte innerlich. Er hatte Pramer unterschätzt. Wer auch immer ihm diesen vorwitzigen Hinweis auf internationale Abkommen gezwitschert haben mochte, er hatte Pramer damit gut präpariert. Und damit war vorerst nichts mehr zu wollen. Abrupt stand der Hauptwachtmeister auf und wies seine Kollegen an, Pramer in dessen Zelle abführen zu lassen. Kaum war Pramer außer Sicht- und Hörweite, trat Landsrait ärgerlich gegen das Tischbein. Er wusste nicht, wie, aber auf irgendeine Weise hatte er es verbockt. Jetzt blieb ihm nichts anderes übrig, als Jäger Bericht zu erstatten und darauf zu warten, welche Order der Major geben würde. Der Karren war verfahren.

Als Schneider und Artner den Vernehmungsraum wieder betraten, setzte sich Landsrait auf die Tischkante. »Wir müssen unbedingt herausfinden, wo sich Pramer die letzten Wochen aufgehalten hat. Ich halte jede Wette, dass der seit dem 31. Juli auf unserem Gebiet war. Also brauchen wir Beweise, die das belegen.«

»Oder Zeugen, die ihn gesehen haben«, ergänzte Artner.

»Genau!«, stimmte ihm Landsrait zu.

»Wir sollten vielleicht noch einmal den Schütz verhören. Wenn wir bei dem ein wenig Druck machen, dann verrät er uns eventuell mehr über Pramer«, warf Schneider ein.

Landsrait wedelte mit dem Zeigefinger vor Schneiders Gesicht. »Das ist eine sehr gute Idee. Wir konfrontieren ihn mit den Fakten, die wir bislang zutage gefördert haben, dann wird er schon alleine deswegen auspacken, weil er Angst um seinen Kopf bekommt.«

Landsrait wies Schneider an, Schütz holen zu lassen. Dann erteilte er Artner den Auftrag, sich in den Hotels und Pensionen umzuhören, in denen Westgäste abstiegen. Dabei sollte er zunächst danach fragen, ob sie einen Gast namens Pramer beherbergt hatten, und im Verneinungsfalle, ob sie jemanden unter ihrem Dach hätten, der sein Zimmer seit gestern nicht mehr betreten hatte. Denn immerhin war es ja möglich, dass Pramer noch einen dritten Pass besaß, der auf einen anderen Namen ausgestellt war.

Doch wenn Landsrait ehrlich zu sich selbst war, dann durfte er sich von dieser Aktion nicht allzu viel versprechen. Viel wahrscheinlicher war es, dass Pramer in der ÖDR bereits ein weitläufiges Netz an Kontakten aufgebaut hatte. Mutmaßlich übernachtete er bei Komplizen, sodass sich Artner umsonst bemühen würde. Aber versuchen musste man es immerhin.

Eine Viertelstunde später saß ein aufgekratzter Willi Schütz auf genau jenem Stuhl, den kurz zuvor noch Pramer gewärmt hatte. Landsrait nahm ein paar alte Aktenbündel an sich, die bei Schütz den Eindruck erwecken sollten, die Volkspolizei habe in den letzten 24 Stunden ganze Berge an Erkenntnissen über ihn gesammelt, und ging dann gemessenen Schritts in den Verhörraum.

Er breitete die Papierstöße so auf dem Tisch aus, dass Schütz sie nicht lesen konnte, und setzte sich dann. Für einen Augenblick sah er versonnen beim vergitterten Fenster hinaus, während er innerlich die Sekunden zählte. Als er bei 100 angekommen war, richtete er sich, ohne seinen Blick vom Fenster zu wenden, erstmals an den Verdächtigen.

»Schütz, Schütz, Schütz, das schaut gar nicht gut aus. Wir haben deinen angeblichen Auftraggeber gestern im ›Einheit‹ hochgenommen. Aber weißt du was«, an dieser Stelle sah Landsrait dem Schütz nun endlich in die Augen, »der sagt, es war alles allein deine Idee. Du hättest ihn da mit hineingezogen, und nicht umgekehrt.«

»Wie bitte?« Aus Schütz' Worten sprach grenzenloses Erstaunen.

»Er hat gesungen wie ein Goldkehlchen. Und so, wie's im Moment ausschaut, bleibst du über. Mit einem ganzen Haufen an Straftaten, die, na sagen wir einmal ganz locker, für 15 Jahre in Stein reichen.«

»So ein Blödsinn«, widersprach Schütz heftig, »ich kenn den ja gar nicht. Der hat sich doch das alles ausgedacht, und wenn ich nicht so dringend Geld gebraucht hätt', dann wär ich ja gar nicht erst darauf eingegangen.«

»Geld hast gebraucht? Wofür denn, bitte schön?«

Schütz kaute nervös auf seiner Unterlippe. Offensichtlich rang er mit sich, wie viel Wahrheit er den Ermittlern auftischen konnte, ohne sich dabei noch tiefer in sein Unglück zu verstricken.

»Geld, mein Lieber, braucht man bei uns nur für krumme Sachen. Für alles andere gibt es in diesem Land eine vernünftige Finanzierung durch die entsprechenden staatlichen Einrichtungen. Also überleg dir gut, was du uns jetzt als Nächstes sagst«, setzte Landsrait nach.

Es war offensichtlich, dass Schütz mit sich rang. Die Frage war nur: Zögerte er, weil er sich eine Geschichte zurechtlegte, mit der er die Polizei hinters Licht führen wollte, oder war ihm die Wahrheit einfach peinlich, sodass er nach den richtigen Worten suchte. Landsrait ließ ihm Zeit.

Endlich beugte sich Schütz vor. Mit gedämpfter Stimme, die gleichzeitig mit einem Mal ziemlich belegt klang, begann er zu sprechen: »Das hat alles mit meiner Alten zu tun«, begann er. Landsrait hängte sich eine fragende Miene ins Gesicht, und als Schütz nicht gleich fortfuhr, deutete der Hauptwachtmeister mit einer drehenden Bewegung seiner rechten Hand an, Schütz möge sich genauer erklären.

»Wissen Sie, Herr Oberwachtmeister, meine Frau …«

»Hauptwachtmeister. Aber egal. Weiter.«

Schütz war kurz irritiert, dann fuhr er fort. »Meine Frau, die steht halt so auf dieses ganze Westzeug. Wir haben ja Westfernsehen, nicht wahr. Jaja, ich weiß, das dürften wir eigentlich nicht schauen. Aber was kann denn ich dafür, wenn das so stark bei uns hineinstrahlt, dass man es leichter rein bekommt als unsere eigenen Sender. Jedenfalls hängt meine Frau in jeder freien

Minute vor der Glotze und schaut diese ganzen Werbesendungen in diesem ORF. Und dann will sie immer alle möglichen Sachen haben. Jeans zum Beispiel.«

»Die bekommt man hier auch«, erinnerte Landsrait sein Gegenüber.

»Ja schon. Aber welche! Nein, meine Frau will diese Levis. Die echten. Und die kosten ein Vermögen! Glauben Sie nicht, ich hätte nicht versucht, ihr unsere eigenen Waren unterzujubeln. Ich hab' sogar meine Schwester gebeten, ein Etikett von den Amis auf die Jeans zu nähen. Aber meine Frau hat natürlich sofort gemerkt, dass die Hose von hier ist. Da schau, sagt sie, die Naht ist ganz anders. Der Schnitt, sagt sie, ist nicht tailliert wie bei den Amis. Die Farbe, sagt sie. Und der Stoff, sagt sie, das ist kein Denim. Ich hab' vorher nicht einmal gewusst, was das ist: Denim. Ich hab' geglaubt, das ist ein Rasierwasser. Aber meine Frau kennt so etwas natürlich. Die hat mir vielleicht einen Tanz aufgeführt! Ich hab' so tun müssen, als hätte man mich am Schwarzmarkt beschissen, damit sie nicht spitzkriegt, dass ich sie bescheißen wollte. Hat sie mich natürlich einen Trottel geheißen. ›Du taugst zu gar nichts‹, sagt sie. ›Du bringst es nie zu etwas‹, sagt sie. ›Warum hab ich dich nur geheiratet.‹ Na, und so weiter. Die ganze Leier halt.«

Landsrait hatte Schütz in der Hoffnung monologisieren lassen, er würde irgendwann einmal auch etwas Relevantes von sich geben. Doch am Ende der Litanei war der Hauptwachtmeister so klug als wie zuvor.

»Das ist ja durchaus bedauerlich für dich. Aber selbst wenn du am Schwarzmarkt Jeanshosen und Seidenstrümpfe kaufst, Westparfum und Pepitakostüme, dann stürzt dich das immer noch nicht in eine Finanzkrise. Also! Wofür brauchtest du das Geld?«

Schütz seufzte. »Was soll ich sagen. Durch diese Schwarzmarktgeschäfte bin ich halt in falsche Kreise geraten. Ich hab' mir Geld ausgeborgt. Relativ viel halt. Am Mexikoplatz nehmen s' ja nur Westwährung. Also hab' ich mir in einem Hinterzimmer vom ›Café Heller‹ 200 Dollar besorgt. Aber nicht, dass Sie jetzt glauben, um 3.000 Schilling, wie's der offizielle Kurs wär'. Nein, die wollten auf einmal 20.000 Schilling von mir.«

Landsrait pfiff durch die Zähne. Den Unterlagen zufolge war Schütz Dreher. Als solcher verdiente er 3.- bis 4.000 Schilling im Monat. 20.000 waren da ein halber Jahreslohn.

»Die haben natürlich ganz genau gewusst, dass ich das im Leben nicht zurückzahlen kann. Und sie haben mir gedroht, sie prügeln mich windelweich, wenn sie ihr Geld nicht stante pede wiedersehen. Ich war mir sicher, die bringen mich um. Ich hab' schon meine Leiche die Donau abwärts treiben sehen. Und da machen mir die auf einmal den Vorschlag, ich soll ihnen ab und zu einen Gefallen tun, dann vergessen sie das mit den Schulden.«

Langsam kommt man der Sache näher, dachte sich Landsrait. »Und wie solltest du ihnen gefällig sein?«

»Na ja, anfangs ging es nur um kleine Botengänge. Irgendwelche West-Touristen brachten irgendetwas mit, das gaben sie mir dann an zuvor ausgemachten Plätzen. Und ich trug das Zeug dann ins ›Café Heller‹. Der Kellner dort, der Leopold, der ist eine ziemlich dubiose Erscheinung. Ich weiß nicht, in einem anderen Leben wär' der vielleicht eine Spürnase wie Sie geworden. Aber in der ÖDR ist er halt nur ein kleiner Kellner, der selbst sein bester Gast ist. Und daher nimmt er es mit der Kundschaft nicht so genau.«

Landsrait wusste genau, wovon Schütz sprach. Im Hinterzimmer des »Café Heller« in Floridsdorf tummelte sich allerhand Gelichter: Kleinganoven, Kuppler, verkrachte Künstler und politisch unzuverlässige Intellektuelle. Scherzhaft hatte Jäger einmal gemeint, über dieses Kaffeehaus könnte man eine ganze Serie von Kriminalromanen schreiben, doch der Krimi galt in der ÖDR als anstößige Literatur, die von den staatlichen Verlagen ebenso wenig gefördert wurde wie von der offiziellen Kulturpolitik.

»Gut, du gibst also zu, dass du schon seit Längerem in Schmuggel-Aktivitäten verwickelt bist?«

»Mein Gott, so wie das bei Ihnen klingt, kommt man sich ja vor wie ein Schwerverbrecher.«

»Ja, das kommt hin«, bemerkte Landsrait lapidar.

»Ich bitte Sie, Herr Ober… Herr Hauptwachtmeister! Das waren kleine Gefälligkeiten. Irgendein Westler wollte seiner Ostverwandtschaft eine Kleinigkeit zukommen lassen. Kaffee oder Konserven, Gewand oder Geschirr, das war weiter gar nichts. Und ich hab' das ja auch nur deshalb gemacht, weil ich bei denen in der Kreide stand.«

Wahrscheinlich sagte Schütz sogar die Wahrheit. Doch das änderte nichts daran, dass er gegen das Gesetz verstoßen hatte. Mehrfach offensichtlich.

Schütz ahnte, was dem Hauptwachtmeister durch den Kopf ging. »Ich bitte Sie! Wenn meine Frau Wind von meinen Schulden bekommen täte, die würde mir sofort den Kopf abreißen und meine Reste an die Hunde verfüttern! Und dabei wäre es ihr vollkommen egal, dass ich die Schulden nur wegen ihr g'macht hab'.« Schütz bemühte sich um einen mitleiderregenden Gesichtsausdruck. Der Erfolg dieser Mimik blieb jedoch überschaubar.

»Aber wenn ich es Ihnen doch sag! Die rennt mir einen Regenschirm in den Arsch und spannt ihn auf«, bemühte sich Schütz nun um eine drastische Darlegung seiner Notlage.

»Diese Verfehlungen könnten wir dir ja vielleicht noch nachsehen«, lenkte Landsrait ein klein wenig ein, »aber dabei ist es ja, wie wir wissen, nicht geblieben. Der Schmuggel wurde ja alsbald schon wesentlich professioneller aufgezogen. Und das, lieber Freund, ist definitiv kein Kavaliersdelikt mehr.«

»Das stimmt so nicht, Herr Hauptwachtmeister, ich schwör's«, kam es verzweifelt aus Schütz' Mund, der durch händeringende Gesten auch optische Unterstützung seiner Worte versuchte, »das da vorgestern, das war das allererste Mal. Und da ist auch ganz und gar nichts passiert. Ehrlich nicht.«

»Und das soll ich dir glauben?« Landsrait lachte laut auf.

»Aber wenn ich es Ihnen doch sage. Wir hätten irgendein Paket entgegennehmen sollen da unten. Von irgendwem, der aus dem Westen unter der Mauer durchgeht. Und das hätt' ich dann dem Pra... dem mir unbekannten Mann übergeben sollen.« Schütz hatte Stakkato artig weitergesprochen, dennoch war Landsrait dessen Fehler nicht entgangen. Schütz hatte zugegeben, den Pramer sogar namentlich zu kennen. Doch darauf konnte man auch später noch zurückkommen. Schütz fuhr eilig fort: »Es ist aber niemand gekommen. Wir haben gewartet und gewartet, und nichts ist passiert. Dann, als wir schon abhauen wollten, ist auf einmal der Grenzschutz dagestanden. Na, und den Rest kennen Sie.«

Landsrait fixierte sein Gegenüber. So genau, dass er die Schweißperlen zählen konnte, die Schütz über das Gesicht liefen. »Wenn ich es Ihnen doch sag', Herr Hauptwachtmeister«, begann dieser wieder. »Es ist nichts passiert da unten.«

Eine Pause dehnte sich zwischen den beiden aus. »Ich meine«, begann Schütz von Neuem, »Ihre Leute hätten ja etwas bei uns gefunden, wenn etwas gewesen wäre.«

Für einen Moment war Landsrait tatsächlich irritiert. Er versuchte, sich das Protokoll der Kollegen wieder ins Gedächtnis zu rufen. Dort war, soweit er sich erinnerte, tatsächlich nichts von irgendwelchen Gegenständen gestanden, die man bei Schütz und seinem toten Kumpel sichergestellt hätte. Abgesehen von dem Geld natürlich. Jene enorme Summe, die bei Schütz gefunden worden war.

Was aber, so kam es Landsrait gleich danach in den Sinn, wenn es umgekehrt gewesen war? Wenn Schütz nicht etwas in Empfang nehmen, sondern vielmehr etwas abgeben sollte. Dann bedeutete das schlicht und einfach, dass er seinen Kontaktmann aus dem Westen tatsächlich getroffen und die Transaktion erfolgreich zu Ende gebracht hatte, ehe die Kollegen ihn dingfest machen konnten.

Die Chancen standen fifty-fifty, dass es genau andersherum gewesen war. Aber der Umstand, dass Schütz so penetrant darauf verwies, dass nichts vorgefallen war, sprach eindeutig dafür, dass er nichts abholen, sondern etwas liefern sollte. Landsrait beschloss, einen Schuss ins Blaue abzugeben.

»Du hältst mich wohl für ziemlich naiv, was? Wir wissen genau, dass du deinen West-Kontakt da unten getroffen hast. Und erfolgreich noch dazu. Du hast geliefert. Daher auch das Geld, das man bei dir gefunden hat.«

»Woher wollt ihr das wissen?«

Landsrait schnellte vor: »Weil du das gestern schon zugegeben hast, du Trottel! Erinnerst du dich nicht mehr? Da hast du uns den Mann ans Messer geliefert, von dem du gestern noch meintest, du würdest ihn nicht näher kennen. Und vor drei Minuten hast du beinahe seinen Namen genannt.« Landsrait lehnte sich erleichtert zurück. Gerade noch rechtzeitig war ihm der Verlauf der gestrigen Vernehmung wieder eingefallen. Gleichzeitig machte er sich geistig eine Notiz. Künftig, so beschloss er, ging er nicht mehr unvorbereitet in ein Verhör. Sonst verlor er einmal wirklich den Faden und wurde einfach ausgetrickst.

Schütz erstarrte. Augenscheinlich war nun auch ihm klar geworden, dass er den Poker verloren hatte. Wahrscheinlich war es Landsraits temporäre Unwissenheit gewesen, die ihn auf die Idee gebracht hatte, er könne den Polizisten an der Nase herumführen. Doch jetzt lagen die Karten auf dem Tisch, und Schütz hatte keinen Trumpf mehr in der Hand. Er lehnte sich zurück und verschränkte die Arme vor der Brust. »Ich sag jetzt gar nichts mehr«, meinte er bockig.

»Tja, das ist deine Sache. Wir haben dich und wir haben Pramer. Wer von euch zuerst auspackt, der wird es viel leichter haben im Knast. Und der andere, na ja, der beißt halt in den sauren Apfel. Deine Entscheidung.«

»Ich kenn euch doch. Das ist alles nur Taktik, damit ich singe. Und wenn ihr dann habt, was ihr wollt, dann ist man der Angeschmierte. Ich bin so oder so am Arsch. Also erfahrt ihr von mir nichts.«

Landsrait war müde. Abrupt brach er das Verhör ab und ließ den zeternden Schütz abführen. Er selbst holte sich einen Kaffee, zündete sich eine Zigarette an und dachte nach.

Was, so fragte er sich, konnten zwei Männer in einem feuchten Keller an jemand anderen übergeben? Zu groß durfte es nicht sein, sonst wäre es schon zuvor irgendwo aufgefallen. Zu klein möglicherweise aber auch nicht, sonst wäre es nicht 10.000 West-Schilling wert. Und vor allem: Woher hatte Pramer das Zeug, und wie schaffte es Schütz dorthin?

Fragen über Fragen, auf die Landsrait keine Antwort wusste. Vielleicht, so sagte er sich, während er die Zigarette früher als üblich ausdämpfte, sah er klarer, wenn er sich an den Tatort begab. Landsrait stand auf, gab Artner Bescheid und machte sich auf den Weg in die Neugasse.

Dorthin war es nur ein kurzer Fußweg. Bald stand er vor dem betreffenden Haus. Er betrat es und studierte erst einmal das Mieterverzeichnis. Im ersten Stock wohnte niemand. Nun, das war normal, denn wer nahm sich schon eine Wohnung im Sperrbezirk, in dem die Fenster direkt auf eine Mauer gingen? Im zweiten Stock gab es nur eine Wohnung, und die war auf einen Herrn Müller eingetragen. Landsrait war sich sicher, dass dieses »Müller« nichts anderes als ein Tarnname für die Genossen vom Grenzschutz war, denn der zweite Stock befand sich genau in Augenhöhe zum Schutzwall. Blieben also der dritte und vierte Stock. Da gab es jeweils drei Parteien. Mit denen, so dachte Landsrait, sollte er im Anschluss einmal reden. Doch vorerst wollte er sich den Keller genauer ansehen. Er ging die Treppe abwärts und suchte den Lichtschalter. Die feucht-kalten Gemäuer machten ihn trotz Hochsommer frösteln, und er ärgerte sich darüber, dass die wenigen Glühbirnen kaum für ein Mindestmaß an Helligkeit sorgten. Er hielt inne und versuchte sich zu orientieren. Wenn er nicht falsch lag, dann musste die Mauer links von ihm sein. Also hielt er auf den entsprechenden Gang zu. Der endete nach einigen Metern, und nichts deutete darauf hin, dass es irgendwo einen Durchlass gab. Landsrait fluchte. Er hätte eine Taschenlampe mitnehmen sollen.

»Ja, ganz schöne Scheiße. Ohne Spezialbeleuchtung merkt man gar nicht, wo das Loch ist.«

Erschrocken fuhr Landsrait herum. Im Halbdunkel erkannte er nur die Umrisse eines groß gewachsenen Mannes. Der stellte sich jedoch freundlicherweise direkt unter die nächste Lichtquelle. »Gestatten, Müller!« Dabei zwinkerte er und trat ganz nah an Landsrait heran. »Sie sind Hauptwachtmeister Landsrait, nehme ich einmal an.«

»Woher wissen Sie …?«

»Na kommen Sie, Genosse Hauptwachtmeister. Müller! So heißt doch kein Mensch! Sagen Sie jetzt bloß nicht, Sie wissen nicht, wen Sie vor sich haben.«

»Grenzschutz oder Staatssicherheit?«, fiel nun endlich der Groschen bei Landsrait.

»Beides«, zwinkerte Müller ein weiteres Mal. Dann hielt er eine Taschenlampe hoch und warf den Lichtkegel direkt auf die Feuermauer vor ihnen. »Auf den ersten Blick ist nichts zu erkennen. Die haben hier wirklich sauber gearbeitet.«

Tatsächlich fiel Landsrait auch im Licht der Taschenlampe nichts auf.

»Normalerweise gehen wir davon aus, dass Diversanten einfach ein Loch in die Wand machen. Doch die hier, die waren wesentlich abgefeimter.« Müller trat an die Wand und entnahm ihr einen halben Ziegelstein. Dahinter wurde eine Türschnalle sichtbar. Müller ergriff sie und zog die Pforte auf.

»Perfekt gemacht. Gut, der Umstand, dass es hier keinerlei Verputz gibt, kam ihnen entgegen. Man hält die Umrisse der Tür für Fugen zwischen den Ziegeln. Ohne den Fang von vorgestern wäre uns dieser Fluchttunnel wohl nie aufgefallen. Und das, obwohl wir hier direkt im Haus einen Stützpunkt haben. Die Burschen hier waren also wirklich dreist.«

Landsrait hörte dem Stasi-Mann nur mit einem Ohr zu. Er war viel zu fasziniert von dem Tunnel, der sich hinter der Tür aufgetan hatte. »Führt der unter dem Schutzwall durch?«, fragte er endlich.

»Ganz genau. Die Genossen hatten es seinerzeit wohl ziemlich eilig, die Mauer zu errichten. Darum haben sie darauf vergessen, sie wirklich tief im Erdreich zu verankern. Dabei sind wir hier in Wien. Da ist die halbe Stadt tief unterkellert. Das hat seit Jahrhunderten Tradition. Ich habe einmal gelesen, dass die Keller hier schon im Mittelalter mehr Stockwerke aufwiesen als die Häuser über der Erde.«

Müller leuchtete mit der Taschenlampe in den Tunnel.

»Und an dieser Stelle wurde die Mauer sichtlich einfach auf die Fahrbahn gestellt. Der Tunnel da geht 20, 30 Meter geradeaus, und schon ist man drüben im Westen. Wir haben es überprüft. Inoffiziell natürlich. Dort gibt es einen alten Abstieg zum Kanal. Und so gelangt man nach oben an die Oberfläche. Wir gehen davon aus, dass Ihr Fang vorgestern im Westen war. Wenn auch nur für ein paar Augenblicke.«

Landsrait pfiff durch die Zähne. »Haben Sie eine Ahnung, seit wann das hier existiert?«

»Ehrlich gesagt, nein. Das beschäftigt uns schon seit zwei Tagen. Wir gehen aber davon aus, dass diese Tür schon vor langer Zeit angelegt wurde, also noch bevor wir hier Posten bezogen haben. Weiß der Himmel, wie viele Republikflüchtlinge hier seit 1961 rausgeschleust worden sind.«

Landsrait blieb der Mund offen. »Wollen Sie sagen, das geht so einfach? Einmal runter in den Keller, und ab die Post? Wozu dann die ganzen Horchposten, die Scheinwerfer, die Grenzsoldaten?«

»Jetzt mal langsam, Genosse. Wir sind auch nur Menschen. Wir können ja nicht auf zig Kilometern jedes Kellergewölbe nach Auffälligkeiten überprüfen. Und der Kanaldeckel liegt für uns im toten Winkel. Der ist praktisch direkt an der Außenseite der Wand. Den sieht man von unserer Seite nur, wenn man direkt auf der Mauer hocken würde.«

Allmählich beruhigte sich Landsrait wieder. Das war letztlich nicht sein Problem. Dafür würden ganz andere geradestehen müssen. Ihn brauchte nur zu interessieren, dass Schütz ebenfalls diesen Kanal benutzt hatte, um seine Ware abzuliefern.

»Und Sie haben wirklich nicht bemerkt, dass da zwei Schmuggler direkt unter Ihrem Stützpunkt ihre Ware in den Westen verschoben haben?«

»Ganz ehrlich, Genosse. Wenn wir jedes Mal auf Anschlag wären, wenn da jemand in den Keller geht, dann könnten wir unseren Posten gleich nach unten verlegen. Das Problem liegt einfach darin, dass sich die Partei seinerzeit nicht dazu entschließen konnte, den ganzen Straßenzug einfach zu räumen. Wenn hier keine Mieter mehr wohnen würden, dann hätten wir es entschieden leichter.«

Und wenn es keine Verbrecher gäbe, dann hätte er ein schönes Leben, dachte Landsrait, blieb aber stumm. »Ich nehme an, ihr habt die restlichen Bewohner des Hauses schon einvernommen«, begann er dann. »Und die haben natürlich nichts wahrgenommen, oder?«

Müller schüttelte den Kopf. »Und ich glaube ihnen«, fügte er hinzu. »Das sind alles verlässliche Mitglieder der Partei. Die meisten von ihnen arbeiten sogar im Apparat. Bühlmann im dritten Stock ist zudem auch noch Mitglied der Volkskammer.«

Das war eigentlich naheliegend. Die Partei ließ es wohl kaum zu, dass an einer derart neuralgischen Stelle irgendwelche unsicheren Kantonisten Wohnung nahmen. »Glauben Sie mir, Genosse Hauptwachtmeister, wenn hier jemandem etwas aufgefallen wäre, dann wäre er sofort zu uns gekommen.«

»Das heißt, es gelang Schütz, sich unbemerkt hier einzuschleichen. Wie, bitte schön, ist das möglich?«

»Eine berechtigte Frage«, gab Müller zu, »ab 22 Uhr ist das Haustor geschlossen und kann nur von den Mietern geöffnet werden, weil die ja einen Haustorschlüssel haben. Wenn jemand Hausfremder hier hereinkommen will, dann muss ihm entweder ein Mieter oder aber der Hauswart öffnen. Und der Hauswart sind wir«, unterstrich er mit einem Grinsen.

Landsrait kratzte sich am Hinterkopf. »Das bedeutet dann wohl, dass Schütz und sein Kumpan schon vor zehn Uhr hier eingedrungen sind und sich einschließen ließen. Was die Frage aufwirft, wie sie das Haus wieder verlassen wollten …«

»Vielleicht hatten sie sich darauf eingestellt, einfach bis sechs Uhr morgens zu warten, wenn das Tor wieder geöffnet wird«, schlug Müller vor.

»Ohne Nahrung, ohne Getränke eine ganze Nacht? Das erscheint mir unwahrscheinlich. Gibt es keine andere Möglichkeit? Durch das Erdgeschoss vielleicht?«

Müller schüttelte energisch den Kopf. »Die Fenster im Parterre sind alle zugemauert. Da kommt keiner rein oder raus.«

»Und Sie sind sicher, Genosse, dass alle Mieter absolut zuverlässig sind?«

»Absolut sicher. Aber wenn Sie wollen, können Sie sie gerne noch einmal befragen. Ich bezweifle allerdings, dass Sie mehr herausfinden als wir.« Der letzte Satz kam ein wenig frostig bei Landsrait an.

Der Hauptwachtmeister zuckte ratlos mit den Schultern. Er begann, den Fall so richtig zu hassen. Als er sich schon zum Gehen gewandt hatte, drehte er sich noch einmal zu Müller um. »Und dass Schütz hier Menschen in den Westen geschmuggelt hat, schließen Sie aus?«

»Wir schließen aus Prinzip gar nichts aus. Aber bedenkt man die Summe, die wir bei Schütz gefunden haben, dann wäre das schon eine recht große Gruppe gewesen. Und die wäre uns dann ja wohl doch aufgefallen.«

»Oder es handelte sich um jemand Prominenten. Irgendso ein Oppositioneller, dem bei uns der Boden zu heiß wurde.«

»Also davon würden wir bestimmt wissen«, erklärte Müller mit markanter Betonung des vorletzten Wortes.

»Wenn es sich nicht um Menschen handelte, was kann Schütz dann geschmuggelt haben? Was ist für den Westen so wertvoll, dass er 10.000 Westschilling dafür ausspuckt. Wohl kaum die Baupläne für unsere ›Praktica‹.«

»Darüber zerbrechen wir uns auch schon den Kopf. Und bislang haben wir nicht den Funken einer Ahnung.«

»Na ja, wäre ja auch zu schön gewesen. Bleibt mir nur, Ihnen noch einen guten Tag zu wünschen, Genosse.«

»Gleichfalls, Genosse Hauptwachtmeister. Und immer wachsam bleiben!«

»Für Frieden und Sozialismus, seid bereit«, zitierte Landsrait die Losung der »Pionierorganisation Johann Koplenig«. Und wunderte sich keineswegs darüber, dass Müller reflexartig mit »immer bereit« antwortete. Manche Verhaltensweisen änderten sich eben nie, auch wenn in der Ära von Glasnost und Perestroika so unendlich viel Althergebrachtes ins Wanken geraten war.

Landsrait verließ das Gebäude und schlenderte die Mauer entlang zurück in die Richtung seines Reviers. Vielleicht, so sprach er sich selbst Mut zu, waren ja Schneider und Artner bei ihren Recherchen erfolgreicher gewesen. Als er sein Büro erreichte, saß Artner schon an seinem Schreibtisch. »Jetzt ist es also geschehen«, sagte er abrupt, nachdem er seinen Vorgesetzten bemerkt hatte.

»Geschehen? Was geschehen?«

»Die Genossen in Polen haben aufgegeben. Ich habe es aus zuverlässiger Quelle. Morgen wollen die einen Reaktionär zum Ministerpräsidenten machen.«

Landsrait konnte sich gut vorstellen, woher Artner seine Information hatte. Dessen Schwester arbeitete beim Auslandsgeheimdienst, und auch wenn es dessen primäre Aufgabe war, die Aktivitäten der imperialistischen Ländern zu beobachten, so entging ihm naturgemäß auch nicht, was sich innerhalb der Staaten des Warschauer Vertrags tat.

»Die Genossen werden schon wissen, was sie machen«, bemühte sich Landsrait um einen unverbindlichen Kommentar. In so unsicheren Zeiten wie diesen war es klüger, sich nicht zu exponieren, denn wenn man dabei auf die falsche Karte setzte, dann kam man ganz schnell in die Bredouille. Er erinnerte sich noch gut daran, wie Jäger vor drei Jahren voller Begeisterung die Reformen Gorbatschows gelobt hatte. Vor dem Parteiaktiv musste er dann ausführlich Selbstkritik üben, als sich zeigte, dass die Parteiführung ebenso wie jene der DDR auf Distanz zu dem sprunghaften Russen ging. Aber Jäger lernte schnell. Schon Tage danach sah man ihn bei der demonstrativen Lektüre der Werke von Jegor Ligatschow, und als zu Beginn des Jahres die Zeitschrift »Sputnik« auch in der ÖDR aus dem Verkehr gezogen worden war, da erregte sich Jäger öffentlich und lautstark über das Magazin und lobte die Entscheidung der Regierung. Landsrait hatte damals eine ganze Weile gebraucht, bis er herausfand, dass Jägers Urteil über »Sputnik«, dieses bringe keinen Beitrag, der der Festigung der deutsch-sowjetischen Freundschaft diene, sondern stattdessen verzerrende Beiträge zur Geschichte, fast wortwörtlich der offiziellen Verlautbarung der Regierung entnommen worden war.

»Was ich nicht verstehe, ist, warum die sowjetischen Genossen das hinnehmen.«

Landsrait schreckte aus seinen Gedanken hoch. Augenscheinlich hatte Artner die ganze Zeit, die er,

Landsrait, in seinen Grübeleien versunken war, weiter geredet.

»Weil die ja selber zu Kapitulanten geworden sind«, mischte sich Schneider ein, der nun ebenfalls das Büro betreten hatte. »Der Genosse Gorbatschow gefällt sich doch als Liebling des Westens. Wenn der so weitermacht, hängen sie ihm sogar noch den Friedensnobelpreis um. Das will der werte Genosse Generalsekretär doch nicht riskieren, indem er einen auf Breschnew macht.«

»Sei dem, wie dem wolle«, unterbrach Landsrait leicht genervt den weltpolitischen Diskurs seiner Kollegen. »Für uns geht es nicht um die Frage, wer polnischer Premier oder der nächste Nobelpreisträger wird, wir müssen uns überlegen, wie wir Schütz und Pramer überführen können. Und dazu wäre es hilfreich, wenn wir wüssten, wessen wir sie überführen sollten.«

Augenblicklich verfielen Artner und Schneider in tiefes Schweigen.

»Also, was haben eure Erkundungen ergeben?«

»Ehrlich …«, begann Artner.

»gesagt …«, assistierte Schneider.

»Nichts«, schloss Artner.

»Das heißt, Pramer wurde in keinem einzigen Hotel der Stadt gesehen?«, vergewisserte sich Landsrait.

»So kann man das jetzt nicht formulieren. In keinem der üblichen jedenfalls«, schränkte Schneider ein.

»Keinem der üblichen? Was soll das heißen.« In Landsrait stieg Groll auf.

»Na komm schon, Peter«, versuchte Artner den Hauptwachtmeister zu begütigen, »wir hatten gerade einmal ein paar Stunden Zeit. Da können wir nicht jedes Gästehaus abklappern. Also haben wir uns logischerweise auf diejenigen Beherbergungsstätten beschränkt, in denen Westler verkehren.«

Landsrait stemmte die Fäuste in die Hüften. »Und weil das amtsbekannt ist, wo die Westler absteigen, würde ich, wenn ich Pramer wäre, genau dort nicht hingehen.«

»Wohin denn aber sonst?« Schneider wirkte ein wenig hilflos.

»Wir wissen genau, welche Absteigen für so etwas in Betracht kommen. Draußen in Ober- und Unterlaa, da gibt es immer noch einige Wirte, die es mit unseren Gesetzen nicht so genau nehmen. Und außerdem haben dort auch ein paar Leute das Recht eingeräumt bekommen, privat Zimmer vermieten zu dürfen. Dort sollten wir einmal anfangen. Denn wir dürfen eines nicht vergessen«, automatisch hatte Landsrait belehrend den Zeigefinger erhoben, »Pramer hatte kein Visum, also auch keine Erlaubnis, überhaupt irgendwo abzusteigen. Die besseren Häuser in der Innenstadt würden über diesen Missstand nie hinwegsehen. Und auch die Hotels in der Leopoldstadt nicht, denn sie alle wissen, dass sie sich eine Menge Probleme einhandeln, wenn sie sich nicht an die Gesetze halten. Bleiben also die Privatunterkünfte und die billigen Pensionen am Stadtrand«, schloss Landsrait sein Plädoyer.

Seine Kollegen beschränkten sich darauf, betreten zu Boden zu schauen. Wütend entriss ihnen Landsrait das Foto von Pramer, blickte kurz auf die Uhr, seufzte und ging dann hinunter in den Innenhof, wo die Einsatzfahrzeuge geparkt waren. Er stieg in den erstbesten Lada und fuhr los in Richtung Favoriten.

Kaum dort angekommen, stellte er den Wagen bei der alten Oberlaaer Kirche ab. Er sah sich um. Schnell hatte er gefunden, wonach er suchte. An der Ecke zur Bischofgasse befand sich ein kleines Beisl, dessen Betreiber ihm nur allzu bekannt war. Entschlossen trat er ein.

»Na Edi, was macht das Geschäft?«

Der Wirt erbleichte, als er Landsrait sah. »Herr Wacht… äh … Herr Hauptwachtmeister, einen guten Tag. Wie ich sehe, hat Sie die Republik befördert.«

»Das kommt mit den Jahren. Und wie sieht es bei dir aus?«

»Alles blitzsauber, Herr Hauptwachtmeister. Ich hab' meine Lektion gelernt. Ehrlich.«

Edi Gröller hatte in jungen Jahren als schwer sozialisierbar gegolten. Er hatte heimlich Westmusik gehört, lange Haare getragen und irgendwann damit begonnen, Platten, Musikkassetten und ähnliche Devotionalien aus dem Westen heimlich in der ÖDR zu verscherbeln. Irgendwann Anfang des Jahrzehnts war er aufgeflogen, da er den Hipsters der ÖDR gefälschte Westalben zu obszön hohen Preisen unterjubelte. Irgendwer ließ sich das nicht gefallen und gab der Volkspolizei einen anonymen Hinweis, den Gröller mit zwei Jahren in Kaisersteinbruch büßte. Seitdem galt Gröller als unauffällig, vor allem aber als gefügig. Um seine Ruhe zu haben, arbeitete er aus Prinzip mit der Exekutive zusammen. Ein Umstand, den sich Landsrait nun zunutze machen wollte.

»Keine Sorge, Edi«, sagte er daher in einem aufmunternden Ton, »ich bin nur hier, um in aller Ruhe ein Gläschen zu trinken und ein wenig zu plaudern.«

Edi erkundigte sich nach dem Getränkewunsch des Polizisten, schenkte das Gewünschte ein und beugte sich dann zu Landsrait hinüber. »Also, was wollen Sie wissen?«

Landsrait nahm einen Schluck, stellte das Glas wieder ab und sah Gröller direkt in die Augen. »Wenn ich dieser Tage ins Schmuggler-Geschäft einsteigen wollte, womit würde ich dann am ehesten zu Geld kommen?«

»In der Lage, in der wir uns befinden, mit eigentlich fast allem«, kam es lakonisch zurück.

»Ernsthaft jetzt! Womit machen Schmuggler derzeit die größte Kohle?«

»Und woher soll ich das wissen? Ich bin seit zehn Jahren aus dem Geschäft!«

Landsrait legte den Kopf leicht schief und blickte unverwandt in Gröllers Augen.

»In welche Richtung?«, fragte der endlich resignierend.

»Ich vermute einmal von uns nach drüben.«

»Na das ist überschaubar. Wir haben nicht allzu viel, was im Westen interessant ist. Und das Meiste davon produzieren die im Westen selber.« Und nach einer kleinen Pause: »Waffen. Oder Kunst.«

»Kunst?«

»Na ja, nichts von dem neumodischen Zeugs. Da haben sie drüben ihre eigenen Ikonen. Den Warhol, den Beuys, die fantastischen Realisten. Nein, so richtig altes Zeug. Darauf stehen viele da drüben.«

»Aber was soll das sein? Das Altarbild aus Frauenkirchen?«

»Das ist Barock. Davon haben die drüben mehr als genug. Nein. Artefakte. Aus der Zeit der slawischen Besiedlung zum Beispiel. Oder Keltenkram. Das ist im Augenblick extrem gefragt drüben, hab' ich mir sagen lassen.« Gröller begann zu kichern. »Ehrlich. Die haben seit ein paar Jahren einen neuen Trend. So was – wie heißt das – Esoterisches. Da fahren die voll drauf ab. Druiden. Und irgendwelche keltischen Feste. Ich hab' sogar gehört, einige von denen da drüben glauben an Wiedergeburt und sagen, sie wären schon vor 2000 Jahren irgendwo in Gallien Caesar begegnet.« Das Kichern ging in lautes Lachen über, und es dauerte eine Weile, bis sich Gröller wieder beruhigt hatte. »Aber klar, die da drüben, die haben ja keine Werte. Die müssen zu irgendetwas Metaphysischem Zuflucht nehmen, sonst müssten sie sich ja eingestehen, dass sie auf der falschen Seite stehen. Na, Sie wissen schon.«

Landsrait bemühte sein spärliches Wissen über die Kelten. »Man wird aber kaum irgendwelche Hinkelsteine in den Westen schaffen, oder?« Gröller schüttelte den Kopf. »Oben in Mähren ist eine große Ausgrabungsstätte. Irgendwo bei Brünn. Da haben sie verhältnismäßig viel Goldschmuck und so Sachen gefunden. Sie glauben gar nicht, wie viel irgendwelche Spinner für so etwas berappen. Klar, im Westen gibt es das auch. Aber da hält sofort der Staat die Hand drauf, da kommt man also als Sammler nicht ran. Aber wenn man bei uns irgendjemanden besticht, der vom Klassenstandpunkt abgewichen ist, dann kann man bei der nächsten Champagnerparty die Göttergattin mit einem Diadem schmücken, das schon die selige Libussa getragen hat. Metaphorisch gesprochen.«

»Das klingt durchaus plausibel. Aber wo soll es so etwas hier bei uns geben?«

»Na ja, ich hab' da mal was von Awarengräbern im nördlichen Niederösterreich gelesen. Das wär' schon interessant für die. Und, gar nicht weit von hier, in Unterlaa, da haben sie Römerfunde gemacht unter dieser alten Templerkirche an der Liesing.«

Landsrait schien nicht überzeugt. »Also das würde mich echt wundern, wenn da etwas wegkäme. Die Genossen von der Archäologie schätze ich als pflichtbewusste Arbeiter ein. Die ließen so etwas nicht zu. Und außerdem, Römerkram haben die drüben doch auch in Hülle und Fülle.«

»Aber eben nicht für den privaten Sammler. Das ist der Punkt. Außerdem, die Sore muss ja nicht von hier sein …«

»Wie meinst du das?«

»Nun ja, die Genossen mögen klassenbewusst sein. Und die Proletarier der CSSR und der DDR auch. Aber wer kann sagen, ob das für die Ungarn, die Rumänen und die Bulgaren auch zutrifft. Die haben ja auch jede Menge alten Kram. Hunnen, Daker, Thraker, da käme schön was zusammen. Und seien wir doch ehrlich: Die am Balkan, die sind doch alle irgendwie – na ja – wankelmütig.«

Landsrait lächelte schmal: »Ich weiß, du wolltest korrupt sagen. Aber Schwamm drüber. Deine Theorie hat was für sich.«

»Und erst die Ungarn! Die haben ja schon seit Jahrzehnten ihre eigenen Vorstellungen vom Sozialismus. Ich meine, unter Kadar war wenigstens noch die Generallinie klar, aber jetzt? Die verkaufen doch alles an den Westen, was sich irgendwie versilbern lässt.«

Automatisch dachte Landsrait daran, dass der ungarische Premier Republiksflüchtlinge aus der DDR, die in Budapest in die Botschaft des westlichen Deutschlands geflohen waren, über Jugoslawien und das westliche Österreich ausreisen ließ, anstatt sie in das Staatsgebiet der DDR zu repatriieren.

»Ich meine, wenn die Attilas Geißel fänden und man ihnen einen guten Preis dafür böte, die würden nicht bis harom zählen, schon hätten sie das Zeug losgeschlagen.«

Landsrait hielt Gröller sein leeres Glas unter die Nase. Dieser schenkte nach. »Kunst also«, sagte Landsrait nach einer Weile und nickte langsam.

»Ja, und weil wir schon dabei sind. Ikonen aus Russ…, also aus der Sowjetunion, die sind auch ziemlich begehrt. Ich hab' gehört, für so eine Gottesmutter aus der Schule von Andrej Rubljow zahlen die im Westen Summen, die wir uns nicht einmal vorstellen können.«

Ikonen. Das klang auch nicht unplausibel. Die gab es immerhin in verschiedenen Größen. Da konnte man schon einige unbemerkt über die Grenze verschieben. Allerdings hätten die einen ziemlich langen Weg hinter sich, bis sie an die Mauer kamen.

»Ikonen? Wie sollen die denn bis zu uns gelangen?«

Gröller zog die Mundwinkel nach oben. »Man sieht, dass Sie in solchen Dingen keine Erfahrung haben, Herr Hauptwachtmeister. Das ist doch ganz einfach.« Der Wirt räusperte sich. »In der Sowjetunion geht doch derzeit einiges, Entschuldigung, aber was wahr ist, ist wahr, den Bach hinunter. Seit der Genosse Mineralsekretär da auf neue ökonomische Politik macht, fehlt es den Leuten dort an allem.«

Landsrait raffte sich zu einem lahmen Widerspruch auf. »Na, so würde ich das aber nicht sehen.«

»Ist aber so. Ich war vorigen Sommer auf der Krim.« Abwehrend hob er im selben Augenblick die Hand. »Jaja, ich weiß. Sie fragen sich jetzt, wie ein unzuverlässiges Subjekt wie ich zu so einem schönen Urlaubsziel kommt. Sagen wir so, jemand war mir noch einen Gefallen schuldig. Und mehr sag ich dazu jetzt nicht, sonst sag ich gar nichts mehr. Haben wir uns verstanden?« Landsrait nickte.

»Und was soll ich Ihnen sagen? Da drüben gibt es jetzt fast alles zu kaufen. Aber zu Preisen, die haben sie am Kurfürstendamm nicht.«

Landsrait ertappte sich bei der Frage, woher Gröller über das Preisniveau in Westberlin Bescheid wusste, sagte sich dann aber, dass ihn bei jemandem wie Gröller nichts zu wundern brauchte.

»Und das hat den Leuten dort so richtig die Augen geöffnet. Wissen Sie, Herr Hauptwachtmeister, wenn etwas ganz allgemein nicht da ist, dann vermisst man es auch nicht. Aber wenn es einem dann regelrecht unter die Nase gehalten wird, dann will man es plötzlich auch haben. Und natürlich das entsprechende Geld, um besagte Güter kaufen zu können. Ich sage Ihnen, mit dieser Politik hat der Gorbatschow die Sowjetunion in die Luft gesprengt. Und damit den ganzen real existierenden Sozialismus gleich mit. Sie werden noch an meine Worte denken. Vielleicht nicht heute oder morgen, aber sicher in ein paar Jahren.«

Landsrait machte diese Vorstellung nervös. »Jetzt halt keine Volksreden, Gröller«, wurde er daher förmlich, »sondern sag mir lieber, was das mit den Ikonen zu tun hat.«

Der Wirt genoss seinen Informationsvorsprung. Gedankenverloren schenkte er sich nun auch selbst ein Glas ein. Geruhsam nahm er einen Schluck, ließ ihn eine Weile in seinem Mund nach links und rechts gleiten, ehe er der Flüssigkeit gestattete, die Kehle abwärts zu rinnen. »So red schon«, wurde Landsrait ungehalten.

»Also. Sie leben, sagen wir, in Nowo-Irgendwask. Dort hält auf einmal der Kapitalismus Einzug. Es gibt Melonen und Bananen, Jeans und Taschenrechner, Nylonstrümpfe und – was weiß ich – Sexhefte. Alles das haben Sie nie zuvor gesehen. Also wollen Sie es haben. Doch all das kostet ein Vermögen, und Sie verdienen als Dispatcher vielleicht 50 Rubel. Was also machen Sie?«

»Was?«, fuhr Landsrait Gröller an, da er allmählich die Geduld verlor.

»Na, Sie erinnern sich, dass es da in der alten Kirche, die längst nur noch von ein paar unverbesserlichen Hutzelweibern aufgesucht wird, so ein altes Gemälde gibt. Irgendeinen Michael oder Nikolaus oder Petrus, was auch immer. Total verrußt von 500 Jahren Kerzenrauch, wodurch es nur noch älter und noch wertvoller aussieht. Wenn Sie das so beiläufig an sich nehmen, fällt das niemandem auf, denn die Betschwestern sind allesamt schon lange schwerhörig und halb blind. Also entwenden Sie das Kleinod, versilbern es, und schon ein paar Tage später können Sie in Ruhe Hand an sich legen, wenn sie einmal auf etwas unkonventionellere Weise Anatomieunterricht nehmen.«

Landsrait war enttäuscht. »Jetzt mach aber mal halblang, Edi. Mit der Erklärung wärst du im Leben nie Schmuggler geworden.«

»Das ist doch nur die allererste Phase des Welthandels, werter Herr Hauptwachtmeister. Diesen Nikolaus, den kauft irgendein findiger Korruptionist. Der kann sogar Teil des Apparats sein, was weiß ich. Und vielleicht kauft er ihn zunächst, weil er selber sammeln will. Oder weil er sich denkt, Atheismus hin oder her, besser auf der sicheren Seite sein. Wurscht. Jedenfalls kommen auf diese Weise mehrere Ikonen zusammen. Und die wandern dann irgendwann an jemanden, der schon in größeren Zusammenhängen denkt. Und bald wird daraus ein Unternehmen. Verstehen Sie, was ich meine? Das ist wie beim Gemüsehandel. Da haben Sie den einzelnen Bauern, dann den Grossisten und am Ende den Einzelhandel und schließlich den Endverbraucher.«

Landsrait pfiff durch die Zähne. »An dir ist ja ein Ökonom verloren gegangen, Edi.«

»Tja«, zuckte der mit den Schultern. »Ich war ja am besten Wege dazu. Bis ihr mich aufgehalten habt.« Sein Gegenüber fand, dass ein Lacher an dieser Stelle nicht unangebracht war. Doch gleich danach wurde Landsrait wieder sachlich. Er förderte Pramers Foto zutage und legte es auf den Tresen. »Kennst du den?«

Gröller studierte das Bild eine gute Weile aufmerksam, dann schüttelte er den Kopf. »Nein, kenn' ich nicht. Wer soll das sein?«

»Ist ein Wessi. Der hing hier in unserer Stadt eine ganze Weile 'rum, obwohl er keine Berechtigung dazu hatte.« Landsrait beugte sich vor. »Wenn du einer aus dem Westen wärst, der hier nicht auffallen will. Wo würdest du hingehen?«

Gröller lachte auf: »Also sicher nicht irgendwo

hier in die Gegend. Die ist total weit vom Schuss. Da kommst du nie ins Zentrum. Also zumindest nicht, ohne dass es auffällt. Es sei denn natürlich …«

»Es sei denn *was*?«

»Na, wo ist er denn eingereist? Wenn er nämlich über die Enns gekommen ist oder über Spital, dann kann er ja auch mit einem Auto hierher gelangen.«

»Nein, er ist über den Checkpoint Josefstadt bei uns eingereist. Vor etwas mehr als drei Wochen.«

»Das heißt, zu Fuß.«

»Genau.«

»Ja dann wäre der Stadtteil hier besonders unpraktisch für ihn. Sie wissen ja selbst, wie es hier mit den öffentlichen Verkehrsmitteln aussieht. Der Bus auf den Frank-Platz fährt nur alle halben Stunden, und erst von dort, beim Bad, hast du U-Bahn-Anschluss. Und zurück fährt der Bus nur bis Viertel zehn. Nein, das wäre nichts für einen Westler. Es sei denn, er will mit den Hühnern schlafen gehen.«

»Gut. Du weißt, dass man sich im Prinzip als Tagestourist nur 24 Stunden bei uns aufhalten darf. Dementsprechend sind die Interhotels ebenso wie die von der HO angewiesen, keinen Westtouristen länger als eine Nacht zu beherbergen. Und daran halten die sich auch, weil sie ja keine Schwierigkeiten haben wollen. Wo also kann man als Westler eine Bleibe finden, wenn man genau das umgehen will?«

Gröller grinste. »Meine Güte, Herr Hauptwachtmeister, da brauchen Sie wirklich einen alten Knacker wie mich, um Ihnen Nachhilfe zu geben? Oder wie sehe ich das?«

»Wenn schon, dann alten Knacki«, erwiderte Landsrait mit Betonung auf dem »i«. »Aber ja, ich lerne immer wieder gern dazu.«

»Also sicher nicht in einem Hotel. Das können Sie vergessen. Die einzige Chance, die man hat, sind Privatunterkünfte. Also wenn man keinen direkten Kontakt hier hat. Das sollten Sie auch in Erwägung ziehen, Herr Hauptwachtmeister. Wenn Ihr Mann da jemanden kennt, dann kann er problemlos bei dem unterkriechen. Fällt weiter nicht auf. Vor allem nicht in der Platte drüben, jenseits der Donau. Da hat jeder Bau 20 Stockwerke, und jede Etage 20 Wohnungen. Da kennt man seinen eigenen Nachbarn nicht. Perfekt, um unterzutauchen.«

Landsrait fühlte sich mit einem Mal unwohl. So hatte er die Sache noch gar nicht betrachtet.

»Allerdings«, ließ sich Gröller weiter vernehmen, »ist das auch recht weit vom Schuss. An Ihrer Stelle würde ich mir die Privatunterkünfte am Donaukanal anschauen und die am oberen Ende der Leopoldstadt. Von dort ist man zu Fuß in zehn, 15 Minuten im Zentrum. Und so viele von denen gibt es ja auch wieder nicht. In ein, zwei Stunden sind Sie die durch.«

Landsrait lächelte. »Danke, Edi. Du hast mir sehr geholfen. Was bin ich dir schuldig?«

»4 Schilling 20 und eine Rehabilitierung.«

Landsrait schob einen Fadinger über die Theke. »Vorerst kriegst einmal das hier.«

»Ja, ich weiß«, grinste Gröller, »die Rehabilitierung bekomme ich, wenn der Gorbatschow endgültig alles abgewirtschaftet hat.«

Landsrait, der schon am Weg zur Tür gewesen war, drehte sich noch einmal um. »Wenn dieser völlig unwahrscheinliche Fall jemals eintritt, dann stehe ich hinter einer Budel, und du kommst als Hauptkommissar zu mir und stellst mir Fragen.« Er rang sich ein Lachen ab, dann verließ er endgültig das Lokal.

Eine gute Minute später saß er im Lada, zögerte jedoch, den Wagen zu starten. Er ließ das Gespräch, das er eben geführt hatte, noch einmal Revue passieren. Irgendwie klang das alles nicht sehr ermutigend. Verärgert schob er die Gedanken beiseite. Er drehte den Schlüssel, trat einmal fest aufs Gas und fuhr zurück zur Tolbuchin-Straße, die ihn direkt wieder auf die Wieden brachte.

Unterwegs verspürte er nagenden Hunger. Er linste verstohlen auf die Uhr am Armaturenbrett. Kein Wunder! Es war drei Uhr vorbei, und er hatte seit dem Frühstück nichts mehr gegessen. Kurz entschlossen parkte er das Auto am Gürtel und ging zu dem Fleischhauer am Honner-Platz. Ursprünglich hatte sich dort eine Nebenstation zum sogenannten Südbahnhof befunden, doch seit der Trennung in zwei Zonen war diese in eine Art Zentralbahnhof der Hauptstadt ausgebaut worden. Dementsprechend gut sortiert waren auch die dort befindlichen Geschäfte. Landsrait ließ zwei Schilling springen und erwarb dafür eine Semmel mit ungarischer Salami, die er für seine Verhältnisse blitzartig verspeiste. Immerhin ließ das nagende Hungergefühl augenblicklich nach, und entspannt legte er sodann die letzten paar hundert Meter zum Revier zurück.

Erfreulicherweise befanden sich Artner und Schneider noch im Büro. »Habt ihr euch in den Privatunterkünften beim Donaukanal umgehört?«, fragte er sofort statt einer Begrüßung. Die beiden sahen einander betreten an, sagten aber nichts. Landsrait verdrehte die Augen. »Alles muss man selber machen!« Er drehte wieder um und stieg ein weiteres Mal in das Auto. Diesmal nahm er die Wiedner Hauptstraße und fuhr dann über den Ring direkt zum Donaukanal. Neben der Volkshochschule parkte er und ging den Rest des Weges zu Fuß.

Es dauerte nicht lange, und in ihm trat eine immer größer werdende Frustration zutage. Kein einziger Quartiergeber wollte Pramer kennen. In ein paar Fällen ließ er sich die Bücher zeigen, nicht, weil er glaubte, so eine Lüge aufdecken zu können, sondern weil er nicht andauernd vollkommen ergebnislos abziehen wollte. Schließlich erkannte er die Aussichtslosigkeit seines Unterfangens. Am Rückweg zu seinem Auto fiel ihm allerdings dann ein Schild auf, das er noch nicht kannte. Er verglich Namen und Adresse mit den ihm zur Verfügung stehenden Aufzeichnungen und stellte fest, dass diese Unterkunft der Volkspolizei offenbar unbekannt war. Ohne Zögern trat er ein.

»Guten Tag, sind Sie neu in der Branche?«, fragte er, nachdem ein schmieriger Mittfünfziger in weißem

Feinripp und anthrazitgrauer Stoffhose sich nach seinem Begehr erkundigt hatte. Der Mann, der sich dabei mit der rechten Hand durch seine fettigen Haare fuhr, ehe er sie Landsrait entgegenstreckte, bejahte. Landsrait verzichtete auf einen Händedruck. »Seit wann sind Sie im Geschäft?«

»Wir haben heuer zu Beginn der Saison aufgesperrt. Warum wollen Sie das wissen?«

Landsrait legte Pramers Foto auf den Tisch. »Kennen Sie den? Ist der bei Ihnen abgestiegen?« Er rechnete nicht mit einer positiven Antwort und gestand sich gleichzeitig ein, dass er überhaupt nur eingetreten war, weil er sich nicht vorwerfen wollte, nicht alles versucht zu haben. Er war bereits im Begriff, das Foto mit einer Dankesfloskel wieder an sich zu nehmen, als er meinte, seinen Ohren nicht zu trauen. Hatte der Mann die Frage eben mit »Ja« beantwortet?

»Wirklich?«

»Ja, der war hier. Vor etwa drei Wochen, denke ich. Wollte da absteigen. Ich hätte ihn auch gerne genommen, aber er hatte einen Pass ohne Visum, und da sagte ich ihm, so leid es mir auch tue, aber da könne ich keine Ausnahme machen. Nicht einmal für Genossen aus dem befreundeten Ausland …«

»Befreundetes Ausland?«

»Na ja, der Mann war aus der DDR. Also zumindest sein Pass. Aber er hatte keinen Einreisestempel drinnen und konnte keine Aufenthaltserlaubnis vorweisen. Also habe ich ihn wieder weggeschickt. War das falsch?«

»Nein, nein, das war völlig richtig. Und Sie sagen, er hatte einen DDR-Pass?«

»Ja. Ganz sicher. War noch etwa zwei Jahre gültig, wenn ich mich richtig erinnere. Er hat dann gefragt, ob ich jemanden wüsste, der nicht so pingelig sei wie ich. Habe ich geantwortet, das sei eine Unverschämtheit, und er solle sich schleunigst schleichen, wenn er nicht wolle, dass ich die VOPOS … also die Genossen von der Polizei hole.«

»Und dann?«

»Dann ist er fluchend abgehauen. Ende der Geschichte.«

Landsrait schwankte zwischen Euphorie und Enttäuschung. Einerseits gab es endlich eine Aussage, die belegte, dass Pramer tatsächlich auf der Suche nach einem längerfristigen Quartier gewesen war, andererseits half ihm die Mitteilung relativ wenig, da Pramer danach ja wieder verschwunden war.

»Könnten Sie sich jemanden vorstellen, der es im Gegensatz zu Ihnen nicht genau nimmt?«, fasste er seine letzte Hoffnung in Worte. »Ich will da niemanden vorschnell verurteilen, aber fragen Sie doch einmal im ›Stiefelknecht‹ nach. Dort verkehrt allerlei zwielichtiges Publikum, wenn Sie mich fragen.«

Landsrait ahnte, was der Mann meinte. Zwar gab es derlei Etablissements auf der Wieden nicht, aber er hörte immer wieder von Kollegen, dass vor allem an der Peripherie Lokale existierten, in denen das Publikum ganz allgemein wenig von der sozialistischen Ordnung hielt. Landsrait bedankte sich und begab sich wieder ins Freie. Dort sah er auf die Uhr und kam zu dem Schluss, der »Stiefelknecht« musste warten. Er, Landsrait, machte ohnehin schon Überstunden, und es schien wenig sinnhaft, sich in eine Kneipe zu begeben, deren Hintergrund er nicht abschätzen konnte. Da war es besser, man schickte die Kollegen des zuständigen Reviers hin, die wussten sicher, was in einem solchen Fall zu tun war und wie man zu entsprechenden Ergebnissen gelangte. Außerdem musste er ohnehin zurück ins Büro, da er den Lada wieder zurückzubringen hatte. Auf diese Weise würde er nicht vor 18 Uhr zu Hause sein, was, so fand er, wieder einmal einen Seufzer rechtfertigte.

Die Thüringer Rostbratwurst, die bald nach sechs Uhr vor ihm auf dem Tisch stand, tröstete Landsrait über das Ungemach des Tages hinweg. Er gönnte sich ein Bier, auch wenn es diesmal nur »Schwechater« war, und sah sich dann eine Dokumentation über den Altai an, von dem er bislang nicht einmal genau gewusst hatte, wo er sich überhaupt befand. Während der Sendung fühlte er sich mehr und mehr ermattet, sodass es keiner großen Überredungskünste seiner Frau bedurfte, im Anschluss dem Bett zuzustreben. Zwar bemühte er sich redlich, im Wolf-Text wenigstens noch ein paar Seiten weiterzukommen, doch nur allzu bald fiel ihm das Buch auf die Brust, während er monotone Schnarchgeräusche von sich gab. Dass seine Frau behutsam das Buch von seinem Oberkörper entfernte, merkte er bereits nicht mehr.

III.

Landsrait hatte noch nicht an seinem Schreibtisch Platz genommen, als Jäger an der Bürotür erschien. »Ah, Genosse Hauptwachtmeister, gut, dass Sie schon da sind. Ich hoffe, Sie haben die Sitzung des Parteiaktivs um zehn Uhr nicht vergessen.«

Natürlich hatte er die vergessen. Doch jetzt hatte Landsrait keine Chance mehr, ihr zu entgehen. Er war extra noch einmal auf den Termin hingewiesen worden.

»Ich wollte eigentlich am Vormittag noch einmal außer Haus in der Schütz-Sache tätig sein. Es gibt da einige Hinweise, denen wir nachgehen müssen.«

»Ach was, das hat Zeit. Die Partei ist viel wichtiger als so ein Kleinkrimineller. Umso mehr, als wir heute über eine Frage von eminenter Bedeutung sprechen müssen.«

Eminenter Bedeutung, wiederholte Landsrait stumm. Das konnte ja wieder etwas werden. Wahrscheinlich ging es um den Blumenschmuck aus Anlass des Honecker-Besuchs. Na ja, bremste Landsrait sich selbst ein, realistischer war wohl, dass er und seine Kollegen für die Dauer des Staatsbesuchs zur Regelung und Sicherung des Verkehrs eingeteilt werden würden. Zwei verlorene Tage mithin, aber wenigstens mit einer netten Prämie versehen, die er für den Urlaub an der Ostsee gut gebrauchen konnte.

Bis zum Beginn der Sitzung waren es zwar noch beinahe zwei Stunden, die Zeit reichte aber dennoch nicht aus, um das Büro zu Ermittlungszwecken zu verlassen. Landsrait zuckte mit den Schultern und nahm die aktuelle Ausgabe des »Neuen Österreich« zur Hand. Die Schlagzeilen auf der Titelseite waren wieder überaus reißerisch. Als Erstes fiel ihm der Artikel zur Neuvergabe von Brachland ins Auge. Demnach waren im ersten Halbjahr nicht weniger als 69.000 Hektar bislang wirtschaftlich nicht genütztes Terrain auf Antrag an landwirtschaftliche Betriebe verteilt worden. Knapp die Hälfte, nämlich 31.000 Hektar, gingen dabei an Genossenschaftsbauern, in etwa ebenso viel Land gelangte an verschiedene LPG. Der Rest, so erläuterte der Artikel, wurde zu Bauland umgewidmet, damit hier neue Wohneinheiten geschaffen werden konnten.

Gleich daneben ein längerer Artikel mit dem Titel »Plan erfüllen, Ergebnisse verbessern«. Dabei ging es, wie Landsrait schnell feststellte, um den Bausektor. Die zuständige Gewerkschaftsorganisation habe, so berichtete das »Neue Österreich«, schwerwiegende Mängel konstatieren müssen, die es zu beheben gelte, wenn man die Kennziffern des laufenden Fünfjahresplans erreichen wolle. In den Basisorganisationen der »Gewerkschaftsgruppe Bau« habe man versucht, jedem Arbeiter seine Verantwortung, die Anforderungen an Disziplin und Präzision sowie Qualität der Arbeit betreffend eindringlich und überzeugend darzulegen. Dabei müsse freilich festgestellt werden, dass viele konkrete Mängel nur durch die gesteigerte Aktivität des Bautenministeriums in Zusammenarbeit mit allen am Produktionsprozess beteiligten Organen nachhaltig zu lösen seien. Das betreffe, so hieß es weiter, vor allem die Voraussetzungen für einen reibungslosen Ablauf des Arbeitsprozesses. Landsrait konnte sich, auch wenn im Text nicht näher ausgeführt wurde, was genau gemeint war, lebhaft vorstellen, wovon die Genossen da sprachen. Immer wieder kam es vor, dass Baumaterialien zu spät oder gar nicht angeliefert wurden, dass sich Kalkulationen als zu optimistisch und statische Berechnungen schlicht als falsch herausstellten. Unweigerlich musste er an den Roman von Erik Neutsch denken, in dem genau dieses Thema anschaulich abgehandelt wurde. Als er weiterlas, kam er allerdings nicht umhin, neue Töne im Parteiorgan zu registrieren: »Scharf zu kritisieren sind Managementfehler, regelmäßige Verstöße gegen zeitliche Vereinbarungen, schlechte Qualität bereits übergebener Bauprojekte und nachhaltiger Materialschwund.« An dieser Stelle musste Landsrait grinsen. Klar, wenn man irgendeinen Teil privat brauchte, von dem es auf der Baustelle große Mengen gab, dann nahm man sich den einfach unauffällig nach Dienstschluss, ehe man ein halbes Jahr darauf wartete, den Gegenstand legal erwerben zu können. Landsrait konnte sich sogar daran erinnern, einmal einen Bautrupp wegen einer solchen Angelegenheit verhört zu haben, bei welcher Gelegenheit sich der Brigadeleiter mit den Worten rechtfertigte, das Zeug gehöre ja sowieso ihnen, immerhin seien die Produktionsmittel doch Volkseigentum, und das Volk, das seien sie.

Das »Neue Österreich« kam nun aber zum Forderungsteil, ohne den ein solcher Artikel auch und gerade in Zeiten von Glasnost und Perestroika nicht auskam: »Alle Regulierungen und Stimuli müssen auf eine Erhöhung der Produktivität gerichtet sein. Sie müssen eine planmäßige Fertigstellung der Bauprojekte fördern. Dazu scheint es sinnvoll, die Zahl der in der Verwaltung des Bauwesens auf allen Ebenen tätigen Mitarbeiter zu reduzieren und den Anteil der Arbeiter im produktiven Bereich zu erhöhen.« Es ging also den Funktionären an den Kragen. Vorerst zumindest. Allerdings war es auch gut möglich, dass mit derlei Texten nur ein Ventil geschaffen werden sollte, um die allgemeine Unzufriedenheit im Lande zu kanalisieren.

Landsrait stellte fest, dass er keinen Kaffee mehr hatte, und ging daher ins Nebenzimmer zu Farkas und Rozehnal, um sich dort welchen zu erbitten. »Welcher darf's denn sein?«, fragte Farkas mit einem zweideutigen Grinsen. »Die revolutionär-proletarische Nica-Bohne oder der dekadente ›Eduscho‹ aus dem feindlichen Ausland?« Dabei zauberte Farkas aus einer Schublade ein braunes Paket mit der Aufschrift »Gala« hervor. »Er ist sanft, sehr anspruchsvoll und nur von der besten Sorte«, zitierte er einen Werbespruch, von dem sogar Landsrait wusste, dass er seit geraumer Zeit im West-Fernsehen lief. »Ja hast du jetzt vollkommen den Verstand verloren?«, zischte Landsrait, »du kannst doch nicht mit so etwas bei der Volkspolizei antanzen. Da können wir uns gleich selbst arretieren.«

»Wieso, Chef? Alles ganz legal. Hat uns die Oma von meiner Alten aus dem Westen geschickt. Ganz offiziell am Postweg. Und bevor die Bürgerbrühe verkommt, wollen wir sie doch einer vernünftigen Verwendung zuführen, oder etwa nicht?«

Landsrait kam ins Wanken. Der Nicaragua-Kaffee war tatsächlich nicht zu trinken. Er verstand nicht, wie man es fertig brachte, so ein bitteres Zeug zu produzieren. Andererseits stellte sich die Frage, wodurch er sich noch von Pramers und Schützens unterschied, wenn er jetzt auch anfing, Westprodukte zu verherrlichen. »Dann tarne das Zeug doch wenigstens, Mensch. Füll es in eine Kaffeedose oder so, oder willst du, dass uns Jäger allesamt auf Schulung nach Kaisersteinbruch schickt?«

»Eh wahr«, gab Farkas zu, »mach ich gleich. Aber vorher gönnen wir uns noch eine Tasse.« Farkas stand auf und erhitzte genügend Wasser. Sodann nahm er den Sonja-Kaffeefilter-Aufsatz aus der DDR, stellte ihn auf die Kaffeekanne, gab die Eduscho-Mischung in die Tüte und goss diese mit Wasser auf. Wenige Minuten später saßen Landsrait und Farkas schweigend im Raum und nippten an ihren Tassen. »Gibt's eigentlich etwas Neues in der Pramer-Sache?«, durchbrach Farkas die Stille.

»Nichts, was uns wirklich weiterbrächte. Aber wir sind dran«, gab sich Landsrait optimistisch.

»Aber wir sind uns sicher, dass es sich um Schmuggel handelt, oder?« Landsrait nickte. Kurz überlegte er, ob er Farkas die Dinge näher erläutern sollte, doch kam er zu dem Schluss, dass es nicht seine Aufgabe war, die Kollegen umfassend zu informieren.

»Hast du eine Ahnung, worum es da heute in der Parteisitzung gehen soll?«, wechselte er daher das Thema. Farkas sah ihn verständnislos an.

»Na ja, Jäger hat vorhin ein mordsmäßiges Gedröhn veranstaltet. So, als käme heute die Nachricht des Jahrhunderts auf uns zu.«

»Ach, da können wir uns ja überraschen lassen«, grinste Farkas.

»Ja, wird sicher wieder einmalig«, replizierte Landsrait gallig und erhob sich. »Jedenfalls vielen Dank für den Kaffee. Eine absolute Wohltat!«

»Jederzeit wieder, Chef … Genosse Chef.« Landsrait entging das Zwinkern in Farkas' Auge nicht.

Zurück in seinem Büro prüfte er die Uhrzeit. Immer noch eine ganze Stunde bis zur Sitzung. Die konnte er auch nutzen, befand er, während er sich an seinen Schreibtisch setzte. Wenn Edis Vermutung stimmte, müssten die drüben in der Sowjetunion in größerem Ausmaß Ikonen vermissen. Die Frage war nun, wie er diese These verifizieren konnte, ohne groß Staub aufzuwirbeln. Ein kleiner Hauptwachtmeister war kaum die richtige Person, sich einfach mit der sowjetischen Miliz ins Einvernehmen zu setzen. Allerdings schien es auch wenig Erfolg versprechend, die eigenen Auslandsorgane von seinem Verdacht zu informieren. Die würden ihn entweder für paranoid halten oder ihm den Fall wegnehmen. Er musste also einen anderen Weg finden, um an diese Information heranzukommen.

Während er eine »Club« rauchte, ging er verschiedene Optionen durch. Schließlich blieb sein Brainstorming beim Sowjetischen Informationszentrum am Brahmsplatz hängen. Vielleicht konnte er mit denen reden. Aber das durfte nicht ohne Rückendeckung geschehen. Vor allem auch deshalb, weil die ihn, sobald er mit seinem eigentlichen Anliegen herausrückte, ganz sicher höflich, aber bestimmt wieder hinauskomplimentieren würden. Also musste das Jäger für ihn regeln. Und der wiederum würde ihm nur entgegenkommen, wenn er sich heute bei der Sitzung von seiner besten Seite zeigte. »Do ut des«, zitierte Landsrait ein Sprichwort, das ihm kürzlich in irgendeinem der Bücher, die er regelmäßig von der Städtischen Bücherei entlehnte, untergekommen war.

In diesem Augenblick tauchte Rozehnals Kopf in der Türöffnung auf. »Haben Sie einen Moment Zeit für mich, Genosse Hauptwachtmeister?«

Wieder ein Blick auf die Uhr. »Ein paar Minuten geht's noch. Dann ist ja die Sitzung, wie Sie sicher wissen, Genosse Rozehnal.«

»Jaja«, nickte der und trat in den Raum. »Wissen Sie, mir geht die Sache mit diesem Pramer nicht mehr aus dem Kopf, und ich habe da so eine Theorie entwickelt, die ich gerne näher erläutern …«

»Peter, kommst du mal, der Chef will uns noch vor der Sitzung sprechen.« Das war Artner. Landsrait zuckte entschuldigend mit den Schultern. »Ich höre mir diese Theorie sehr gerne an, Genosse Rozehnal, bitte, vergessen Sie sie nicht. Ich komme auf Sie zu, in Ordnung?«

Rozehnal wirkte enttäuscht, nickte aber. Dann erhoben sie sich beide, und Landsrait folgte Artner, während Rozehnal langsam und gedankenverloren in sein Büro zurückging.

Jäger begrüßte seine beiden Mitarbeiter übertrieben freundlich. »Was ich dem Aktiv heute bekannt zu geben habe, das ist wirklich von ganz großer Wichtigkeit. Ihr wisst ja, wir als Volkspolizei müssen zu jeder Zeit Vorbild sein. Und ihr als Vorgesetzte müsst natürlich den Mannschaften mit gutem Beispiel vorangehen. Ich werde heute ganz konkrete Vorschläge zu machen haben, die auch personellen Einsatz erfordern werden, und ich fürchte mich ein wenig davor, dass sich die Begeisterung in den üblichen Grenzen halten wird. Und daher würde ich euch wirklich bitten, dass ihr im Fall des Falles in die Bresche springt. Geht das in Ordnung?«

»Das heißt, wir sollen uns freiwillig melden, falls es niemand anderer tut?«, fasste Landsrait das Gesagte zusammen.

»So ist es«, bestätigte Jäger.

»Na wenn's weiter nichts ist«, statuierte Landsrait mit galligem Unterton.

»Fein«, ignorierte Jäger den vorgebrachten Sarkasmus, »ich wusste, ich kann mich auf meine Prätorianer verlassen.« Nun war es der Major, der auf die Uhr sah. »Ich denke, wir können dann.« Er stand auf und marschierte, gefolgt von Landsrait und Artner, auf das Sitzungszimmer zu. Dabei vergaß er nicht, bei jedem Büro, an dem er unterwegs vorbeikam, laut das Wort »Sitzung« zu wiederholen.

Zehn Minuten später war das gesamte Parteiaktiv geschlossen im Raum versammelt. Jäger begrüßte die Anwesenden noch einmal und ging dann sofort in medias res.

»Ich weiß, es ist noch über ein Jahr hin, aber, wie allgemein bekannt sein dürfte, feiert unsere geliebte Republik im Oktober nächsten Jahres ihr 40-jähriges Bestehen.«

Landsrait riss innerlich die Augen auf. Das konnte Jäger jetzt nicht ernst meinen. Wollte er wirklich im August 1989 über ein Ereignis reden, das im Oktober 1990 anstand? Und vor allem: Was hatte das mit ihrer Dienststelle zu tun?

»Und ich gebe freimütig zu, dass die Idee zu der Initiative, die ich euch allen gleich vorstellen werde, nicht von mir kam, sondern«, an dieser Stelle machte Jäger eine dramatische Pause, »sondern von ganz oben.« Die letzten Worte unterstrich er mit einem nach oben gestreckten Zeigefinger. »Unsere Freunde aus der DDR begehen dieses Jubiläum ja schon in sechs Wochen, und wie wir uns überzeugen konnten, haben die eine ganze Menge auf die Beine gestellt, um diesen speziellen Geburtstag auch ganz besonders zu feiern. Und dem will die Österreichische Demokratische Republik natürlich nicht nachstehen.« Jäger machte ein überaus zufriedenes Gesicht. Zumindest so lange, bis er der fragenden Gesichter gewahr wurde, die ihn erwartungsvoll anstarrten.

»Es geht um weit mehr, als bloß der historischen Stunde zu gedenken, in der anno 1950 die Genossen Koplenig, Honner, Fischer, Fiala und so weiter sich an die Spitze der landesweiten Proteste gegen das ausbeuterische Lohn-Preis-Abkommen stellten und so die Pläne des Westens, unser Land unter die Knute des Imperialismus zu zwingen, vereitelten. Unsere Feierlichkeiten müssen in die Zukunft weisen, gerade in Zeiten, da den kommunistischen und Arbeiterparteien allerorten der eisige Wind der Reaktion entgegenweht. Und daher«, wieder eine rhetorische Pause, »sind alle Bestandteile des Volkes dazu aufgerufen, eigene Projekte zu entwickeln, die in einem Jahr unter dem Motto ›ÖDR 2000‹ der Weltöffentlichkeit präsentiert werden sollen. Für die Volkspolizei heißt das, eine Sicherheitsstrategie auszuarbeiten, durch die der Bestand unserer Republik auch die nächsten 40 Jahre gesichert ist. Im Innenministerium ist daher eine eigene Arbeitsgruppe eingerichtet worden, die Vorschläge erarbeiten soll, wie eine moderne und effiziente Polizei in engster Fühlung mit den Wünschen und Anliegen der Bevölkerung aussehen soll. Und unser Revier hat die Ehre, aus seinen Reihen drei Vertreter in diese Gruppe zu delegieren. Also, liebe Genossinnen und Genossen, wer nimmt gemeinsam mit mir an dieser wichtigen und ehrenvollen Arbeit teil?«

Landsrait sah sich um. Wie nicht anders zu erwarten, ging keine einzige Hand in die Höhe. Er sah es unausweichlich kommen, er musste in den sauren Apfel beißen. Das würde Stunde um Stunde elendslange und öde Diskussionen bedeuten, Zeit, die unwiederbringlich verloren war. Aber wenn er Jägers Vermittlung beim SIZ haben wollte, dann durfte er ihn jetzt nicht enttäuschen. »Ich mach's, Genosse Major«, hörte er sich pflichtschuldigst sagen. Einige Kollegen musterten ihn abfällig, und Landsrait meinte, in einigen Gesichtern das Wort »Schleimer« lesen zu können, doch da musste er nun eben durch. Er konnte nur hoffen, dass die Sitzungen nicht allzu bald begannen, sodass ihm noch genügend Zeit blieb, zuvor den Fall Pramer lösen zu können.

»Vorbildlich, Genosse Landsrait. Jetzt brauchen wir nur noch eine Person. Na, wer hat noch nicht, wer will noch mal?« Aufmunternd sah Jäger in die Runde, bis sein Blick an Artner hängen blieb.

Doch zu Landsraits nicht geringer Überraschung blieb der stumm. Fassungslos fixierte er Artner so, dass diesem Landsraits Miene nicht entgehen konnte.

»Nicht alle auf einmal«, bemühte sich Jäger derweilen, die Sache von der humorvollen Seite zu nehmen. Landsrait starrte Artner förmlich nieder. Der versuchte, den mahnenden Blicken Landsraits zu entgehen, gab sich aber endlich geschlagen. Zögerlich, sehr zögerlich, ging sein Arm in die Höhe. Er war noch nicht einmal auf einem Niveau mit seinem Oberkörper angekommen, als Jäger auch schon erklärte: »Und der Genosse Artner. Hervorragend. Damit wäre dieses eminent wichtige Thema einer zufriedenstellenden Lösung zugeführt.« Landsrait wusste, wenn Blicke töten könnten, wäre er nicht mehr unter den Lebenden. Er würde unmittelbar nach der Sitzung bei Artner auf »Gut Wetter« machen müssen, um ihn wieder zu besänftigen. Vorerst aber war die Situation gerettet, und allein das zählte.

»Und damit auch gleich zum zweiten Punkt unserer heutigen Tagesordnung. In drei Tagen treffen die Genossen Honecker, Stoph und Sindermann bei uns zu einem mehrtägigen offiziellen Staatsbesuch ein. Sie werden umfangreiche Gespräche mit dem Staatsrat, dem Ministerrat und den Repräsentanten der Volkskammer führen, und dementsprechend intensiv wird auch das Programm des Besuchs ausfallen. Wie Sie sich alle denken können, erfordert das ein besonderes Maß an Aufmerksamkeit von allen unseren Sicherheitsorganen, also auch von uns.«

Jäger kramte in seinen Unterlagen. »Hier bei uns wird es, soweit ich bislang informiert bin, keine offiziellen Termine geben, dafür aber umso mehr in der Innenstadt, weshalb die Genossen dort Unterstützung durch freie Kapazitäten sehr zu schätzen wissen werden. Konkret wurde ich informell gefragt, ob wir für die Zeit des Besuchs einige Kollegen zu Assistenzleistungen abstellen können.«

Einigen der Anwesenden schwante Übles. Auch Landsrait hatte sofort wieder das Bild vor Augen, das ihn selbst beim Regeln des Verkehrs an der Opernkreuzung zeigte. »Keine Sorgen, liebe Kollegen, es geht nicht um Personenschutz oder dergleichen, dafür sorgen schon die Genossen von der NVA und spezielle Mitarbeiter der Staatssicherheit, aber wir brauchen halt auch noch ein paar Genossen, welche in der fraglichen Zeit die diversen Verkehrsströme lenken.«

Na bitte, sagte sich Landsrait. Die Opernkreuzung. Innig hoffte er, der Kelch möge an ihm vorübergehen.

»Und da es wenig sinnvoll erscheint, einzelne Genossen mit Arbeit zu überfrachten, wir sind ja schließlich ein Kollektiv, schlage ich vor, die Genossen Schneider, Kellner und, äh, die Genossin Jedelski zu delegieren.«

Jäger konnte sich sicher sein, sofort allgemeine Zustimmung zu seinem Vorschlag zu ernten, denn alle anderen waren zweifelsohne froh, nicht drei Tage lang Verkehrspolizisten spielen zu müssen. Und die Betroffenen würden es nicht wagen, vor dem Kollektiv mit irgendwelchen Ausreden anzutanzen. Landsrait war überrascht, dass Jäger seine eigene Sekretärin benannt hatte, doch vielleicht, so überlegte er, tat der Major das, um allfälliger Kritik von vornherein den Wind aus den Segeln zu nehmen. Und Artner, so dachte er weiter, konnte ihm jetzt sogar dankbar sein, denn niemand wusste, wann es überhaupt zu einer ersten Sitzung für dieses Jubiläumsspektakel kommen würde, während die anderen drei schon in 72 Stunden Schülerlotsen spielen mussten. Tatsächlich meinte Landsrait, einen erleichterten Blick von Artner aufzufangen.

Der Rest des Treffens verlief sich in der üblichen Routine. Landsrait hegte den Verdacht, Jäger räumte den diversen Allfälligkeiten nur deswegen so viel Platz ein, damit die Sitzung erst zu einem Zeitpunkt zu Ende ging, da der Beginn der Mittagspause schon gerechtfertigt erschien. Und demgemäß durfte sich die Kulturbeauftragte über Gebühr lange über das neue Theaterprogramm der »Scala«, die sich in unmittelbarer Nähe des Reviers befand, auslassen, und selbst Jedelskis säuerlichen Beitrag über die Öffnungszeiten der KITA ließ Jäger kommentarlos über sich ergehen. Kellner appellierte ein weiteres Mal an die Kollegen, der Betriebssportgemeinschaft mehr Augenmerk zu widmen, denn auch wenn es keiner der Kollegen je schaffen würde, einmal in der Auswahl von »Dynamo« aufzulaufen, so war es dennoch im Sinne der Volksgesundheit unabdingbar, sich körperlich zu ertüchtigen. Schließlich berichtete Rozehnal noch vom jüngsten Schachturnier, das von der »BSG Einheit« ausgerichtet worden war, bei dem die teilnehmenden Genossen vom Polizeischachklub die übrigen Kollegen der öffentlichen Verwaltung wieder einmal eindrucksvoll in die Schranken gewiesen hatten. Jäger schien an dieser Stelle ein Lob angebracht und sorgte dafür, dass Rozehnals Bericht mit allgemeinem Applaus bedacht wurde. Dieser war dann auch in Jägers Augen der adäquate Schlusspunkt der Sitzung, und so schloss er diese um Punkt 11.30 Uhr, sichtlich willens, sogleich in die Kantine abzutauchen. Landsrait hatte Mühe, den Major am Stiegenabsatz abzufangen. »Ein Wort noch, Genosse Major«, begann er.

»Wenn es um die Sitzungen zum 40-Jahr-Jubiläum geht, das kann warten«, versuchte Jäger, Landsraits Ansinnen im Keim zu ersticken. »Nein, nein, Genosse Major, es geht um den Fall Pramer.«

Jäger schien eine kleine Weile zu brauchen, bis ihm wieder zu Bewusstsein kam, wovon Landsrait sprach. »Ja …?«, erwiderte er daher unsicher.

»Es haben sich da mittlerweile Verdachtsmomente ergeben, wonach Pramer und Schütz nicht Volkseigentum der ÖDR verschoben haben, sondern Kulturgüter aus der Sowjetunion. Zumindest wurde uns das zugetragen. Dem würde ich gerne nachgehen, weshalb ich mich mit den Genossen vom SIZ kurzschließen wollen würde, damit die mir sagen, ob das überhaupt möglich ist.«

»Und?« Jäger klang zunehmend missgestimmt.

»Na ja, kann ich da einfach so bei denen antanzen?« Landsrait machte eine fragende Geste.

»Ja, stimmt. Sie haben recht. Das könnte heikel werden. Gut, ich überlege mir was während dem Mittagessen. Ich lasse Sie dann anschließend wissen, wie wir da am besten vorgehen.«

Mehr, so fand Landsrait, war im Augenblick nicht zu erreichen. Er nickte und ließ den Major ziehen.

Der Hauptwachtmeister kam zu dem Schluss, dass es für ihn gegenwärtig auch nichts zu tun gab, weshalb nichts dagegen sprach, selbst in die Kantine zu gehen. Allerdings, so befand er, sollte er dies in der Gesellschaft von Artner tun, um auf diese Weise sicherzustellen, dass dieser tatsächlich keinen Groll gegen ihn hegte.

Er ging also zu Artners Zimmer. »Hast du einen Moment?«, begann er vorsichtig. Sein Kollege blinzelte ihn unsicher an. »Ich würde gern mit dir essen gehen. Ich denke, wir sollten noch einmal über den Sitzungsverlauf reflektieren.« Artner erhob sich, aber eher unwillig, wie es schien. »Na gut«, murmelte er.

Nachdem sich die beiden ihre Tabletts mit Tagessuppe, Fleisch samt Sättigungsbeilage und Apfelkaltschale gefüllt hatten, gingen sie in den hinteren Teil des Speisesaales und setzten sich. »Ich weiß«, begann Landsrait, während er den Löffel in die Suppe tauchte, »dass du sauer auf mich bist, weil ich dir diese Arbeitsgruppe aufgehalst habe. Aber sieh es einmal von der positiven Seite. Deshalb musst du jetzt nicht drei Tage lang sinnlos den Verkehr regeln oder stundenlang dämlich unter einer Tribüne stehen. Und wer weiß, wann diese AG überhaupt das erste Mal tagt. Ich meine, bis zu diesem Jubiläum ist es noch über ein Jahr hin. Genug Zeit, um dem Ganzen vielleicht ohnehin zu entgehen.«

»Hast ja recht«, kam es schließlich mürrisch von Artner. »Mich ärgert nur, dass ich jetzt vor den anderen wieder als Schleimer dastehe. Die halten mich ja noch für Jägers Schoßhund, und wer weiß, ob die mir jetzt überhaupt noch trauen!«

Landsrait klopfte ihm aufmunternd auf die Schulter. »Aber warum denn nicht, die sind ja selbst alle in der Partei.«

»Aber so, wie sie alle in der Schule waren. Man kapiert, dass man dabei sein muss, aber man will auf keinen Fall als Streber enttarnt werden. Und als solcher stehe ich jetzt da.« Artner schob die Suppenschale beiseite. »Im Streber sieht man automatisch auch die Petze. Das war schon immer so. Also hat man sich despektierlicher Kommentare über Lehrer oder den Direktor enthalten, wenn der Streber den Raum betrat. Ich fürchte mich vor dem Moment, wo ich in den Mannschaftsraum komme, alle lachen, und ganz plötzlich ist es ganz still.«

»Ach was, da siehst du einfach zu schwarz. Es gibt niemanden unter uns, der sich nicht schon das eine oder andere Mal arrangiert hätte. Das wissen die Kollegen auch. Die können das schon richtig einordnen.«

»Sagst du!«

»Ja sicher sag das ich! Willst du damit etwas andeuten?«

Artner machte eine verschwörerische Miene und schob seinen Kopf näher zu Landsrait: »So etwas funktioniert, solange alle glauben, das System sitzt felsenfest im Sattel. Aber jetzt, wo alles ins Rutschen kommt, da wird es heikel. Natürlich darf man nicht der Erste sein, der desertiert, weil der wird noch erschossen. Aber du darfst auch nicht der Letzte sein, weil der wird dann nachher verurteilt.«

Landsrait sah Artner verstört an. »Sag einmal, wovon sprichst du? Was, bitte schön, kommt ins Rutschen? Unsere sozialistische Ordnung …«

»… ist im Arsch. Zu der Arbeitsgruppe wird's gar nicht mehr kommen …«

»Jetzt hör aber auf! Du wirst doch nicht der westlich-imperialistischen Gräuelpropaganda auf den Leim gehen!«

»Ach was, Propaganda. Sieh dich doch um! Aus der DDR rennen sie davon wie seit 1961 nicht mehr. In Polen stellt der Westen seit gestern den Regierungschef, in Ungarn diskutieren sie offen darüber, ob 1956 nicht nur kein faschistischer Putschversuch war, sondern eine nationale Heldentat, na und was der Gorbi alles zusammen faselt, wenn der Tag lang ist, das brauch ich dir gar nicht erst zu sagen. Überall gibt der Sozialismus Positionen auf. Der Rückzug aus Afghanistan, die Abrüstungsgespräche mit den USA, die Beitrittsambitionen zur Weltbank. Mach die Augen auf, Peter, wir kapitulieren! Schritt für Schritt!«

»Du bist …«, Landsrait fehlten vor Empörung die Worte. »In welcher Parallelwelt lebst du eigentlich?«

»Du bist es, Peter, der in einer Parallelwelt lebt. Die sowjetischen Genossen kommen doch gar nicht mehr nach, die zahlreichen Löcher zu stopfen, die sich in ihrem Land auftun. Die Armenier und die Aseris schlagen sich um irgendeinen Felsen den Schädel ein, die Tschetschenen rufen den Heiligen Krieg aus, bei den Balten rennen die alten Nazis wieder herum, in der Ukraine verkaufen die Straßenhändler mehr Broschüren über faschistische Mordbuben als über Breschnew, und die Georgier regen sich darüber auf, dass sie seinerzeit von den Sowjets gewaltsam besetzt wurden und nie ihre Zustimmung zur Bildung einer Sowjetrepublik gegeben haben.«

Landsrait schluckte. Von dieser Seite kannte er Artner gar nicht. Er hatte stets geglaubt, der wäre ein lebenslustiger Zeitgenosse, der sich keinen großen Kopf über die Dinge außerhalb seines Lebenshorizonts machte. Und nun wirkte Artner mit einem Mal wie der Prophet des Untergangs.

»In Ceausescus Rumänien«, fuhr der inzwischen ungebremst fort, »frieren die Leute das halbe Jahr, und von Strom können sie nur träumen, weil sich der Führer einbildet, er muss die Staatsschulden, die er im Westen hat, auf Heller und Pfennig begleichen. Und, weil wir schon einmal dabei sind, der Schiwkow in Bulgarien hält sich auch nur noch, weil er die Bulgaren gegen die Türken aufhetzt. So sieht's aus in deinem Sozialismus.«

Landsrait ging körperlich auf Distanz zu Artner und legte demonstrativ die Gabel beiseite. »Ich bin wirklich enttäuscht von dir. Ich hätte dich für klassenbewusster gehalten, für prinzipienfester. Da haben wir einmal ein paar kleinere Probleme beim Aufbau der sozialistischen Ordnung, und du steckst gleich den Kopf in den Sand und glaubst, jetzt holt uns der Kapitalist. Mein lieber Herr Gesangsverein, wie soll man eine Systemauseinandersetzung gewinnen, wenn Leute wie du beim ersten Gegenwind heulend Reißaus nehmen?«

»Von wegen! Ich bin so lange dabei, ich werde den Krempel jetzt nicht hinschmeißen. Aber wenn es so weitergeht wie zuletzt, dann ist Wien, und zwar ganz Wien, bald wieder die Hauptstadt von Österreich. Von Österreich wohlgemerkt, nicht von der ÖDR.«

»Jetzt spinnst aber völlig. Bevor das passiert, marschiert die Rote Armee bei uns ein. So wie 56 in Budapest und 68 in Prag. Die Russen lassen uns auf keinen Fall verkommen. Können sie auch nicht, weil sonst sind sie nicht länger die zweite Weltmacht, sondern bestenfalls das Sprachrohr der Schwellenländer.«

Artner nahm wieder einige Bissen. Nachdem er gekaut und geschluckt hatte, sah er Landsrait lange an. »Ich hoffe, du glaubst mir, wenn ich sage, ich wünsche mir nichts mehr, als dass du recht hast und nicht ich. Aber mein Glaube an den weltweiten Sieg des Sozialismus wird durch die aktuellen Nachrichten nicht gerade gestärkt. Ich hoffe, das verstehst du.«

»Ja natürlich verstehe ich das. Aber es wäre klug, wenn du deine Gedanken nicht auch noch anderen mitteilst. Das könnte dir mehr schaden, als wenn du bei den Mannschaften als Streber giltst.«

Artner signalisierte lahme Zustimmung. Landsrait beschloss, es dabei bewenden zu lassen und das Thema zu wechseln. »Weißt du, was mir nicht aus dem Kopf geht? Unser Fall! Es wird nicht mehr lange dauern, dann wird der Westen irgendwie spitzkriegen, dass wir den Pramer gesiebte Luft atmen lassen. Und wenn wir dann nicht mehr gegen ihn in der Hand haben als ein paar Vermutungen, dann sind wir angeschmiert. Die Zeit arbeitet gegen uns.«

»Auch hier«, entfuhr es Artner, der dafür einen tadelnden Blick von Landsrait erntete und daraufhin schuldbewusst zu Boden sah.

»Wo, so frage ich mich, können wir noch ansetzen? Was meinst du: Sollen wir dem Schütz noch einmal auf die Pelle rücken?«

»Ich glaube eher, der ist insgesamt gesehen ein kleines Licht, da wird so oder so nicht viel zu holen sein. Dem Pramer müssten wir die Daumenschrauben anlegen. Aber der ist gerissen. Ich fürchte, der wird nur reden, wenn wir ein bisschen grob zu ihm sind.«

»Du weißt, dass das nicht geht. Und schon gar nicht bei einem Westler. Da sind sofort diese ganzen Voice-of-America-Agenten hinter uns her. Nein, wir müssen eine andere Lösung finden, wie wir den dazu bringen, dass er sich verplappert.«

»Wir könnten ihm einen Lockspitzel in die Zelle setzen. Einen, der so tut, als säße er wegen einem ähnlichen oder sogar demselben Delikt. Vielleicht kann der etwas aus ihm herausholen.«

Landsrait nickte anerkennend. »Siehst du, das ist einmal eine Idee. Daran können wir arbeiten.«

»Ja, es muss natürlich alles sehr plausibel wirken. Dazu brauchen wir jemanden, der genau weiß, wann er wie was sagt.«

»Und, haben wir so jemanden?«

»Hmmm, das müsste ich nachschauen. Spontan fällt mir niemand ein«, murmelte Artner mit resignativer Stimme. Sein spontan aufgetretener Enthusiasmus war genauso schnell vergangen, wie er gekommen war. Dafür erhellte sich Landsraits Gesicht. »Ich glaube, da fällt mir jemand ein. Den muss ich zwar erst einmal überzeugen, dass er sich dafür hergibt, aber mit ein wenig Geld bekomme ich ihn schon so weit.«

»Und wer ist das?« Artner verhehlte seine Neugier nicht.

»Ach, ein alter Knastvogel, der es sich nur verbessern kann. Wenn's klappt, stell ich ihn dir vor.« Und Landsrait machte sich geistig eine Notiz, noch einmal zu Gröller hinauszufahren.

Etwa eine Stunde, nachdem er von der Mittagspause zurückgekommen war, erhielt Landsrait Besuch von Jäger. »Ich habe mir noch einmal überlegt«, begann dieser, »was Sie mir über den Fall erzählt haben. Und ich glaube nicht, dass das so eine gute Idee wäre, wenn wir damit das SIZ belästigen. Die kommen dabei nur auf wer weiß was für Ideen.«

»Aber …«, setzte Landsrait zu einem Widerspruch an.

»Jaja«, begütigte ihn Jäger mit einer Geste der rechten Hand, »ich weiß schon um die Wichtigkeit dieser Information. Aber in dieser Angelegenheit sollten wir den Ball flach halten. Je weniger davon irgendwie offiziell wird, umso besser. Andererseits verstehe ich natürlich Ihre Intention. Also habe ich mir überlegt, wie wir auch inoffiziell ans Ziel kommen, und dann einen Anruf getätigt. Mein alter Freund Boris Ponomarjow ist hier in Wien der Korrespondent der TASS. Er wird sich mit Ihnen treffen. Ganz privat natürlich. Zu einem Bier oder so. Und was in einem privaten Gespräch so gesagt wird, das geht ja niemanden etwas an, nicht wahr?« Dabei zwinkerte Jäger. »Also rufen Sie ihn an. Hier ist seine Nummer.«

Tatsächlich hob Ponomarjow sofort ab, nachdem Landsrait dessen Nummer gewählt hatte. Die beiden vereinbarten für den kommenden Morgen ein Treffen im »Café Mozart«, das sich ziemlich genau zwischen dem SIZ und dem Revier befand. Gleich danach rief Landsrait in Gröllers Gasthaus an und überzeugte sich davon, dass dieser auch zugegen war. »Ich bin in einer halben Stunde bei dir«, sagte Landsrait nur, »ich habe dir einen Vorschlag zu machen. Alles Weitere dann direkt bei dir.«

Er hatte kaum den Hörer wieder auf die Gabel gelegt, als er auch schon seinen Blazer schnappte und zum Fuhrpark eilte. Dort übernahm er wieder den Lada, der ihm mittlerweile direkt ans Herz gewachsen war, und fuhr hinaus nach Oberlaa.

»Ich hätte da einen geschäftlichen Vorschlag für dich, Edi. Lass dir einmal sagen, worum es geht, und dann sage mir, zu welchen Bedingungen du den Job übernehmen würdest. In Ordnung?«

»Oha, Herr Hauptwachtmeister! Das sind ja ganz neue Töne. Da machen Sie mich ja direkt neugierig.«

Und Landsrait erklärte Gröller, was ihm vorschwebte. Der verlor kurz die Fassung: »Sie wollen, dass ich freiwillig ins Gefängnis gehe?«

»Doch nur für ein, zwei Tage. Bis du aus dem Kerl etwas herausgelockt hast – oder zu dem Schluss kommst, dass der absolut dicht hält. Und ich bin mir sicher, für eine solche heroische Tat lässt der Staat auch ordentlich etwas springen.«

»Nicht böse sein, Herr Hauptwachtmeister, aber auf einen Rotbanner-Orden bin ich nicht scharf.«

»Ich dachte da auch eher an ein paar Scheinchen aus den Beständen der KOKO.«

Jetzt hatte Landsrait Gröllers volle Aufmerksamkeit. West-Währung war ganz nach dessen Geschmack. »Wie viel?«, fragte Edi mit trockenem Mund.

»Das hängt von deinem Zeitaufwand ab. Aber sicher angemessen«, wollte sich Landsrait nicht festlegen.

»Nehmen wir einmal an, ich mach's: Wie würde das dann konkret ablaufen?«

»Nun ja, du meldest dich bei uns, und wir stecken dich in eine Zelle. Dann verlegen wir den Pramer zu dir. Da kannst du dann den Häftling mimen, dem schon vor lauter Einzelhaft ganz fad ist, und ihn unauffällig aushorchen. Und wenn er nicht gleich von sich aus singt, dann machst du ihm vorher ein wenig Angst mit ein paar Gruselgeschichten, wie es in unseren Gefängnissen so zugeht. Vielleicht wird er dann ein wenig gesprächiger, weil er sich rechtfertigen will.«

Edi wiegte skeptisch den Kopf hin und her. »Das ist aber kein sehr gutes Blatt, das Sie mir da in die Hand geben.«

»Ich weiß, aber ein besseres haben wir im Augenblick nicht. Und außerdem, da du es ja warst, der mich überhaupt erst auf diese Idee gebracht hat, vielleicht kannst du ja das Gespräch auch ein wenig in Richtung Ikonen, Kunst oder sonstige Wertgegenstände lenken. Da sieht er in dir dann eventuell einen Gleichgesinnten.«

»Ja, das stimmt. Ich muss mir natürlich auch eine Geschichte zurechtlegen, die plausibel klingt. Sonst riecht er ja den Braten sofort.«

»Gut, Edi, weil du's bist. Ich garantiere dir für die Sache 200 West-Mark Minimum. Die kann mein Vorgesetzter selbst bewilligen. Und mit etwas Glück gibt's mehr. Also was sagst du?«

»In Ordnung. Die 200 West-Mark und den Verdienstentgang hier in unserer Währung. Immerhin muss ich jemanden auftreiben, der an meiner Stelle hier die Schank führt. Das bezahlt mir ja sonst niemand.«

»Ich denke, auch das wird sich machen lassen.«

»Na dann sind wir uns einig. Unter uns, es ist ohnehin ziemlich öde, jeden Abend hier herumzuhängen. Aber wen wundert's, ist ja auch eine öde Republik …«

»Wie bitte?«

»Na ÖDR, steht das nicht für öde Republik?« Landsraits Miene verdüsterte sich.

»War wohl nix«, nuschelte Gröller pikiert.

»Ich hab schon bessere Westwitze gehört«, bilanzierte der Hauptwachtmeister.

Die beiden vereinbarten, dass Gröller zu Mittag des kommenden Tages bei Landsrait im Revier erscheinen solle, damit dann alles Weitere veranlasst werden konnte. Sie gaben sich die Hand, und der Polizist machte sich wieder auf den Rückweg.

Erfreulich zeitig für seine Verhältnisse kam Landsrait zu Hause an. Er hatte sich den frühen Dienstschluss genehmigt, weil er davon ausging, am nächsten Tag ohnehin ordentlich zu tun zu haben, und so war er froh, auf der heimatlichen Couch ein wenig Entspannung zu finden. Er nahm die Christa Wolf wieder zur Hand und versuchte, endlich in Erfahrung zu bringen, welchen Verlauf die Operation nahm. Dass Andrea nur wenig später die Kinder dazu anhielt, sich mucksmäuschenstill zu verhalten, bekam er schon nicht mehr mit, weil er eingeschlafen war.

Rechtzeitig zur »Aktuellen Kamera« weckte Andrea ihn. Auf dem Tisch standen eine Flasche Bier, Schwarzbrot und ein Wurstaufschnitt, der Landsrait angesichts der Temperaturen als Abendmahl durchaus angemessen erschien. Während er den einzelnen Berichten folgte, pflückte er nach und nach beide Teller leer.

Die obligaten Reportagen über Betriebsbesichtigungen und Jugendweihen hatten ihn bereits ein wenig eingelullt, ehe ein Beitrag plötzlich sein Interesse weckte. Die Nachrichtensendung gab offen zu, dass es Probleme bei der Versorgung der Bevölkerung mit Nahrungsmitteln gab, und machte dafür die ungenügende Koordination zwischen den einzelnen Organen verantwortlich. »Bei der Versorgung der staatlichen Lebensmittelmärkte in Wien-Hauptstadt der ÖDR wurden gleich mehrere Mängel aufgedeckt«, hieß es. Obwohl die witterungsbedingten Rahmenbedingungen überaus günstig gewesen seien, seien weniger Lebensmittel als im Vorjahr in den Einzelhandel gelangt. »Grund dafür ist der Umstand, dass die Genossenschaftsbauern, welche die Hauptstadt beliefern, zu wenig Saatgut und Düngemittel zugeteilt bekommen haben. Ebenfalls nachteilig erwiesen sich temporäre Engpässe bei Treibstoffen, sodass nicht alle Nahrungsmittel rechtzeitig auf die Märkte gebracht werden konnten.«

Landsrait pfiff wieder einmal durch die Zähne. Das war eine vollkommen neue Sprache. Ob Artner mit seinem Pessimismus recht hatte? Ging in der Republik wirklich alles den Bach hinunter? Atemlos hörte er weiter zu. »Schließlich haben die Genossenschaftsbauern im Vorjahr beispielsweise mehr Tomaten und Paprika produziert, als die Verwertungsindustrie abnehmen konnte. Dies führte dazu, dass die Bauern heuer zu wenig Gemüse angebaut haben. Es gilt, diese Komplikationen im Sinne von Glasnost und Perestroika aufzudecken, offen anzusprechen und zukunftweisend zu überwinden.«

Wenn Landsrait gedacht hatte, ein kritischer Beitrag habe sich versehentlich ins Programm verirrt, dann sah er sich getäuscht. Gleich danach wurde von den neuesten Aktivitäten des Ministeriums für Rechnungsprüfung und Kontrolle berichtet. Man werde, hieß es da, den Kampf zur Vorbeugung und Bekämpfung von Korruption noch viel entschlossener als bisher führen, zu welchem Zweck man die Bürger auffordere, sich aktiv an die Behörden zu wenden, wenn der Verdacht unsauberen Vorgehens vorliege. Das war, so befand der Hauptwachtmeister, unverhohlen ein Aufruf zur Vernaderung. »Die Bürger der Österreichischen Demokratischen Republik werden hiermit dazu ermuntert, Fälle von Korruption, Verdacht auf Korruption, ungesetzliches Verhalten von staatlichen Organen oder Veruntreuung von materiellen oder finanziellen Ressourcen umgehend den Kontrollbehörden anzuzeigen.« Nur so sei gewährleistet, dass allfällige Fehlentwicklungen korrigiert werden könnten, schloss der Bericht.

Landsrait sah seine Frau an. »Hättest du dir gedacht, dass es jemals so weit kommt?«, fragte er sie. Andrea zuckte mit den Schultern. »Ich weiß nicht«, ließ sich Landsrait nicht bremsen, »der Artner hat mir da heute zu Mittag einen echten Floh ins Ohr gesetzt. Seiner Meinung nach stehen wir auf verlorenem Posten. Er glaubt, dass der Sozialismus in der Systemauseinandersetzung unterliegen wird.«

»Ach der! Der war doch immer schon ein Schwarzseher! Auf den darfst du nichts geben. Wenn der recht hätte, dann wären wir zwei schon längst geschieden!« Andrea lachte, und Landsrait fiel erleichtert in ihr Lachen ein. Er erinnerte sich, wie Artner anlässlich ihrer Hochzeit vor nunmehr zehn Jahren gemeint hatte, spätesten nach sieben Jahren werde ihre Ehe am Ende sein, mutmaßlich jedoch früher. Artner hatte nur im eigenen Fall Recht behalten, war er doch von seiner Frau, so wie er es prognostiziert hatte, nach zwei Jahren verlassen worden. Sonst war er als Prophet eher ungeeignet, und das gab Landsrait nun wieder neue Hoffnung.

Im Fernsehen lief die »Musikrevue«, die österreichische Version des DDR-Klassikers »Ein Kessel Buntes«. Da die DDR die Sendung stets an einem Samstag ausstrahlte, war man in der ÖDR zu der Überzeugung gekommen, sie schon am Freitag zu senden, da erfahrungsgemäß viele Zuseher am Samstag ohnehin auf »DDR 1« umschalteten – wenn sie nicht klammheimlich ohnehin Thomas Gottschalks »Wetten, dass?« ansahen. Bei der »Musikrevue« war es zumeist so, dass jene Gäste, die zuvor in der DDR aufgetreten waren, quasi en passant auch zur »Musikrevue« kamen, sodass sich das Publikum von »ÖFF 1« diesmal auf Gitte, Katja Epstein, Caterina Valente und Johnny Logan freuen konnte. Und mit nicht geringer Spannung wartete Landsrait zudem auf die »Rubber Girls« aus der Mongolischen Volksrepublik, denn der Name der Band schien ihm, gelinde gesagt, ein wenig verfänglich zu sein.

Eine andere Frage war schnell beantwortet. Wie beim DDR-Vorbild wurde auch bei der »Musikrevue« stets eine wechselnde Moderation eingesetzt, dies wohl nicht zuletzt deshalb, um niemanden so populär wie die sogenannten Showmaster im Westen werden zu lassen. Durch die Sommerfolge führte das junge Starlet Simone aus Herzogenburg, das erst kürzlich durch ein paar Schlager populär geworden war. Sie begrüßte als ihren ersten Gast Helmut Zenker, dessen Polizeiserien im Fernsehen der ÖDR zu den Straßenfegern zählten. Zenker war ausgewiesenes Parteimitglied und gehörte auch dem ZK an, weshalb man ihn oft und gern auch vor der Kamera präsentierte. Und natürlich war die Sendung auch ein Highlight für Jung und Alt, weshalb es Andrea den Kindern regelmäßig gestattete, wenigstens den ersten Teil mitzuverfolgen. Ab neun Uhr abends begann dann regelmäßig der Kampf um den genauen Zeitpunkt der Bettruhe, da beide, Nadja wie Mischa, verbissen um jeden weiteren Programmpunkt rangen. Und sie verloren ihren Kampf durchaus nicht immer.

Als sie endlich doch in ihre Betten verfrachtet waren, merkte Landsrait an, dass er am folgenden Tag, wiewohl es sich um einen Samstag handelte, wohl bis zum späten Nachmittag beschäftigt sein würde. »Zuerst muss ich einen Kontaktmann von der TASS treffen, was für unseren Fall von großer Wichtigkeit ist, und danach arrangieren Artner und ich noch eine Art Falle für unseren Hauptverdächtigen.«

»Dürft ihr das denn?« Andrea schien ein wenig verwundert.

»Du, wir haben praktisch nichts gegen ihn in der Hand. Wenn wir nicht bald einen konkreten Ansatzpunkt finden, dann müssen wir den Kerl laufen lassen, obwohl wir alle, sogar Jäger, davon überzeugt sind, dass er das Haupt der kriminellen Vereinigung ist.«

Andrea legte ihre Hand mitfühlend auf Landsraits Oberschenkel. »Ihr werdet das schon schaffen, da bin ich mir sicher.« Landsrait lächelte dankbar.

Eine gute Stunde später verabschiedete sich Simone von ihrem Publikum mit einem gespielten Witz, danach spielte noch einmal das Nationalorchester auf, während das Staatsopernballett seine Pirouetten drehte. Landsrait warf einen Blick in die Fernsehzeitung und stellte fest, dass eine Diskussionssendung folgen würde, während im zweiten Programm bereits seit geraumer Zeit ein Serienkrimi lief. Ein halber Film war nicht nach seinem Geschmack, und so drehte er den Fernseher ab. Andrea war bereits im Badezimmer verschwunden, und er folgte ihr leise. Sie putzte sich die

Zähne, und er tat es ihr gleich. Danach schlenderte er noch zum WC, ehe er die Lichter im Vorraum löschte. Ins Schlafzimmer gekommen, sah er gerade noch den Ansatz von Andreas Busen, als diese sich ihr Schlafanzugsoberteil überstreifte. Auf das Unterteil verzichtete sie ob der Hitze, sodass sich Landsrait wenigstens an den Rundungen ihres Gesäßes erfreuen konnte. Er wiederum machte es umgekehrt. Er ließ das Oberteil auf der Kommode liegen und zog lediglich die Pyjamahose an. Beide ließen sich fast synchron ins Bett fallen, wo sie noch einige Seiten lasen, ehe in der Wohnung endgültig Ruhe einkehrte.

IV.

Eilig trank Landsrait eine Tasse Kaffee und rauchte dazu eine »Club«, ehe er sich anschickte, die Wohnung zu verlassen. Andreas Einwurf, er habe ja nicht einmal gefrühstückt, wehrte er mit der Bemerkung ab, er treffe sich ja mit Ponomarjow in einem Café, da werde er sicher eine Butter- oder vielleicht gar eine Marmeladesemmel bekommen. Er küsste Andrea noch schnell auf die Wange, dann sah er zu, dass er zur U-Bahn kam. Als er eine gute halbe Stunde später das »Café Mozart« erreichte, brauchte er sich nicht lange umzublicken, um den Russen zu entdecken. Eilig trat er auf Ponomarjow zu und begrüßte ihn mit dem Hinweis, er sei der avisierte Polizist. »Ja, ich weiß«, erwiderte der Russe, »mein Freund Michael hat Sie mir beschrieben.« Und Landsrait staunte über das akzentfreie Deutsch des Mannes aus der UdSSR.

»Womit also kann ich Ihnen helfen?«, wollte Ponomarjow wissen, nachdem Landsrait seine Bestellung abgegeben hatte und sich dabei freute, dass es tatsächlich eine Marmeladesemmel gab.

»Wir haben es auf meiner Dienststelle mit einem Fall von organisiertem Schmuggel zu tun. Und wir haben Hinweise dahingehend erhalten, dass dies unter

Umständen nur der Endpunkt einer sehr langen Reihe von Schmugglern ist.« Woher dieser Hinweis kam, das verschwieg er besser, sonst wurde er möglicherweise von Ponomarjow gar nicht erst ernst genommen. »Jedenfalls gehen unsere Quellen davon aus, dass die ganze Sache in der Sowjetunion ihren Ausgangspunkt hat.«

Während Ponomarjows Augen merkwürdig zu funkeln begannen, umspielte seine Mundwinkel ein mysteriöses Lächeln, das Landsrait nicht einordnen konnte. »Wovon, bitte, reden Sie?« Anscheinend hatte der Russe nicht verstanden, was sein Gegenüber überhaupt meinte.

»Unser Problem ist, dass wir einen der Schmuggler und seinen Auftraggeber dingfest machen konnten. Aber ganz offensichtlich erst nach der Übergabe der Ware, weshalb wir nicht mit absoluter Sicherheit sagen können, was die beiden schmuggelten. Wir haben aber Grund zu der Annahme, dass es sich um Wertgegenstände, genauer gesagt, um Kunstgegenstände handelte, die ihren Ursprung in der UdSSR haben.«

Jetzt schien der Groschen bei Ponomarjow zu fallen: »Ah, Sie meinen also, irgendjemand hat bei uns Kunstwerke entwendet und die dann über Ungarn oder die Tschechoslowakei in Ihr Land gebracht, damit sie von hier aus in den Westen gelangen können.«

»Genau.«

»Verzeihen Sie, Herr Hauptwachtmeister, aber das halte ich eher für abwegig.«

Landsrait wartete einen Augenblick darauf, dass der Mann erklärte, warum er dieser These wenig Wahrheitsgehalt zubilligte, aber es folgte nur eine lange Pause des Schweigens.

»Und warum, wenn ich fragen darf?«, wollte es Landsrait nun doch genauer wissen.

»Sie glauben doch nicht ernsthaft, dass es irgendwelche Diversanten wagen würden, eines unserer Museen zu berauben. Und selbst wenn sie so töricht wären, kämen sie nicht einmal bis zur nächsten Stadtgrenze. Unsere Miliz ist bestens ausgebildet, die würde solche Aktionen bereits im Vorfeld vereiteln können.«

»Wir dachten auch nicht unbedingt an Museen«, präzisierte Landsrait nun, »sondern eher an Kirchen. Sie wissen ja, Genosse Ponomarjow, dieser religiöse Tand ist im Westen ungebrochen populär.«

Das Lächeln Ponomarjows ging nun in offenes Lachen über. »Unsere bedeutenden Kirchen sind vermutlich sogar noch besser bewacht als die Museen. Schon allein, weil sich in solchen Gebäuden leider nicht nur alte unbelehrbare Mütterchen herumtreiben, sondern auch allerlei politisch unzuverlässiges Gesindel, das man besser im Auge behält. Von dort kann also noch viel weniger etwas entwendet werden als aus der Eremitage. Und Sie glauben doch nicht wirklich, dass die im Westen an irgendwelchen billigen Malereien aus irgendeiner Dorfkirche aus Petrosawodsk interessiert sind.« Ponomarjow schien sich bei diesem Gedanken schier grenzenlos zu amüsieren.

»Und außerdem«, fuhr der Russe fort, nachdem er sich von seinem Heiterkeitsausbruch einigermaßen wieder erholt hatte, »sind die da drüben auch nicht blöd. Ikonen, mein lieber österreichischer Freund, gibt es wie Sand am Meer. Die kriegen Sie in Jugoslawien oder Griechenland um fünf bis zehn Mark. Das lohnt keine Schmuggelei.«

Ohne es zu wissen, hatte Ponomarjow jenen Punkt angesprochen, der auch Landsrait so nachhaltig störte. Während der Fahrt ins Café hatte er noch einmal drüber nachgedacht und war zu einem einzigen möglichen Schluss gekommen.

»Das«, erwiderte er, »ist mir auch klar. Was aber, wenn irgendwelche Gangster bei euch ein Depot geknackt haben?«

»Ein Depot?« Ponomarjow blickte verständnislos drein.

»Na ja, ihr habt doch, vor allem in den 30er-Jahren, soweit ich weiß, etliche Kirchen … wie sagt man … profaniert.«

Abermals lachte Ponomarjow. »Wir haben sie vernünftigen Zwecken zugeführt. Ja. Und?«

»Also da werdet ihr ja die diversen Kunstwerke nicht auf den Müll geworfen haben. Bei so Gebäuden wie der Christ-Erlöser-Kirche ganz sicher nicht.«

Ponomarjow kam aus dem Lachen gar nicht mehr heraus: »Gerade die ist ein schlechtes Beispiel, Genosse. Die war, als sie unter Stalin abgerissen wurde, noch nicht einmal 50 Jahre alt. Kein Platz also für alte Gemälde.«

»Wie auch immer«, wischte Landsrait den Einwand beiseite, »was ich meine, ist, dass ihr sicher nicht alle Kunstwerke aus jenen Gebäuden in Museen verbracht habt. Allerdings wird man sie selbst in der Stalinära nicht samt und sonders zerstört haben. Also müssen sie irgendwo lagern. Möglicherweise seit einem halben Jahrhundert. Und vielleicht hat irgendeines dieser Lager jemand ausgespäht und um einige Kunstwerke erleichtert.«

Erstmals hörte Ponomarjow zu lachen auf. »Gut, das wäre immerhin möglich. Wäre uns aber auch nicht verborgen geblieben.«

»Könnten Sie zu Hause einmal nachfragen, ob etwas Derartiges gemeldet wurde?«

Der Russe rang sichtlich mit sich. Die Situation war ihm unangenehm geworden, weil sie konkrete Schritte von ihm verlangte, wozu er offenbar nicht willens war. Andererseits schien ihm die vorgebrachte Idee doch plausibel genug, um es geraten scheinen zu lassen, ihr zumindest nachzugehen. Denn würde sie sich als richtig erweisen und man in Moskau spitzkriegen, dass er davon wusste, aber nichts getan hatte, dann wäre es mit dem gemütlichen Leben auf der Wieden schnell vorbei, und er durfte sich persönlich davon ein Bild machen, ob der Baikalsee verlandete oder nicht.

»Gut, ich werde sehen, was sich machen lässt. Aber an Ihrer Stelle würde ich diese Theorie nicht zu meiner Hauptthese machen.« Und nach einer kurzen Pause: »Was macht Sie eigentlich so sicher, dass diese Kriminellen Schätze aus der UdSSR in den Westen bringen?«

»Tja, wir in der ÖDR haben nichts, was für den Westen interessant sein könnte. Was an Gemälden, Skulpturen und sonstigen Kunstwerken bei uns vorhanden war, das wurde 1950 eilig in den Westen geschafft, und von dem, was wir heute noch haben, haben die drüben ohnehin genug. Das würde also keinen Schmuggel lohnen. Aber Ikonen direkt aus Moskau, das würde schon etliche Sammler reizen, denke ich.«

»Wie gesagt, ich werde dem nachgehen. Ich melde mich dann bei Ihnen.«

Es war klar, dass Ponomarjow nicht nur ungehalten war, sondern dass er vor allem auch die Unterhaltung als beendet betrachtete. Landsrait zahlte eilig und empfahl sich.

Die kurze Wegstrecke zum Präsidium legte er zu Fuß zurück. Dort angekommen, traf er auf Artner, der allein noch im Revier ausharrte, um mit Landsrait auf Gröller zu warten. Der aber ließ sich Zeit. Landsrait dachte ernsthaft daran, sich in Farkas' Zimmer zu begeben, um dort ein wenig von dem West-Kaffee zu stibitzen, doch er bezwang sich dann, um dessen Geheimnis nicht auch noch Artner zu offenbaren. Er rauchte stattdessen eine weitere »Club« und fragte sich, ob Gröller vielleicht kalte Füße bekommen hatte. Wo wohnte der überhaupt? Hatte er Gröllers Privatadresse? Und wenn nicht, bekam er die irgendwo an einem Samstagnachmittag? Beiläufig fiel ihm auf, dass sein Fuß die ganze Zeit wippte. Offenbar war er nervöser, als er sich eingestand.

Der Aschenbecher zwischen Artner und Landsrait quoll allmählich über. »Glaubst du, der kommt noch?« In Artners Frage schwang eine weitere mit: ob es nicht klüger war, sich ins Wochenende zu verabschieden. Doch Landsrait wollte nicht einfach so aufgeben. »Eine Stunde«, statuierte er, »warten wir noch.« Das demonstrative Seufzen Artners überhörte er geflissentlich.

Kaum ein paar Sekunden später schreckten beide hoch. Es hatte laut und deutlich geklopft. Landsrait rief »Herein«, und ein Kollege aus der Bereitschaft erschien in der Tür: »Der Bürger hier sagt, er habe ein Rendezvous mit Ihnen.« Dabei deutete er auf Gröller.

»Stimmt. Das hat seine Richtigkeit. Komm nur herein, Edi.« Und Gröller tat, wie ihm geheißen. Wie selbstverständlich nahm er die von Landsrait angebotene Zigarette und ließ sich von Artner Feuer geben. Dann setzte er sich auf Schneiders Schreibtischsessel und sah die beiden Polizisten erwartungsvoll an.

»Du weißt noch, was wir besprochen haben?« Gröller nickte.

»Gut. Die Schließer sind eingeweiht. Sicherheitsmaßnahme, damit ihnen nicht aus Versehen bei dir die Hand auskommt oder sie sich sonst irgendwie ungebührlich benehmen. Aber anschnauzen werden sie dich möglicherweise schon. Es muss ja realistisch wirken.«

»Ja, das habe ich verstanden.«

»Gut. Wir werden dich ins Polizeigefangenenhaus in der Riemergasse bringen. Dort sitzt du angeblich schon seit zwei Wochen in Untersuchungshaft. Weswegen, das hast du dir hoffentlich genau zurechtgelegt.«

»Ja, habe ich. Wollt ihr es hören?«

»Nein, nein, da vertraue ich dir voll und ganz. Wir haben in die Zelle gestern noch ein paar Habseligkeiten bringen lassen. Toiletteartikel, ein paar Kleidungsstücke und so Zeug. Soll ja so aussehen, als hättest du dich da, so gut es eben ging, eingerichtet. Deine Aufgabe ist es also, gelangweilt auf deiner Pritsche zu liegen und dann ganz überrascht zu tun, dass du plötzlich einen Zellenkumpanen bekommst.«

»Das werde ich schaffen.«

»Hervorragend. Und mit den Schließern ist vereinbart, dass sie sofort kommen, wenn du an die Tür hämmerst. Und wenn du das Wort Magenkrampf sagst, dann schleppen sie dich aus der Zelle, damit du frei sprechen kannst.«

»Magenkrampf?« Gröller verzog das Gesicht. »Ist euch nichts Besseres eingefallen?«

»Nicht auf die Schnelle«, gab Landsrait zu.

»Na gut, dann bringen wir es hinter uns.«

Sie fuhren mit dem Einsatzwagen in die Innenstadt und meldeten sich dort beim wachhabenden Offizier, der bereits in die Sache eingeweiht war.

»Habt ihr den Raum verwanzt?«, wollte Gröller wissen.

»Wieso?«

»Na ja, falls er sich verplaudert, hättet ihr das Geständnis gleich auf Band.«

»Verlockende Idee. Aber das lässt uns die KSZE nicht durchgehen. Und die von Amnesty hätten wir dann auch ständig auf Anschlag bei uns. Nein, ich fürchte, unsere Aufzeichnung bist in diesem Fall nur du allein.«

»Schön, wenn man gebraucht wird«, grinste Gröller.

Landsrait wünschte diesem noch viel Glück, danach schloss sich die schwere Eisentür, und Landsrait wurde bewusst, dass er nun endlich Wochenende hatte. Er bat Artner, den Wagen zum Revier zurückzubringen, und verabschiedete sich Richtung U-Bahn. Als er schließlich seine Wohnungstür aufschloss, zeigte die Küchenuhr exakt 16 Uhr an.

V.

Das ganze Wochenende über fühlte er sich verantwortlich für Gröller und musste sich regelrecht zwingen, die Wohnung zu verlassen, da er am liebsten rund um die Uhr beim Telefon geblieben wäre, um, falls ein Anruf aus der Riemergasse käme, diesen auch ja nicht zu versäumen. Schließlich aber war ihm die rettende Idee gekommen, und er hatte mit dem Personal der Strafanstalt vereinbart, sie jeweils um sechs Uhr abends und zwölf Uhr mittags anzurufen, um so in Erfahrung zu bringen, ob es in der Sache etwas Neues gebe.

Doch all sein Hoffen erwies sich als vergebens. Weder im Verlauf des Samstags noch während des gesamten Sonntags gab es irgendein Lebenszeichen von Gröller, was Landsrait nachhaltig irritierte. Wer blieb schon freiwillig zwei Nächte lang in einer Zelle? Wenn aus Pramer nichts herauszubekommen war, dann musste man eben aufgeben. Aber vielleicht, so überlegte Landsrait, war irgendwie Gröllers Ehrgeiz angestachelt worden, sodass er nicht aus der Zelle gehen wollte, ehe er nicht wenigstens irgendeinen Hinweis von Pramer erhalten hatte.

Die Nachrichtensendung am Sonntagabend stimmte ihn auch nicht gerade froh. Offenbar hatte das Bruderland Ungarn beschlossen, die mittlerweile auf über 10.000 DDR-Bürger angewachsene Flüchtlingsgruppe in den Westen ausreisen zu lassen. Zu diesem Zweck waren einige Busse nach Szentgotthard gestartet, von wo aus die Republikflüchtlinge via Murska Sobota nach Radkersburg in die BRÖ gelangen sollten. Naturgemäß protestierte die DDR scharf, und die ÖDR hatte beschlossen, die Nationale Volksarmee in Jennersdorf in Bereitschaft zu versetzen. Landsrait verstand die Welt nicht mehr. Wie kamen so viele Menschen auf die Idee, drüben könnte es so viel besser sein? Die hatten allesamt keine Ahnung, was da drüben selbst die kleinsten Dinge des täglichen Bedarfs kosteten! Von den Mietpreisen ganz zu schweigen. Und die Arbeitslosigkeit da drüben war ziemlich hoch, da warteten die sicher nicht auf irgendwelche Neuankömmlinge, die der Wahnvorstellung anhingen, sie wechselten nun in das Schlaraffenland über.

Er war richtig froh, dass im Anschluss an die Nachrichten eine Komödie lief, denn die lenkte ihn wenigstens für 90 Minuten von seinen Grübeleien ab. Dennoch ließ ihm die Sache mit Gröller keine Ruhe. Wenn dieser sich bis Montag zwölf Uhr mittags nicht gemeldet hatte, dann würde er selbst ihn aus der Zelle holen, schwor sich Landsrait, ehe er zu Bett ging.

Am nächsten Morgen führte ihn sein erster Weg zwar ins Revier, doch nach einem kurzen Gespräch mit Jäger verließ er es wieder, um die Strafanstalt aufzusuchen. So war es noch nicht einmal neun Uhr morgens, als er in der Riemergasse eintraf.

»Und gibt es immer noch keine Neuigkeiten von unserem Mann? Nein? Haben Sie das überprüft? Ich meine, ist ihm auch nichts geschehen? Lebt er noch?« All das sprudelte nur so aus Landsrait heraus und spiegelte Unverständnis, Verärgerung und wohl auch ein wenig Sorge wider.

»Aber wenn ich es Ihnen sage, Genosse Hauptwachtmeister. In der Zelle war es die letzten 48 Stunden still wie in einer Gruft. Wir haben ganz nach Vorschrift mehrmals täglich Nachschau gehalten, zuletzt heute um sieben Uhr bei der Frühstücksausgabe. Ihr Mann hat von uns nicht die geringste Notiz genommen.«

Da kann etwas nicht stimmen, meldete sich nagend eine zweifelnde Stimme in Landsrait. »Gut«, sagte er laut, »dann holen wir ihn uns jetzt zum Verhör. Ich muss unbedingt wissen, was da vor sich geht.«

Man führte Landsrait in einen der Verhörräume und brachte ihm Gröller nur wenige Minuten später. Der schien ungehalten.

»Was soll das, Herr Hauptwachtmeister? Vertrauen Sie mir nicht, oder wie seh ich das?«

»Doch, doch. Nur ich halte es vor Neugier nicht mehr aus. Also wie ist die Lage?«

Noch ehe Gröller antworten konnte, wedelte Landsrait nervös mit dem rechten Arm durch die Luft. »Seid so gut, bringt dem Genossen doch einen richtig starken Kaffee. Dazu einen Sliwowitz, hab ich recht?« Dabei sah er Gröller fragend an. »Normalerweise ja. Aber wenn der Pramer den Schnaps riecht, dann riecht er auch den Braten. Drum kann ich auch nichts essen, so leid mir das tut. Aber der Kaffee, der wäre wirklich höchst willkommen.«

»Also?«, fragte Landsrait abermals, nachdem Gröller seinen ersten Schluck Kaffee getrunken und ein paar Züge von einer Zigarette genommen hatte.

»Zäh! Sehr zäh. Aber ich bin mir sicher, ich krieg was raus aus dem. Es wird halt nur ein Weilchen dauern.«

»Jetzt lass dir nicht alles aus der Nase ziehen. Erzähl mir lieber haargenau, was bisher passiert ist.«

Gröller zog wieder an seiner Zigarette. »Die Sache begann wie geplant. Ich lümmelte auf meiner Pritsche herum, als sie diesen Pramer in die Zelle führten. Der war richtig verstört, dass er, anstatt in den Westen abgeschoben zu werden, plötzlich hier landete. Und ich denke, er hatte ein gerüttelt Maß Angst vor mir. Ich aber mach auf freundlich und halt ihm gleich einmal die Hand hin. Die er nicht ergreift. Tag, sag ich, Sommer, sag ich, die haben mich wegen Schwarzhandel erwischt. Und weil das ihnen nicht reicht, wollen s' mir jetzt auch noch Schmuggel anhängen. Und was werfen sie dir vor?« Gröller klopfte geruhsam Asche ab.

»Er taxiert mich. Es ist völlig klar, dass er herausfinden will, ob er mir trauen kann. Schließlich seine ersten zwei Worte: auch Schmuggel. Ist aber gar nicht wahr, fügte er dann hinzu. Ich mime den Erstaunten. Echt, sag ich, wie denn nun genau, frag ich. Sagt er, das wisse er auch nicht. Er sei vollkommen unschuldig und werde widerrechtlich hier festgehalten.«

Landsrait musste schmunzeln. Wahrscheinlich glaubte Pramer sogar, was er erzählte.

Gröller war sichtlich in seinem Element. Die Art, wie er dem Hauptwachtmeister von seiner Begegnung mit Pramer berichtete, glich mehr einer Theateraufführung als einem nüchternen Rapport. Mit großen Gesten und übertriebener Mimik betonte Gröller die Worte, die ihm wichtig erschienen, und Landsrait ertappte sich bei der Frage, ob sich Gröller nicht in erster Linie deswegen hatte einschließen lassen, um im Anschluss einen bühnenreifen Auftritt hinzulegen.

»Er traut mir nicht, sage ich mir. Noch nicht, sage ich mir, und versuche weiter, mich bei ihm einzuschmeicheln. Selbst wenn's stimmen tät', sag ich zu ihm, wär's auch kein Verbrechen. Also sonst nirgendwo, füg ich hinzu, nur da in diesem grauslichen Land. Schaut er mich von der Seite an.«

Wieder unterstrich Gröller seine Worte mit einer entsprechenden Miene seines Gesichts. Gleich danach umspielte ein Lächeln seine Lippen. »Denk ich mir, jetzt fragt er sich wirklich, ob ich ein Trottel bin oder ein Provokateur. Na, ich spiel weiter meine Rolle. Gut, sag ich, es stimmt schon. Natürlich hab ich Schwarzhandel betrieben. Aber was, bitte, ist da dabei? Ich hab ein paar alte Sachen, die nicht mehr in meine Wohnung gepasst haben, verkauft. Na hätt ich's wegschmeißen sollen? Dem Pramer, ich seh's genau, ist das peinlich. Ich geh einen Schritt auf ihn zu. Hätt ich?, frag ich noch einmal. Sagt er Nein.« Wieder ein Lächeln in Gröllers Gesicht.

»Na ja, denk ich mir, das sagt er jetzt nur, damit er seine Ruh hat. Also muss ich dranbleiben. Weißt, sag ich zu ihm, wenn ich könnt, wie ich wollt, dann wäre ich morgen schon drüben. Aber dazu musst halt wen kennen, der dich rüberschleust.«

Gröller sah Landsrait mit großen Augen an. »Das war improvisiert. Ich dachte mir plötzlich, jemand, der Waren in den Westen verschiebt, der macht vielleicht auch Fluchthilfe.« Erstmals zeichnete sich auf Gröllers Gesicht Enttäuschung ab. »Aber das war ein Schlag ins Wasser. Da hat er überhaupt nicht reagiert. Na, ich hab mir daraufhin gedacht, ich leg mich mal ein Weilchen nieder und tu so, als würd ich dösen. Denn sonst riecht er den Braten ja sofort. Also quasi künstlerische Kunstpause.« Jetzt lächelte Gröller wieder.

»Lass ihm Zeit, hab ich mir gesagt. Und so war am ersten Tag gar nichts mehr zu wollen. Gestern dann, als ich aufwach, ist der schon auf und tigert durch die Zelle. Ich mach weiter auf naiv und frag, was ihn plagt. Er weiter abweisend. Geht mich nix an und so. Frag ich, ob er einen Draht nach draußen braucht. Schaut er mich ganz komisch an und sagt dann: Sag bloß, du kannst das arrangieren? Grins ich und nick. Ab da hab ich ihn gehabt.«

Gröller genoss seinen Triumph und streckte sich demonstrativ. »Eine Zigarette wäre nett. Und eine Tasse Kaffee«, mahnte er gleichsam seine Gage ein. Landsrait lächelte nun auch und gab ihm eine »Club«, ehe er den Wächtern auftrug, noch einmal zwei Kaffee zu organisieren.

Gröller wartete auf sein Getränk, dann erklärte er mit getragener Stimme, Pramer habe ihm aufgetragen, er solle seinen Kontakt ins ›Hotel Berger‹ auf der Brünner Straße schicken, damit dieser dort eine Nachricht für Zimmer 102 hinterlasse.

Nun wuchs die Spannung in Landsrait merklich an. »Und wie lautet die Botschaft?«

»Fuhrmannsgasse.«

Landsrait war verwirrt. »Wie bitte?«

»Fuhrmannsgasse.«

»Was? Die ist doch drüben …«

»Ja. Und?«

Landsrait dachte angestrengt nach. Hatte Pramer dort seinen West-Kontakt sitzen? Vor allem aber, wer würde die Nachricht im Hotel Berger abholen? Und wann? Fragen über Fragen strömten nahezu gleichzeitig auf Landsrait ein, sodass er eine Weile brauchte, bis er sich wieder an Gröller wenden konnte. »Fuhrmannsgasse? Das ist alles? Sonst nichts?«

»Sonst nichts.«

»Das ist aber nicht sehr viel.«

»Wie man's nimmt. In meinen Augen ist das ein Geständnis«, erklärte Gröller mit abgeklärter Bestimmtheit.

»Greifst du da jetzt nicht ein wenig hoch, Edi?«, verlieh Landsrait seiner Skepsis verbal Ausdruck.

»Ganz und gar nicht, Herr Hauptwachtmeister. Im Gegenteil. Ich habe die ganze Zeit darauf gewartet, dass er irgendetwas zugibt von dem Schmuggel, von seinen Kontakten hier oder so. Aber der ist ja nicht blöd. Der hätte sich nie verraten. Ich meine, da sitzt man in Untersuchungshaft, und von einem Moment auf den nächsten wird man transferiert und kommt in eine Zweimannzelle. Da würden bei mir auch sofort alle Alarmglocken läuten, und ich würde ab sofort auf der Hut sein. Und dieser Pramer, der ist ein Profi. Der verplaudert sich vielleicht im vierten, fünften Haftjahr, wenn eh schon alles egal ist. Da vertraut er sich dann möglicherweise einem Mithäftling an. Jetzt aber sicher nicht. Und somit war das einzige Geständnis, das ich von ihm bekommen konnte, die Botschaft, die ich übermitteln soll.«

»Tut mir leid, Edi, aber ich versteh absolut nur Bahnhof. Wieso bitte, soll das ein Geständnis sein. Das kann doch genauso gut bedeuten, ich werde da widerrechtlich festgehalten, bitte sagt meinem Freund im Westen Bescheid, damit der mich da rausholt.«

Gröller nickte. »Genau das heißt es ja auch.«

»Na eben. Wo ist da das Geständnis?«

»Wenn der Pramer unschuldig wäre, dann hätte er mir aufgetragen, meinen vermeintlichen Verbindungsmann irgendwie zur BRÖ-Botschaft gehen zu lassen, damit er dort Alarm schlägt. Ein Unschuldiger sucht automatisch den legalen Weg. Wenn man aber so verschlungene Wege einschlägt mit irgendwelchen Hotels am Stadtrand und komischen Codewörtern, dann ist da ganz entschieden etwas nicht koscher.«

Landsrait musste zugeben, dass Gröllers Ausführungen plausibel klangen. Vor allem aber wirkte der Edi in dieser Frage wesentlich kompetenter als er selbst, sodass er das Gefühl bekam, der Gröller wäre der Polizist und nicht er.

»Also ich glaube, der Pramer hat einen Kontaktmann in der Stadt, der den Schmuggel eigentlich durchführt. Wahrscheinlich war der das letzte Mal verhindert, weshalb sich der Pramer an diesen Schütz wenden musste. Wurscht. Jedenfalls fungiert dieses Zimmer 102 in dem Hotel als Briefkasten. Darüber kommunizieren die. Und wenn der Kontaktmann jetzt diese Nachricht findet, dann bedeutet das, er muss den Empfänger der Ware, der möglicherweise wirklich in der Fuhrmannsgasse logiert, sagen, dass es zu Lieferverzögerungen kommt.«

Landsrait musste endgültig anerkennen, der Mann wusste, wovon er sprach. Es war mithin eine gute Idee gewesen, sich der Dienste Gröllers in dieser Angelegenheit zu versichern.

»Das heißt, wir müssen uns jetzt eine Strategie zurecht legen, wie wir Pramers Botschaft weiterleiten.«

Gröller sah den Hauptwachtmeister von der Seite an: »Das war jetzt ein Scherz, oder?«

»Wieso?«

»Na, Sie können doch unmöglich so naiv sein, wie Sie gerade getan haben. Sie schicken einfach einen Ihrer Leute ins ›Berger‹ mit der Nachricht, und dann stellen Sie einen unauffälligen Wagen vor das Hotel und warten, wer die Nachricht abholt. Und der Pramer weiß nicht einmal, dass seine Botschaft schon auf dem Weg ist.«

Landsrait schluckte. Der Mann war wirklich der bessere Polizist. »Auf diese Weise habt ihr einen möglicherweise entscheidenden Vorsprung!« Gröller lehnte sich zufrieden zurück.

»Ja, aber das würde auch bedeuten, dass wir dich da noch länger im Knast lassen müssten«, gab Landsrait zu bedenken.

»Ach, darauf kommt's mir nicht an. Da hab ich wenigstens mal meine Ruhe und kann mich ausschlafen. Und außerdem bin ich davon überzeugt, dass es nicht lange dauern wird, bis Bewegung in die Sache kommt. Spätestens morgen habt ihr seinen Mittelsmann ausgeforscht, und dann könnt ihr mich rauslassen.«

»Gut. Genauso werden wir es machen.« Landsrait reichte Gröller die Hand und erhob sich dabei. »Ich schick gleich jemanden zum Hotel, und dann sehen wir ja.«

Er war schon bei der Tür, als er sich noch einmal umwandte: »Und was sagst du ihm jetzt?«

»Na was schon! Dass ihr mich verhört habt. Schon wieder. Aber ich bin natürlich hart geblieben. Damit gibt's dann morgen auch eine äußerst plausible Erklärung, warum ich abgeholt werde. Wer nicht kooperiert und so weiter.« Dabei zwinkerte Gröller.

Landsrait beeilte sich, ins Revier zu kommen. Kaum dort eingelangt, trug er Kellner auf, sich ins »Hotel Berger« zu begeben, um dort das genannte Codewort für das Zimmer 102 hinterlegen zu lassen. Dann wandte er sich an Farkas und Rozehnal. »Und ihr zwei schnappt euch einen camouflierten Wagen und postiert euch beim Hotel. Wir müssen unbedingt die Kontaktperson von Pramer erwischen.« Während er das sagte, überlegte Landsrait, ob er sich des Portiers bedienen sollte oder nicht. War dem Mann zu trauen? Wahrscheinlich nicht, sonst hätte jemand wie Pramer den Ort sicher nicht als seinen Postkasten ausgewählt. Allerdings würden ein solches Hotel um diese Uhrzeit nicht allzu viele Personen betreten und wieder verlassen, also war es den Kollegen zumutbar, einfach jede Person zu kontrollieren.

»Oder besser noch«, adaptierte Landsrait spontan seine Strategie, »einer von euch beiden setzt sich, vermeintlich Zeitung lesend, in die Nähe der Rezeption, und der zweite beobachtet die Szenerie von draußen. Verstanden?«

Die beiden nickten.

»Dann los, los, es eilt.«

»Können wir dann noch über meine Theorie sprechen, Genosse Hauptwachtmeister?« Rozehnal brachte sich im Vorübergehen noch einmal in Erinnerung. Landsrait schlug sich mit der flachen Hand an die Stirn. »Richtig. Da war ja was. Ja sicher. Melden Sie sich bei mir unmittelbar nach dem Abschluss dieser Operation, dann gehen wir Ihre Thesen durch.« Er erntete einen dankbaren Blick Rozehnals.

Als die drei Kollegen den Raum verlassen hatten, ließ sich Landsrait erschöpft auf einen Sessel plumpsen. Erstmals an diesem Tag hatte er die Gelegenheit, ein wenig zu sich selbst zu finden. Man konnte durchaus von Fortschritten in der Sache sprechen. Doch war damit wirklich etwas erreicht? Wieder beschlichen Landsrait diese nagenden Zweifel. Was, wenn der Kontaktmann nicht auftauchte? Und selbst wenn, wie sollte man an den Komplizen im Westen herankommen? Und immer noch die grundlegende Frage, worum es überhaupt ging. Landsrait steckte sich eine »Club« an, blies den Rauch aus und seufzte.

Ohne zu einem konkreten Ergebnis gekommen zu sein, erhob er sich und begab sich in sein Zimmer. Unterwegs traf er Schneider. Er grüßte ihn und fragte mehr aus Höflichkeit, wie denn das Wochenende gewesen sei. Kaum hatten die entsprechenden Worte seinen Mund verlassen, als er sich auf die Lippen biss. Schneider war begeisterter Modellbauer, weshalb man ihn nie nach seiner Freizeitgestaltung fragen durfte, wenn man nicht riskieren wollte, stundenlang mit ermüdenden Details zu Lack, Holz, Aerodynamik, Fernsteuerung und Ähnlichem gequält zu werden. Doch es war zu spät. Schon hatte Schneider seine

Chance ergriffen und legte los. Landsrait musste hoffen, dass ihn irgendjemand erlöste. Und wenn es Jäger war, der ihm neue Arbeit aufbürdete.

Schneider war gerade auf die Unterschiede zwischen normalem und Butterbrotpapier als Flügelbespannung bei Doppeldeckermodellen zu sprechen gekommen, als Artner den Gang entlangeilte. Landsrait tat, als bräuchte er ganz dringend etwas von ihm, und entschuldigte sich bei Schneider. Endlich war er gerettet.

Der Arbeitstag näherte sich seinem Ende, und von den Kollegen aus Floridsdorf war noch keine Meldung eingelangt. Landsrait war sich dessen bewusst, dass er die beiden, wenn nicht bald Nachricht eintraf, von irgendwem ablösen lassen musste. Dafür, so befand er, kamen eigentlich nur Artner und er selbst infrage. Vorsichtig fragte er beim Kollegen daher an, ob der abends verfügbar war.

»Warum fragst du?«

Und Landsrait brachte Artner auf den neuesten Stand. »Na, im Fernsehen läuft heut ohnehin nichts G'scheites. Also, wann packen wir's?«

Landsrait beschloss, noch eine Stunde zu warten. Dann würde er freilich auch Andrea informieren müssen. Und da jede Nachricht von Farkas und Rozehnal unterblieb, musste er schließlich wirklich zum Telefonhörer greifen. Er steckte den Zeigefinger siebenmal in eines der Löcher der Wählscheibe und wartete darauf, die Stimme seiner Frau zu hören. Endlich meldete sie sich. Im Hintergrund vernahm er eine lautstarke

Auseinandersetzung. »Was ist denn da los?«, fragte er in kurzfristiger Abänderung seines eigentlichen Plans.

»Ach, der Mischa hat der Nadja die Schokolade gemopst, und jetzt ist die natürlich sauer«, erklärte Andrea hörbar genervt.

»Sag der Nadja, sie kriegt von mir eine neue. Und dem Mischa sag, er kann sich auf etwas gefasst machen, wenn ich nach Hause komme.« Er machte eine kleine Pause, sammelte sich. »Nach Hause ist übrigens das Stichwort. Ich weiß nicht, wann ich heute nach Hause komme. Wir müssen zu einer Überwachung. Wegen der Schmuggler-Geschichte, weißt eh.«

»Na geh! Und wie lange dauert das?«

»Ehrlich, ich habe keine Ahnung. Wir warten dort auf jemanden, der, so hoffen wir, durch eine Finte von uns aufgescheucht worden ist. Der kann in einigen Minuten kommen, der kann aber auch gar nicht kommen.«

»Und wann wärst du dann zu Hause? Auch gar nicht?«

»Nein, nein. Um Mitternacht würde ich im spätesten Fall abgelöst. Aber so lange kann's halt schon dauern.«

Andrea fügte sich ins Unvermeidliche. »Na gut, ich heb' dir eine Suppe auf. Die kannst du dann aufwärmen.«

»Danke, lieb von dir. Aber nicht notwendig. Wenn ich wirklich noch einen Hunger haben sollte, dann nehm ich mir ein Brot und ein bisserl eine Wurst. Das passt dann schon. Und wart bitte nicht mit dem Schlafengehen auf mich, gell?«

Sorgsam legte er den Hörer wieder auf die Gabel. Seine Hoffnung, Farkas würde sich doch noch melden, hatte sich nicht erfüllt. Aber vielleicht stimmte ein altes Klischee ja doch, und Verbrecher waren aus Prinzip nachtaktiv. Dann würde Pramers Komplize erst nach Einbruch der Dunkelheit im Hotel erscheinen. Landsrait schickte Artner einen resignierten Blick und meinte nur: »Packen wir's.«

Der Weg nach Floridsdorf war nicht allzu weit, und die Brünner Straße, der Uhrzeit entsprechend, ziemlich verwaist. Schon von Weitem sahen sie Farkas in seinem Auto sitzen. Vielleicht war das der Grund, weshalb der Ganove nicht aufgetaucht war. So offensichtlich, wie Farkas das Gebäude observierte, konnte es niemandem entgehen, dass hier etwas im Busch war. Landsrait beschloss zu retten, was zu retten war. »Du parkst den Wagen da drüben in der Seitengasse. Da hast du auch einen guten Blick auf das Hotel, aber du selbst wirst zumindest nicht gleich gesehen. Das sollte uns zum Vorteil gereichen. Und ich löse drinnen den Rozehnal ab. Hoffen wir, dass wir Erfolg haben.«

Artner nickte nur. Landsrait stieg aus, gab Farkas mit Handzeichen zu verstehen, dass er sich gleich verdrücken könne. Dann ging er ins Hotel. Tatsächlich saß Rozehnal auf der Bank gegenüber dem Pult und las das »Neue Österreich«. Landsrait warf einen schnellen Blick auf den Portier. Man hätte ihn durchaus einweihen können, denn so blöd war er bestimmt nicht, als dass er nicht gemerkt hätte, was hier gespielt wurde. Landsrait gab Rozehnal einen Wink und stellte sich vor das Hotel auf den Bürgersteig. Einen Augenblick später stand Rozehnal neben ihm.

»Und? Irgendetwas Auffälliges?«

»Nein, die ganze Zeit über kam kein einziger Hotelgast. Anruf kam auch keiner. Nur einmal rief der Portier selbst jemanden an. Dürfte aber privat gewesen sein, denn es ging, soweit ich das mitbekam, um Spreewald-Gurken.«

Landsrait nahm die Information zur Kenntnis. Dann deutete er auf die Zeitung, die Rozehnal mittlerweile unter den Arm geklemmt hatte. »Brauchen Sie die noch?« Sein Mitarbeiter verneinte und drückte sie dem Hauptwachtmeister in die Hand. »Gut, dann wird mir wenigstens nicht langweilig. Für euch ist jetzt Feierabend, aber tut mir noch einen Gefallen. Ruft bei der Bereitschaft an, sie sollen uns um Mitternacht eine Ablösung schicken.« Rozehnal meinte nur »geht klar« und ging dann über die Straße zu Farkas und stieg in den Wagen. Landsrait blickte noch einmal hinüber zu Artner, dann drehte er sich um und setzte sich auf jenen Platz, auf dem kurz zuvor noch der Kollege gesessen war.

Es war wirklich erstaunlich, wie langsam sechs Stunden vergehen konnten. In seiner Verzweiflung hatte Landsrait buchstäblich jeden Artikel des Zentralorgans gelesen, sogar die Rede des FÖJ-Vorsitzenden Gusenbauer, die er bei irgendeinem Jugendtreffen in der niederösterreichischen Provinz gehalten hatte. Mehrmals musste Landsrait aufstehen und sich ein wenig die Beine vertreten, um nicht einzuschlafen. Und immer wieder sah er sehnsuchtsvoll auf die Uhr. Die kleine Notiz im Fach des Zimmers 102 lag immer noch unberührt da. Und nichts deutete darauf hin, dass sie noch von jemandem abgeholt werden würde. Angestrengt dachte Landsrait darüber nach, was konkret schiefgelaufen sein konnte. Da warnte Pramer offensichtlich seine Komplizen, doch die interessierten sich gar nicht dafür. Das konnte nur zweierlei bedeuten: Entweder rechneten die anderen Kriminellen gar nicht damit, dass es eine Botschaft für sie gab. Oder deren Inhalt war in Wirklichkeit schon auf anderem Wege an ihr Ziel gelangt.

Doch Rozehnal hatte behauptet, es sei die ganze Zeit über niemand gekommen. Konnte es sein, dass Pramers Leute das Hotel beobachtet hatten und auch ohne die Nachricht ahnten, dass etwas schiefgelaufen war? Und dass sie ohnehin wussten, was zu tun war? Nein. Das war kaum wahrscheinlich. Niemand observierte privat rund um die Uhr ein Hotel. Die Botschaft musste also auf anderem Wege weitergegeben worden sein.

Landsrait erinnerte sich plötzlich daran, dass ihm Rozehnal erzählt hatte, der Portier habe einmal einen Anruf getätigt, der vordergründig privater Natur gewesen sei. Spreewald-Gurken seien das Thema des

Gesprächs gewesen. Vielleicht waren Spreewald-Gurken aber genauso ein Codewort wie die Fuhrmannsgasse? Es war bedauerlich, dass sie dieses Thema nicht ausführlicher erörtert hatten, denn möglicherweise wüsste er dann jetzt mehr.

Aber es gab ja noch eine andere Möglichkeit, fiel ihm ein. Sobald die Ablösung eingetroffen war, würde er noch einmal ins Revier fahren und dort die Hauptverwaltung der Post kontaktieren, um in Erfahrung zu bringen, mit wem der Portier telefoniert hatte. Und diesem jemand sollte man dann anschließend einen Besuch abstatten. Dieser Gedanke beruhigte Landsrait einigermaßen, und er war dadurch bereit, auch die letzten zwei Stunden auf seinem Posten auszuharren.

Die Zeit verging quälend langsam, und Landsrait verspürte mehr und mehr Unruhe in sich. Eigentlich hielt ihn nur das Vorhaben, sofort nach seiner Ablösung der Sache mit dem Telefonanruf nachzugehen, aufrecht. Der Portier hatte sich in seine Kammer zurückgezogen, wo er offensichtlich ein Nickerchen machte, und Landsrait starrte die Wand neben dem Pult an. Immerhin hing dort ein Porträt des Staatsratsvorsitzenden, doch das hatte nicht allzu viel zu sagen, denn nicht wenige Leute schmückten ihr Domizil mit solchen Bildern, um nicht in den Geruch zu kommen, der Regierung vielleicht ablehnend gegenüber zu stehen. Unterhalb des Konterfeis von Franz Muhri war eine Urkunde angebracht, mit der das Hotel 1974 im Sozialistischen Wettbewerb ausgezeichnet worden war.

Landsrait vermochte sich nicht wirklich vorzustellen, welche Kriterien man als Hotel erfüllen musste, um derart belobigt zu werden, wenn man bedachte, wie schmuddelig allein schon der Eingangsbereich des Beherbergungsbetriebes war, doch das Dokument war ja auch immerhin schon vor 15 Jahren ausgestellt worden.

Sein Blick wanderte weiter auf das Gestell mit den Zimmerschlüsseln. Kein einziger fehlte. Ob das Hotel überhaupt einen Gast hatte? Gut, es war nicht gerade günstig gelegen, aber immerhin war August, und da sollte selbst eine Unterkunft in Floridsdorf mit gelegentlichen Nachfragen konfrontiert sein. Allerdings, wenn es sich bei dem Hotel um einen der wenigen privaten Betriebe handelte, dann konnte es durchaus sein, dass sich nur selten Gäste hierher verirrten, weil dann natürlich die Unterstützung durch die nationalen Tourismus-Einrichtungen wie »Intourist«, »Jugend-Tourist« und den FÖGB-Feriendienst fehlte. Aber in einem solchen Fall würde das »Berger« wohl schon nicht mehr existieren. Viel wahrscheinlicher war daher, dass man zwar ein Kontraktnehmer einer der großen Organisationen war, sich aber nicht sonderlich um entsprechende Auslastung bemühte. Landsrait erinnerte sich an die schnippische Antwort eines Kellners im bulgarischen Vidin, das er vor genau einem Jahr mit Andrea und den Kindern besucht hatte. Dort hatte er das Fehlen jedweder Speise im Restaurant beklagt, worauf er die Replik hören musste: »Der Plan sieht vor, dass wir von acht bis acht geöffnet haben. Er sieht aber nicht vor, dass wir in dieser Zeit auch Waren haben.«

Um die bleierne Müdigkeit ein wenig abzuschütteln, trat Landsrait wieder auf die Straße. Er sah hinüber zu Artner und wurde dabei den Verdacht nicht los, dass dieser eingeschlafen war, denn Artners Kopf lag merkwürdig schief auf der rechten Schulter. Kurz überlegte Landsrait, auf die andere Seite zu wechseln und sich persönlich davon zu überzeugen, ob Artner wach war, doch dann sagte er sich, dass es keinen Grund gab, den Kollegen noch zu wecken. Die Ablösung sollte in einer halben Stunde eintreffen, und bis dahin würde er auch alleine klarkommen.

Er griff nach seinem Zigarettenpäckchen und stellte entsetzt fest, dass er zu seiner letzten »Club« griff. Ihm blieb nur zu hoffen, dass er im Büroschreibtisch noch eine weitere Packung aufbewahrt hatte, sonst würde die Nacht für ihn in dieser Hinsicht unerfreulich enden.

Die Zigarette war längst aufgeraucht, und nicht nur seine eigene Uhr wies darauf hin, dass Mitternacht schon lang vorbei war. Wo, so fragte er sich, blieb die Ablösung? Am Schulgebäude gegenüber rückte der große Zeiger auf dem Zifferblatt schon bedenklich nahe auf halb zu, als endlich in der Ferne ein Trabant sichtbar wurde. Gletscherblau in der Originalwerkslackierung aus Zwickau. Langsam rollte das Auto vor dem Hotel aus. Den Fahrer kannte Landsrait nur vom Sehen, doch aus dem Beifahrersitz schälte sich Schneider, der sich demonstrativ streckte und dabei herzzerreißend gähnte.

»Tut mir leid, Peter, aber wir haben im Aufenthaltsraum ein wenig die Zeit übersehen und dann die Distanz ein bisschen unterschätzt. Aber jetzt sind wir da.«

Landsrait nickte ungeduldig. »Hast du eine Zigarette für mich?« »Aber Peter, du weißt doch, dass ich nicht rauche.« »Scheiße, ja, hab ich ganz vergessen.« Der Fahrer hielt Landsrait schweigend eine Packung »Cabinet« entgegen. Dankbar entnahm der Hauptwachtmeister einen Glimmstängel und sog den Rauch kurz danach gierig ein. Und er fand, dass der Aufdruck auf der Packung nicht log. Die Zigarette schmeckte wirklich »würzig«. Vielleicht, so schoss es ihm durch den Kopf, sollte er die Marke wechseln. Immerhin griff jeder dritte Raucher in der DDR und der ÖDR zu »Cabinet«, und jetzt hatte er eine Ahnung, warum dies so war.

Während er die Zigarette aufrauchte, setzte er Schneider noch über die wesentlichen Aufgaben des Einsatzes in Kenntnis, dann wünschte er den beiden viel Glück und überquerte die Straße, um so zu Artners Wagen zu gelangen. Und wie vermutet, befand sich der im Tiefschlaf. Landsrait brauchte eine ganze Weile, ehe Artner endlich erwachte. Verwirrt kurbelte er das Fenster herunter und fragte den Hauptwachtmeister, was los sei.

»Gar nichts ist los. Unsere Schicht ist zu Ende. Das ist los.« In Artners Gesicht spiegelte sich erst Überraschung, dann Erleichterung. Er ließ Landsrait einsteigen, dann startete er den Motor und fuhr aus der Seitengasse wieder in die Brünner Straße. Kurz vor ein Uhr morgens waren die Verkehrswege vollkommen verwaist, und so kamen die beiden in erstaunlich kurzer Zeit zum Präsidium. Dort verabschiedete sich Landsrait von seinem Kollegen und ging in sein Büro, wo er zuerst in seinen Schubladen zu kramen begann. Mit Erleichterung registrierte er die angebrochene Packung »Club«, in der sich noch zehn Zigaretten befanden. Er steckte sich eine an, dann hob er den Hörer aus der Gabel und rief in der Post-Hauptverwaltung an. Es dauerte eine geraume Weile, bis sich dort eine schläfrige Stimme meldete.

»Ja, begrüße Sie. Hauptwachtmeister Landsrait hier. Heute wurde am Nachmittag aus dem ›Hotel Berger‹ in der Brünner Straße ein Anruf getätigt. Ich bräuchte aus ermittlungstechnischen Gründen den Namen des Teilnehmers, dem dieser Anruf galt.«

Für einen Moment herrschte Schweigen am anderen Ende der Leitung. Dann war die schläfrige zur zornigen Stimme mutiert. »Das ist jetzt aber nicht Ihr Ernst, oder?«

»Wie meinen?«

»Sie glauben doch nicht im Ernst, dass wir in der Lage sind, um 1 Uhr 15 nachts eine Rufdatenerfassung durchzuführen! Wir sind ja schließlich nicht der KGB.«

»Aha, und wann sind Sie dazu in der Lage?«

»Was weiß ich! Rufen Sie morgen am Vormittag an und lassen Sie sich zur zuständigen Abteilung durchstellen. Wir sind hier die Nachtbesetzung für Notfälle. Also solange Sie keinen Rettungswagen benötigen oder die Notrufnummer der Feuerwehr vergessen haben, sind Sie hier ganz entschieden falsch.«

Landsrait murmelte ein grummelndes »Danke schön«, ehe er auflegte. Das war eigentlich zu erwarten gewesen, sagte er sich, und erhob sich. Er nahm seine Zigaretten an sich, verstaute sie in seinem Jackett und schickte sich an, sein Büro zu verlassen, als ihm siedend heiß einfiel, dass um diese Zeit ja keine U-Bahn mehr fuhr. Wie, so fragte er sich, sollte er jetzt nach Hause kommen? Ein Fußmarsch war ausgeschlossen, da würde er gut und gerne zwei Stunden benötigen. Also musste er es wohl mit einem Taxi versuchen. Kurz überlegte er, ob er telefonisch eines vor das Präsidium bestellen sollte, doch das würde den Fahrpreis zusätzlich in die Höhe treiben. Vernünftiger war es daher, sich zu Fuß zum Karlsplatz zu begeben, um dort direkt vom Taxi-Standplatz aus nach Hause zu fahren.

Als er sich wieder auf der Straße befand, wehte ihn ein kühler Wind an. Automatisch schlug er den Kragen seiner Jacke hoch und schritt dann forsch aus. Seit Tagen hielt ihn dieser Fall gefangen, und er konnte nicht behaupten, der Lösung auch nur einen einzigen Millimeter näher gekommen zu sein.

Müde und enttäuscht ließ er sich in den Fond des Moskwitsch fallen und nannte seine Adresse. Er war beinahe eingenickt, als ihm der Fahrer auch schon eröffnete, dass sie das Fahrziel erreicht hatten. Umständlich kletterte Landsrait aus dem Wagen und schleppte sich zu seinem Wohnhaus. Sorgsam öffnete er wenig später die Wohnungstür und schlich sich ins Schlafzimmer, wo er einfach nur seine Kleider auszog, ehe er sich, wie er war, in sein Bett fallen ließ. Kaum hatte sein Kopf den Polster berührt, war er auch schon eingeschlafen.

VI.

Am nächsten Morgen erwachte er mit bleierner Müdigkeit. Ernsthaft zog er in Erwägung sich krankzumelden. Doch die Lösung des Falls hatte Priorität. Sie standen ohnehin unter großem Zeitdruck, da war jeder Tag, der ergebnislos ins Land zog, eine weitere verheerende Niederlage. Landsrait seufzte und kämpfte sich mühsam aus dem Bett. Gähnend schlurfte er in die Küche, wo die dampfende Kaffeekanne ihm ein erstes Lächeln abrang.

»Ist spät geworden, was?«, vermutete Andrea, die bereits ausgehfertig war. Landsrait nickte. »Kurz vor eins kam die Ablösung. Ich hab kaum fünf Stunden geschlafen«, maulte er dann. »Ich bring die Kinder. Und du sieh zu, dass du den Tag irgendwie überstehst.« Sie umarmte ihn und drückte ihm dabei einen Kuss auf die Stirn. Und während sie, Nadja und Mischa im Schlepptau, die Wohnung verließ, steckte sich Landsrait die erste »Club« das Tages an, ehe er sich schwerfällig auf einem der Küchenstühle niederließ.

Eine gute Stunde später wiederholten sich diese zwei Verrichtungen hinter seinem Büroschreibtisch. Dann hob Landsrait den Hörer aus der Gabel, rief erneut die Hauptverwaltung der Post an und ließ sich mit der zuständigen Abteilung für Rufdatenerfassung verbinden, wo er sein Begehr ein zweites Mal formulierte. Die Beantwortung der Frage werde geraume Zeit in Anspruch nehmen, ließ man ihn wissen, man werde daher zurückrufen. Landsrait bedankte sich und beendete das Gespräch. »Ist Genosse Rozehnal schon da?«, fragte er dann.

Drei Minuten später saß der junge Kollege an der rechten Seite von Landsraits Schreibtisch.

»Sie haben also eine Theorie, Genosse Rozehnal, die unseren Fall betrifft. Na dann lassen Sie einmal hören.« Der Jüngere räusperte sich umständlich und schien sich zu sammeln. Dann begann er vorsichtig. »Wir sind uns einig, dass es sich hier um den Schmuggel von Kunstschätzen handelt, richtig?«

»Soweit richtig, ja!«, bestätigte der Hauptwachtmeister.

»Und soweit ich das mitbekommen habe, gehen wir davon aus, dass die Gruppe um Pramer sowjetische Ikonen verschiebt.«

»Auch richtig.«

»Gut, aber meines Wissens gibt es in der Sowjetunion kaum genügend Gelegenheiten, eine nennenswerte Zahl solcher Bilder zusammenzustehlen, als dass sie einen regelmäßigen Export in den Westen rechtfertigen würde.«

»Und?« Landsrait war sich nicht sicher, worauf Rozehnal hinauswollte.

»Na ja, ich habe da einmal so eine Reportage aus Ägypten im Fernsehen gesehen. Dorthin kommen unzählige Touristen wegen der Pyramiden, der Tempel, der Sphinx und all dem. Und da haben die Ägypter einen eigenen Geschäftszweig entdeckt. Sie produzieren billig irgendwelche pseudoantike Andenken, die sie den Touristen als echt verkaufen. Und die meisten haben keine Ahnung, ob etwas jetzt antik ist oder nicht, und zahlen einen viel zu hohen Preis für im Prinzip wertlosen Ramsch.«

»Das leuchtet mir ein«, replizierte Landsrait, »was mir nicht einleuchtet, ist, was das mit unserem Fall zu tun haben soll.«

Rozehnal strahlte den Hauptwachtmeister an: »Das ist doch naheliegend, Genosse. Was ist viel einfacher, risikoloser und einträglicher, als irgendwelche Bilder Tausende von Kilometern durch mehrere Staaten zu schmuggeln? Sie einfach hier direkt an der Grenze zu produzieren und als alt und authentisch auszugeben.«

Langsam sickerte in Landsraits Kopf die zentrale Aussage seines Mitarbeiters. »Sie glauben also, die haben irgendwo hier auf der Wieden eine geheime Werkstätte, wo sie Ikonen im Billigverfahren herstellen, die sie dann in den Westen verhökern?«

»Genau das glaube ich.« Rozehnal war seine Begeisterung immer noch deutlich anzusehen.

»Und ich glaube weiter, dass Pramer eigentlich der, wenn man so will, Vertriebsleiter in der Organisation ist. Eigentlich sollte er die Ware im Westen entgegennehmen und für ihre weitere Verteilung sorgen. Dann aber muss etwas schief gegangen sein. Etwas, das ihn zwang, zu uns herüber zu kommen, um den Laden wieder flott zu bekommen. Und dabei war er dann gezwungen, sich direkt an einen der unteren Ränge …«

»Schütz«, statuierte Landsrait, um auch etwas zu sagen.

»Genau, Schütz, zu wenden, der Pramer vielleicht wirklich noch nie gesehen und daher auch keine Skrupel hat, den ans Messer zu liefern, als die Sache für ihn schief läuft.«

Landsrait lehnte sich zurück und ließ das Gehörte sickern. Wie nebenbei nahm er seine Zigarettenschachtel und hielt sie Rozehnal hin, der sich dankbar bediente. Auch Landsrait rauchte sich eine weitere an.

»Nehmen wir einmal an, Sie haben recht. Irgendwo werden gefälschte Ikonen in größeren Mengen hergestellt, um nach drüben gebracht zu werden. Was könnte dann der Auslöser sein, dass der West-Kontakt zu uns kommen muss, und zwar, wie es den Anschein hat, für längere Zeit.«

An dieser Stelle schien auch Rozehnal ratlos, denn sein Strahlen verglomm allmählich. »Darüber zerbreche ich mir auch schon seit zwei Tagen den Kopf. Ich habe, offen gestanden, keine Ahnung. Vielleicht ein Streit innerhalb der Organisation?«

»Worum sollte der gehen?«

»Was weiß ich. Irgendwer wollte mehr Geld, jemand beanspruchte die Leitung, jemand für die Organisation Wichtiger brach weg, weil er selbst in den Westen abgehauen ist, irgendwelche Zulieferer fielen aus – es gibt unendlich viele Möglichkeiten, die einen Chef zwingen, nach dem Rechten zu sehen.«

»Da haben Sie freilich recht«, pflichtete ihm Landsrait bei und nahm den Anruf, der in diesem Augenblick hereinkam, entgegen. »Ah, ja, danke für den Rückruf.«

Landsrait hielt kurz die Sprechmuschel zu. »Das sind die Jungs von der Rufdatenerfassung. Wir reden anschließend weiter, in Ordnung?« Rozehnal nickte kurz und verließ den Raum. Landsrait wandte sich wieder dem Gespräch zu.

»Der einzige Anruf, der vom Hotel Berger gestern getätigt wurde«, hörte er vom anderen Ende der Leitung, »ging an einen Herrn Hubert Wiedler aus der Karl Marx-Allee.«

»Hubert Wiedler«, wiederholte Landsrait, »Karl Marx-Allee. Nummer?« Im selben Moment hielt er inne. Die Karl Marx-Allee verlief vom Praterstern zum Lusthaus und wies praktisch keine Häuser auf. Es gab dort ein paar Gastronomiebetriebe und einige Ringelspiele für Kinder, aber, zumindest soweit er wusste, keinerlei Wohnungen. Der Mann von der Post nahm ihm die Schlussfolgerung aus diesem Gedanken ab: »Der Anschluss ist auf den Herrn Wiedler eingetragen und befindet sich, soweit wir das beurteilen können, im ›Feriengasthof Fritz Heckert‹.«

Landsrait kannte die Gaststätte gut. Man erreichte sie vom Praterstern aus nach einem guten Kilometer. Sie kredenzte Bier vom Fass, süffige Weine und bot neben Erfrischungen auch kleine Imbisse an. Der Gastgarten war vor allem im Sommer sehr beliebt, und ab und zu spielte auch einmal eine Betriebskapelle auf, was die Popularität des Lokals noch mehr steigerte.

»Aber Moment, wie passt das zusammen? Müsste der Anschluss dann nicht auf das Wirtshaus eingetragen sein?«

»An und für sich schon. Aber da wir uns dachten, dass Sie das interessieren wird, haben wir in unseren Unterlagen Nachschau gehalten, und so können wir Ihnen sagen, dass das Lokal selbst eine eigene Nummer hat. Die von Wiedler ist also ein eigener, ein Extra-Anschluss.«

Das konnte nur bedeuten, dass, was ihm bei seinen Besuchen nie aufgefallen war, irgendwo eine Privatunterkunft angebaut war, in der offenbar ein Herr Wiedler wohnte. Aber das würde er, so sagte er sich, bald herausfinden. Er dankte dem Kollegen von der Post und ging zum Zimmer von Farkas und Rozehnal. Letzteren sprach er an. »Ich muss einmal in den Prater. Wollen Sie mit?«

»Aber sehr gerne.«

»Gut, organisieren Sie von der Fahrbereitschaft einen Einsatzwagen. Ich komme gleich nach.« Er ging noch schnell zu Jägers Sekretärin und teilte ihr mit, wohin er fuhr, dann eilte er die Stiegen hinunter und lief beinahe in den bereits abfahrbereit vor der Tür stehenden Lada. Landsrait riss die Beifahrertür auf und ließ sich in den Sitz fallen.

Rozehnal fuhr auf direktem Weg zur Ringstraße, umrundete diese etwa zur Hälfte und bog dann in die Praterstraße ein, die ihn wenige Kilometer später an sein eigentliches Fahrziel geleitet hatte. Vor dem Lokal parkte er das Auto, und die beiden Polizisten stiegen aus.

An einem Wochentag kurz vor Mittag war erwartungsgemäß nicht viel los. Landsrait sah sich um. Am Ende des Gartens begann der eigentliche Gasthof, und tatsächlich lugte an dessen Ende ein Anbau hervor, der für Wohnzwecke geeignet schien. Er deutete mit dem Finger auf das Gemäuer. »Ich geh mal rein und unterhalte mich mit der Bedienung. Behalten Sie den Anbau im Auge, damit uns von dort niemand abhaut.«

Der Mann an der Schank las gelangweilt in einer Zeitschrift. Zunächst würdigte er Landsrait keines Blickes. Erst als der ihm seinen Ausweis förmlich unter die Nase hielt, nahm der Wirt Haltung an. »Womit kann ich dienen, Herr Offizier?«

»Hauptwachtmeister. Aber egal. Sagen Sie, wie viele Leute arbeiten hier, und von wem sind die angestellt?«

»Das ›Fritz Heckert‹ gehört zum Feriendienst des FÖGB. Wir haben insgesamt zehn Angestellte, die hier Dienst tun. Drei Leute in der Küche, fünf im Service, zwei für die Reinigung.«

»Arbeitet auch ein Herr Wiedler hier?«

»Ach so ja, den hab ich jetzt ganz vergessen. Das ist

der Hausmeister hier. Der ist für die Instandhaltung des Gebäudes zuständig. Der macht kleinere Reparaturen, wechselt Glühbirnen aus, sieht nach den Aggregaten und solche Sachen. Der ist auch der Einzige, der praktisch rund um die Uhr da ist. Wir anderen arbeiten im Schichtbetrieb.«

»Das heißt, der Wiedler wohnt auch hier?«

Der Kellner signalisierte Zustimmung. »Jaja, in dem Anbau da hinten. Da hat er im oberen Stockwerk zwei Zimmer.«

»Und wie ist er so, der Herr Wiedler?«

»Ich kann nichts Negatives über ihn sagen. Was man ihm aufträgt, das erledigt er prompt. Eher ein Stiller. Und ein bisschen seltsam …«

»Seltsam? Inwiefern?«

»Na ja, manchmal hat man ein wenig den Eindruck, er ist … na ja, Sie wissen schon …« Der Mann beugte sich vor und flüsterte: »…vom anderen Ufer!«

»Wieso glauben Sie das?«

»Na hören Sie mal, unsere Kellnerinnen, da ist eine schöner als die andere. Und der Wiedler, der registriert das nicht einmal. Und verheiratet ist er auch nicht, obwohl er sicher schon 40 ist. Ich meine, das ist doch nicht normal.«

»Meinen Sie, dass er jetzt zu Hause ist?«

»Ich habe ihn jedenfalls nicht weggehen sehen.«

Landsrait dankte dem Mann und verließ das Lokal, um Rozehnal draußen einzusammeln. Gemeinsam gingen sie zum Anbau und öffneten die Zugangstür.

Etwa einen Meter von dem Portal entfernt begann die Treppe in das obere Stockwerk. Landsrait nahm die ersten Stufen, Rozehnal folgte ihm. Am Ende der Stiege befand sich eine weitere Tür. An diese klopfte der Hauptwachtmeister. »Herr Wiedler!«, rief er gleichzeitig. Nach mehreren Versuchen, Aufmerksamkeit zu erregen, wurde die Tür endlich aufgerissen. Wiedler starrte sie ebenso feindselig wie schweigend an. »Herr Wiedler?«

Die Art, wie Wiedler mit den Schultern zuckte, sollte wohl ein »Ja, na und?« bedeuten.

»Hauptwachtmeister Landsrait. Das ist mein Kollege Rozehnal. Sie haben gestern am Nachmittag einen Anruf aus dem Hotel Berger erhalten …«

Abermaliges Schulterzucken.

»Worum ging es dabei? Und wenn Sie weiter so einsilbig bleiben, nehmen wir Sie mit auf's Revier. Dort sind die Kollegen auf Problemfälle wie Sie vorbereitet. Die haben noch jedem die Zunge gelöst.« Landsrait ging Wiedlers Arroganz schon auf die Nerven.

»Weiß ich nicht«, maulte der endlich, »hab ich vergessen. Ich kann mich nicht mehr erinnern.«

»Es handelte sich nicht zufällig um Spreewald-Gurken?«, half Landsrait dem Mann auf die Sprünge.

»Ach ja, jetzt, wo Sie es sagen. Die verwenden das Zeug bei ihren Frühstücksbuffets. Und gestern sind sie ihnen ausgegangen. Und der Portier dort kennt mich und weiß, dass ich hier als Hausmeister arbeite. Der hat mich gefragt, ob ich ihnen quasi ein Glas Gurken leihweise überlassen kann, bis ihre neue Lieferung eintrifft. Das war alles.«

Wer's glaubt, sagte sich Landsrait, ließ sich aber nichts anmerken. »Verstehe. Und haben Sie dem Hotel das Glas geliehen?«

»Schau ich so aus? Das ist immerhin Volkseigentum. Das darf ich ja nicht so einfach verschieben …«

»Genau«, erwiderte Landsrait mit einer vor Ironie triefenden Stimme. Gleich danach hielt er Wiedler ein Foto von Pramer unter die Nase. »Kennen Sie den?«

»Nein, nie gesehen. Wer soll das sein?«

»Jemand, der behauptet, Sie zu kennen.«

»Geh bitte, woher soll ich einen Westler kennen.«

»Aha!« Landsrait fuchtelte mit dem Finger unter Wiedlers Nase herum. »Woher wissen Sie, dass der ein Westler ist?«

»Na ich bitte Sie, das sieht man doch an der Kleidung. So einen Anzug kann sich unsereiner doch nie im Leben leisten.«

Landsrait besah sich das Bild noch einmal und fand, so elegant wirkten die Textilien nun auch wieder nicht. Ihm drängte sich der Verdacht auf, dass Wiedler sich verplappert, aber im letzten Augenblick noch eine brauchbare Ausrede dafür gefunden hatte. »Der ist Ihnen also nie untergekommen, wie?«

»Aber wenn ich es Ihnen doch sage!«

»Na gut. Ich nehme an, Sie haben nichts dagegen, wenn wir uns bei Ihnen einmal ein wenig umsehen.«

»Eigentlich schon«, protestierte Wiedler.

»*Eigentlich* ist uns das wurscht«, gab Rozehnal jovial zurück.

Die Inspektion der beiden Räume Wiedlers ergab jedoch nichts von Relevanz. Es war offenkundig, dass es sich bei dem Mann um einen Junggesellen handelte, denn in der Wohnung sah es aus, als hätte sie bereits vor den Polizisten jemand durchsucht. Überall übervolle Aschenbecher, jede Menge leere Bierflaschen, schmutzige Kleidung, die über Stühlen hing oder überhaupt am Boden lag, ja sogar unverkennbare Essensreste, die ganz offensichtlich nicht ordnungsgemäß entsorgt worden waren. Weder in der Wohnküche noch im Schlafraum gab es auch nur das kleinste Bücherregal, wie Druckwerke ganz generell nicht auszumachen waren. Dafür fiel Landsrait das kleine Bild auf, das über dem Bett hing. Er trat näher.

»Sind Sie orthodox, Herr Wiedler?«

»Nö.«

»Warum haben Sie dann eine Ikone über Ihrem Bett hängen?«

»Ach, das ist nur ein Mitbringsel von einem Urlaub am Schwarzen Meer. Das hab' ich damals billig erstanden.«

Landsrait betrachtete die Malerei genauer. Irgendetwas störte ihn. Er betrachtete die Linienführung, dann die Holzmaserung, schließlich die Goldauflage, doch er kam nicht dahinter, was ihn irritierte.

»Sollte da unten nicht ein Drache sein?« Rozehnal

hatte sich neben ihn gestellt und deutete auf den Platz unterhalb des Pferdes, auf dem der Heilige Georg saß.

»Ja genau. Das ist ja wie ein Fehldruck quasi. Wieso kaufen Sie sich ausgerechnet so eine Ikone, Herr Wiedler?«

»Weil sie billiger war«, versuchte der eine Erklärung.

»Was ist eigentlich unterhalb Ihrer Wohnung?«, wechselte Landsrait abrupt das Thema.

»Nichts. Stauraum. Für das Lokal. Und der Raum, in dem die Tischtücher und das alles gewaschen werden. Warum?«

»Weil wir uns da jetzt auch umsehen werden.« Landsrait gab Rozehnal einen Wink, und die beiden marschierten die Treppe wieder hinunter. Wiedler folgte ihnen mit sichtlicher Anspannung.

Doch zehn Minuten später schien Wiedler Grund zur Erleichterung zu haben, denn nirgendwo im Parterre war irgendetwas Verdächtiges auszumachen. Als Landsrait schon enttäuscht abziehen wollte, wurde er von Rozehnal angestupst. Hinter der großen Waschmaschine war eine weitere Tür erkennbar. Neugierig traten sie auf diese zu. Erwartungsgemäß war sie versperrt. »Schlüssel!«, forderte der Hauptwachtmeister.

»Den hab ich nicht«, verteidigte sich Wiedler, »ich weiß gar nicht, dass es da einen weiteren Raum gibt.«

»Das glaub ich Ihnen aufs Wort! Wer hat dann den Schlüssel?«

»Woher soll ich das wissen?«, blieb Wiedler resistent. In diesem Augenblick war ein lautes Krachen zu hören. Rozehnal hatte die Tür kurzerhand eingetreten.

»Das können Sie doch nicht machen!«, rief Wiedler empört.

»Offensichtlich doch«, replizierte Rozehnal amüsiert.

Hinter der Tür wurde ein schmaler Raum von kaum mehr als ein mal ein Meter sichtbar. Allerdings führten linker Hand Stufen abwärts. »Ah, ein Keller«, kombinierte Landsrait.

»Das dürfen Sie nicht«, wagte Wiedler noch einmal einen lahmen Protest, doch die beiden Polizisten achteten nicht weiter auf ihn. Das unterirdische Geschoss erwies sich als erstaunlich geräumig, trocken und gut temperiert. Einige Luken links und rechts sorgten für eine anständige Beleuchtung des Raumes. Die Einrichtung freilich war spärlich. Einige Hocker und eine simple Holzbank standen herum, in einer Ecke befand sich ein stählerner Spind. Und an der Stirnseite thronte ein Holzgestell, das entfernt an eine Staffelei erinnerte. Jeder Volkspolizist hätte sofort die Vermutung geäußert, dass in diesem Keller illegale Versammlungen abgehalten würden. Die Art, wie die Sitzgelegenheiten angeordnet waren, legte den Schluss nahe, dass vorne jemand Vorträge hielt, denen ein ausgesuchtes Publikum auf den Sesseln und Hockern lauschte. Landsrait aber kam ein anderer Verdacht.

»Wissen Sie, was ich denke«, flüsterte er Rozehnal zu. Der nickte begeistert. »Die illegale Werkstatt«, strahlte er.

Auch wenn sie versucht hatten, ganz leise zu sprechen, war Wiedler offenbar in der Lage gewesen, zu hören, was sie besprachen. Er wirbelte herum und hetzte die Treppe aufwärts. »Der will abhauen!«, entfuhr es Landsrait. Rozehnal nahm augenblicklich die Verfolgung auf. Mit einiger Verzögerung tat es ihm Landsrait gleich.

Als er wieder im Erdgeschoss angekommen war, konnte er Rozehnal und Wiedler nicht mehr sehen. Die beiden waren augenscheinlich bereits ins Freie gelangt. Landsrait riss das Fenster der Waschküche auf und schwang sich hinaus, womit er etwas Zeit auf die beiden aufholte. Tatsächlich rannte keine zehn Meter vor ihm Wiedler auf die Allee zu, Rozehnal war vielleicht vier, fünf Meter hinter ihm. Nun nahm auch Landsrait die Verfolgung auf.

Der Kies und die Tische des Gastgartens bremsten die drei ein wenig, doch bald schon war die eigentliche Allee erreicht, wo nun alle Tempo aufnehmen konnten. Landsrait setzte seine Hoffnungen in Rozehnal, von dem er wusste, dass er mehrmals bei diversen Bezirksmeisterschaften als Leichtathlet teilgenommen hatte. Bei Wiedler hingegen war es evident, dass er zu viel rauchte und trank, seine Kondition sollte also überschaubar sein. Und wirklich wurde der Abstand zwischen den beiden, die vor ihm liefen, merklich kleiner. Landsrait selbst spürte bereits Seitenstechen und keuchte wie ein verendender Gaul. Zum Glück, so dachte er, sahen das seine Vorgesetzten nicht, denn sonst würde er fraglos zu einem körperlichen Ertüchtigungskurs abkommandiert. Und als er schon ernsthaft erwog, einfach stehen zu bleiben, sah er, wie Rozehnal Wiedlers Jacke zu fassen bekam. Durch den Ruck wurde der Flüchtende zurückgerissen, kam ins Straucheln und fiel schließlich der Länge nach auf den Asphalt. Schon war Rozehnal über ihm, fixierte ihn und holte seine Handschellen heraus. Einen Augenblick später war Wiedler gefesselt.

Landsrait war zwischenzeitlich in Schritt verfallen, um seinen Atem wieder halbwegs im Griff zu haben, wenn er zu Rozehnal aufschloss. »Das war ned sehr g'scheit, Herr Wiedler«, keuchte er endlich, »Sie wissen sicher selbst, wonach das ausschaut.«

Wiedler unterdrückte einen derben Fluch und jammerte dann: »Ich habe keine Ahnung von dem Keller gehabt. Aber mir war gleich klar, dass ihr alles, was ihr da unten auch immer finden werdet, mir anhängt.«

»Aha. Und was haben wir denn gefunden? Nix, oder? Da waren ein paar Sessel und ein Holzgestell. Deswegen kriegt niemand die Panik. Es sei denn, er weiß, was wir in dem Spind finden werden.«

Rozehnal wuchtete den Hausmeister hoch, und zu dritt gingen sie in den Keller zurück, wobei Wiedler seine Versuche, das Unvermeidliche irgendwie hinauszuzögern, bald aufgab. Für Rozehnal war es ein Leichtes, den Spind aufzubrechen, und so sahen nun sechs Augen, was in dem Stahlbehälter aufbewahrt wurde. Es lagen unten einige Holzbretter in verschiedenen Größen, darüber einige Farbtuben und schließlich, in Augenhöhe, kleine Töpfchen mit Spezialfarben wie Gold und Silber sowie diverse Glanzlacke. Selbst für einen Laien war klar ersichtlich, dass dies der Materialschrank eines Malkurses war. Eines ganz speziellen Malkurses, dachte Landsrait zufrieden.

Während er Rozehnal auftrug, auf Wiedler aufzupassen, ging er zurück in das Lokal, um vom dortigen Telefonapparat aus das Revier zu verständigen. Die Kollegen, so gab er durch, sollten anrücken, um die entdeckten Beweise sicherzustellen und Wiedler ins Gefangenenhaus zu überstellen.

Landsrait verspürte eine ungeheure Erleichterung und genehmigte sich, gleichsam als Belohnung, eine »Club«. Und da er sich sicher war, dass auf Rozehnal 100-prozentig Verlass war, bestellte er sich einen Kaffee und beschloss, in etwas lockererer Atmosphäre auf die Kavallerie zu warten.

Die traf nach etwa 20 Minuten ein, just zu dem Zeitpunkt, da sich auch die ersten Mittagsgäste in dem Lokal einfanden. Bald bildete sich eine regelrechte Menschentraube, die voller Neugier beobachtete, was die Volkspolizei an diesem Ort trieb. Einige erkannten in der abgeführten Person sogar den Hausmeister, und sofort begannen wilde Spekulationen, in welche dunklen Geschäfte der Mann wohl verwickelt sein mochte.

Noch mehr Konfusion erzeugte freilich der Umstand, dass die Volkspolizisten danach begannen, Holz und Farbtöpfe, Tuben und Pinsel im Kofferraum ihres Lada zu verstauen. »Wollt's einen Malerbedarf aufmachen?«, fragte ein vorwitziger Passant, was einen der Uniformierten dazu veranlasste, die Menge ultimativ aufzufordern, sich zu zerstreuen. »Habt ihr keinen Hunger? Oder ist heute arbeitsfrei? Also! Kümmert euch um eure Geschäfte und behindert die Volkspolizei nicht bei der Ausübung ihrer Dienstpflichten.«

Die meisten Zuschauer kamen zu dem Schluss, ohnehin genug gesehen zu haben, und setzten sich nun tatsächlich an ihre Tische, um ihr Mittagessen einzunehmen. Die Bedienung nahm die Bestellungen auf, und kaum jemand bemerkte noch, wie schließlich auch Landsrait und Rozehnal zu ihrem Wagen gingen, um als Letzte den Ort der Handlung zu verlassen.

»Das war eben in jeder Hinsicht hervorragende Arbeit«, sagte Landsrait, als sich Rozehnal wieder in den Verkehr am Praterstern einordnete, »ich werde das in meinem Bericht extra vermerken und Sie für eine Auszeichnung vorschlagen.«

»Ja«, lachte Rozehnal auf, »am Besten den Rotbannerorden in Blau.«

»Ich mache keine Witze«, insistierte der Hauptwachtmeister, »erstens hatten Sie den richtigen Riecher mit der Fälscherwerkstatt. Zweitens haben Sie weitaus schneller als ich reagiert, als Wiedler türmen wollte, und drittens haben Sie ihn auch noch eingeholt und überwältigt. Das war erstklassige Polizeiarbeit.«

Rozehnal kam nun doch nicht umhin, sich ein wenig geschmeichelt zu fühlen.

»Na ja, immerhin wissen wir jetzt, was Schütz in den Westen verschoben hat. Und die Verbindung zwischen Pramer und Wiedler ist indirekt auch bestätigt. Jetzt müssen wir die drei halt noch einmal durch die Mangel drehen und dabei hoffen, dass einer von ihnen auspackt.«

»Und selbst wenn nicht«, bemühte sich Landsrait um Optimismus, »das Verbrechen selbst haben wir aufgeklärt. Und wir haben drei Täter erwischt, also stehen wir zumindest nicht mehr mit leeren Händen da.«

»Das stimmt natürlich. Aber so, wie sich dieser Keller da präsentiert hat, ist das eine weitaus größere Organisation, als wir bislang vermuteten.«

Obwohl sich Landsrait insgeheim eingestehen musste, diesen Gedanken selbst schon gehabt, bislang aber erfolgreich verdrängt zu haben, wollte er dennoch wissen, wie Rozehnal die Dinge sah. »Nämlich?«

»Ich habe so überschlagsmäßig die Sitzgelegenheiten da unten abgezählt. Da passen an die 20 Leute rein. Und die Staffelei an der Stirnwand, auf der steht wahrscheinlich die Vorlage. Also das Ikonenmotiv, das die 20 Leute abmalen. Auf diese Weise kann man innerhalb einer Woche sicher 50, 60 Ikonen produzieren. Und wir wissen ja nicht, wie lange die das schon praktizieren. Also können da auch 1000 oder mehr Gemälde verschoben worden sein. Und dafür braucht man eine entsprechende Logistik. Also nicht nur die 20 Maler, auch etliche Schmuggler …«

»Sie meinen, das ist wirklich ein Fall von organisierter Kriminalität?«

»Jedenfalls sicher keiner, in den nur diese drei verwickelt sind. Und wer weiß, vielleicht haben die ja ursprünglich wirklich mit echten Ikonen begonnen. Eine aus Petrosawodsk, eine aus Swerdlowsk, eine aus Nowgorod. Und dabei sind sie dann auf den Geschmack gekommen, weil sie festgestellt haben, wie versessen die im Westen auf dieses Zeug sind. Und weil sie so schnell nicht echte Ikonen liefern konnten, sind sie halt darangegangen und haben selbst welche produziert.«

»Meine Güte, das hört sich ja schon beinahe nach Verschwörung an. Vielleicht ist das eine Nummer zu groß für uns«, wehrte sich Landsrait gegen das Ausmaß, das die Sache allmählich annahm. »Wir sollten einen umfassenden Bericht schreiben und das Ganze an die Staatssicherheit abgeben.«

»Wir könnten aber auch berühmt werden damit«, gab Rozehnal zu bedenken, während er den Donaukanal überquerte und sich am Ring einordnete.

»Ja, aber jetzt stellen Sie sich einmal vor, Sie liegen auch diesmal mit Ihrer Vermutung richtig. Dann heißt das doch, dass der Transfer in unserem Abschnitt möglicherweise nur einer von mehreren ist. Und wenn sie nur diesen einen Durchlass gefunden haben, dann müssen sie dort ja fast täglich unter der Mauer durchgegangen sein. So etwas ist unmöglich.«

»Oder es ist möglich, wenn Staatssicherheit und Grenzschutz wegschauen.«

»Wissen Sie, was Sie da sagen?« Landsrait begann, sich merklich unwohl zu fühlen, und das hatte nichts damit zu tun, dass er den ganzen Tag über noch nichts gegessen hatte. Doch Rozehnal verspürte wenig Lust, seinen Vorgesetzten zu schonen. »Natürlich weiß ich, was ich da sage. Ehrlich, mir gefiele das auch ganz und gar nicht, aber kann es wirklich sein, dass so ein Unternehmen unbemerkt bleibt?«

»Na ja«, versuchte Landsrait, die Situation für sich zu retten, »es blieb ja nicht unbemerkt …«

Rozehnal sah ihn von der Seite an: »Glauben Sie wirklich, Genosse Hauptwachtmeister, dass Schütz der Erste war, der mit den dort gemalten Ikonen in den Westen gegangen ist?« Landsrait antwortete nicht. Denn sonst hätte er die Frage verneinen müssen.

Sie hatten die ehemalige französische Botschaft erreicht und ließen das Denkmal der heldenhaften sowjetischen Befreier links liegen. Vorbei am Schloss Belvedere fuhren sie die August Bebel-Straße hinauf, um schließlich in die demokratische Seite des Gürtels einzubiegen. Skeptisch warf Landsrait einen Blick auf die links von ihnen befindliche Mauer. Ob es da auch einen Durchlass gab? Gleich dahinter befand sich der ehemalige Südbahnhof des einst vereinten Wien, der durch die Teilung der Stadt praktisch vollkommen nutzlos geworden war und, wie man den Medien entnehmen konnte, mehr und mehr verfiel. Einmal noch bog Rozehnal rechts ab, dann kam auch schon das Revier in Sicht. Während sein Kollege den Wagen wieder an die Fahrbereitschaft übergab, eilte Landsrait in sein Büro, um so schnell wie möglich Major Jäger Bericht zu erstatten.

»Das habt ihr ja überaus gut und effizient gemacht«, lobte der. »Und ich habe gehört, ihr habt praktisch die Nacht durchgearbeitet. Ich denke also, wir können diesen Widerling einmal eine Nacht lang dunsten lassen, bevor wir ihn verhören. Nehmen Sie sich den Rest des Tages frei, Genosse, und teilen Sie das auch Ihren Kollegen mit. Bis morgen um acht will ich hier niemanden mehr von euch sehen.«

Landsrait ließ sich das nicht zweimal sagen und sah zu, dass er nach Hause kam, wo er endlich den fehlenden Schlaf nachzuholen gedachte.

Er empfand es als merkwürdig, in eine Wohnung zu kommen, die vollkommen verwaist war. Die Kinder befanden sich noch in der Nachmittagsbetreuung, und Andrea war bis fünf im Dienst. Landsrait stellte Kaffee zu und sah im Kühlschrank nach, was es dort an Essbarem gab. Er fand eine Stange ungarische Salami, von der er einige Scheiben abschnitt. Dazu gönnte er sich einen Paprika und einen Paradeiser, den er gekonnt viertelte, ehe er auch noch zwei Scheiben Mischbrot auf den Teller legte. Eine solche Jause, so fand er, sollte bis zum Abendessen jedwedes Hungergefühl in Grenzen halten.

Er trug die Mahlzeit in der einen, ein Glas Wasser in der anderen Hand ins Wohnzimmer, stellte beides auf dem Multifunktionstisch ab und schaltete, bevor er sich niedersetzte, den Fernseher ein. Um diese Zeit, so sagte er sich, hatte er wohl noch nie das Programm verfolgt, und so war er gespannt, was es zu bieten hatte.

Auf dem zweiten Kanal lief die Sendung »So wird's gemacht«, welche der ÖFF in Zusammenarbeit mit »DDR 1« produzierte. In der Regel gab es dort Einrichtungstipps für typische Plattenbauwohnungen, deren eher kleine Räume man mit ein paar kleinen Tricks größer erscheinen lassen und wohnlicher machen konnte. Dazu zählte nicht nur der »MUFUTI«, der Multifunktionstisch, der sich durch das Auseinanderziehen der oberen Platte in seiner Fläche fast verdoppeln und durch eine seitlich angebrachte Kurbel in der Höhe verstellen ließ, sondern auch das Klappbett, das man nach Gebrauch an die Wand stellen konnte, da es auf seiner Unterseite wie ein Teil eines Einbauschrankes aussah. Seit Neuestem gab es auch Couches, die man durch Ausziehen der Sitzfläche in ein Bett verwandelte. Landsrait brauchte das alles nicht, denn sie hatten ein eigenes Schlafzimmer, sodass im Wohnzimmer die Sitzbank eine Sitzbank und der Kasten ein Kasten sein durfte. Auch hatte er nicht vor, seine Wohnung demnächst zu renovieren, also schaltete er um auf den ersten Kanal, wo gerade »Das Verkehrsmagazin« lief. Zufrieden steckte sich Landsrait ein Stück Salami in den Mund. Die Sendung sah er gerne, denn es wurden hier immer wieder neue Automodelle vorgestellt, was ihn regelmäßig davon träumen ließ, sich doch auch privat einen Wagen anzuschaffen. Tatsächlich blickte ein Mann aus einem heruntergekurbelten Fenster der Fahrerseite in die Kamera und rapportierte über den Moskwitsch 2141, der in der Sowjetunion seit 1986 produziert und seit wenigen Wochen auch in die ÖDR geliefert wurde. Landsrait begeisterte das schnittige Design sofort, und die Art, wie der Tester mit dem Wagen verschiedene Manöver durchführte, steigerte Landsraits Interesse zusätzlich. Die technischen Daten, die im Bericht aus dem Off geboten wurden, sagten Landsrait wenig. Zwar wusste er, dass 60 PS nicht unbedingt sonderlich viel waren, doch klang eine Beschleunigung von null auf hundert in 20 Sekunden für seine Ohren durchaus beeindruckend. Ein Benzinverbrauch von sieben Litern auf 100 Kilometer allerdings auch. Und als am Ende des Beitrags der Preis genannt wurde, schaltete Landsrait das Gerät ab. 75.000 Schilling würde er sich in diesem Leben nicht mehr leisten können.

Der Teller vor ihm war mittlerweile leer, und da er damit rechnen durfte, dass Andrea frühestens in einer Stunde kam, klopfte er sich den bestickten Polster zurecht und legte sich auf die Couch. Er trug sich mit dem Gedanken, die Ereignisse des Tages noch einmal in Ruhe durchzugehen, doch nur allzu schnell übermannte ihn der Schlaf.

Metallisches Scheppern ließ ihn hochschrecken. Andreas Schlüssel öffneten die Wohnungstür. Er hatte offenkundig eine ganze Stunde geschlafen. Eilig setzte er sich auf und bemühte sich, wach zu wirken. Andrea schleppte einige Tüten in die Küche, während hinter ihr die Kinder lärmend und quengelnd ihrem Zimmer zustrebten. Landsrait stand auf und ging zu Andrea.

»Du bist schon da?«, zeigte sie sich überrascht.

»Ja, der Jäger hat mir den Nachmittag frei gegeben. Wegen der Observation gestern. Und was hast du da eingekauft?«

»Ach, im ›Magazin‹ gab es heute Kosmetikartikel. Da habe ich mir gedacht, die nehm ich gleich mit. Wer weiß, wann sie die wieder haben.«

Ein flüchtiger Blick ließ Landsrait Toilettenpapier, Bodenreiniger und Waschpulver erkennen. Ihm war nicht bewusst gewesen, dass es an solchen Waren einen Mangel gab. Aber er sagte besser nichts, denn sonst konnte es passieren, dass er sich einen Vortrag darüber anhören musste, demgemäß er sich zu wenig um den Haushalt kümmere und über seinen Pflichten als Exekutivorgan vergesse, dass die Dinge des täglichen Bedarfs nicht von alleine in die Wohnung kamen. Also legte er ein anerkennendes Nicken an den Tag und meinte dann, er sehe einmal nach den Kindern.

Die waren nämlich überraschend ruhig. Als er das Kinderzimmer erreicht hatte, traute er seinen Augen nicht. Tatsächlich saßen beide an ihrem Schreibtisch und waren in ihre Hausaufgaben vertieft. Neugierig trat er näher und sah zunächst Mischa über die Schulter. Der machte Mathe. Gut, das war in Mischas

Alter noch nicht allzu schwer. Additionen, Subtraktionen und ein paar leichte Divisionen und Multiplikationen, dazu brauchte der Sohn sicher keine Hilfe. Nadja hingegen hatte die ersten Russisch-Stunden, und es entging Landsrait nicht, mit welcher Hingabe sie die kyrillischen Buchstaben nachmalte. Schta eta?, las Landsrait still für sich und freute sich darüber, auch die Antwort »eta okna« verstanden zu haben. Es war ein Fenster gewesen. Bei der Frage »Wer ist das« kam er kurz ins Schlingern. Doch schließlich fiel der Groschen. Es handelte sich um den »Traktorist«, ein Wort, das wohl in jedem Russisch-Kurs früher oder später vorkam.

Landsrait beschloss, die beiden nicht abzulenken. Schließlich musste man als Vater froh sein, wenn die Kinder brav ihre schulischen Verpflichtungen erfüllten. So begab er sich zurück zu Andrea, die in der Zwischenzeit begonnen hatte, das Abendessen zu kochen. Er setzte sich an den engen Küchentisch und zündete sich eine »Club« an. »Und was war sonst so los?«

»Wie – sonst so?«

»Na abgesehen von der Warenmenge im Magazin …«

»Ach so. Gar nichts eigentlich. Aber die Kleinen sind schon ganz aufgeregt, weil sie morgen Spalier stehen und Fähnchen schwenken dürfen, wenn der Honecker kommt.«

»Ach deswegen sind sie so brav«, konstatierte Landsrait. »Und ich habe mich schon gewundert.«

»Ja, es ist schon eine Auszeichnung, wenn ausgerechnet unsere Schule ausgewählt wird, finde ich.«

»Dem kann ich nicht widersprechen«, lachte er.

VII.

»Hast du es schon gehört?« Die Art, wie Artner Landsrait empfing, zeugte von größter Aufregung. Sofort war Landsrait im Zustand vollster Konzentration, erwartete er doch, dass ihm sein Kollege nun zumindest von der Flucht Wiedlers oder Pramers berichten würde. Dementsprechend aufmerksam sah er ihn an.

»Im Politbüro gibt's gröbere Konflikte. Angeblich sind unter den Flüchtlingen, die aus Ungarn in die Steiermark gebracht werden, auch Tausende von uns. Und die Scharfmacher werfen Muhri vor, er hätte die Situation nicht mehr im Griff.«

Angestrengt blies Landsrait Luft aus. »Du hast Nerven! Für einen Moment hab' ich echt befürchtet, unsere Verdächtigen sind geflohen oder einen Kollegen haben s' erschossen, und dann kommst du mir mit so einer Polit-Scharade. Wen soll denn das bitte interessieren?«

Artner fühlte sich von Landsraits Replik beleidigt. »Entschuldige, dass wir anderen Anteil nehmen an den öffentlichen Angelegenheiten und über den Tellerrand der reinen Ermittlungen hinausblicken. Aber wenn das so weitergeht, dann haben wir bald andere Sorgen als ein paar verschobene Ikonen. Stell dir vor, den

Muhri servieren sie echt ab, und wir kriegen irgendeinen Fanatiker wie den Oberwarter Bezirkssekretär. Dann ist's vorbei mit dem Laissez Faire, dann sind wir nur mehr die HIWIs für die Staatssicherheit.«

Trotz der Absurdität der Situation musste Landsrait schmunzeln. Seit der Abberufung von Chruschtschow vor einem Vierteljahrhundert war kein KP-Generalsekretär mehr abgewählt worden, ohne dass in dem jeweiligen Land eine Krise außerordentlichen Ausmaßes geherrscht hätte. Muhri zählte zudem gerade erst 64 Lenze, in dem Alter kam man normalerweise gerade erst ins Amt. Und die Vorstellung, der zugegebenermaßen charismatische Bezirkssekretär der Oberwarter Partei könnte Muhri demnächst beerben, war vollkommen abwegig. Bruckner war eben erst ins Politbüro aufgerückt, und selbst diese Beförderung war parteiintern auf heftigen Widerstand gestoßen, galt der ehemalige Tischler doch als viel zu jung für ein solch hohes Amt. Und außerdem würde die Partei nie und nimmer am Vortag des Staatsbesuchs von Honecker eine solch weitreichende Entscheidung auch nur andenken.

»Bevor du da sinnlos Kaffeesud liest, kümmern wir uns lieber um unseren Fall, denn der ist nämlich wirklich konkret«, meinte Landsrait daher lapidar.

Sie gingen in Jägers Büro, wo im Radio gerade die Frühnachrichten liefen. Die Vorsitzende der Volkskammer, Irma Schwager, hielt gerade eine feurige Rede, in der sie die Haltung der ungarischen Genossen in erstaunlich scharfen Worten kritisierte. Gleich danach kam der Chefideologe der Partei, Ernst Wimmer, zu Wort, der ebenfalls kein Blatt vor den Mund nahm. Landsrait wollte dessen ungeachtet mit seinem Bericht beginnen, doch Jäger gebot ihm mit erhobener Hand Einhalt.

Der Hauptwachtmeister verstand die Aufregung nicht. Gut, es war für kein Land der Welt besonders schmeichelhaft, wenn sich ein Teil seiner Bürger aus dem Staub machte. Doch deswegen ging die Welt nicht unter. Das Problem hatte man vor 30 Jahren ja schon einmal gehabt, und man hatte eine, wenn auch nicht sonderlich elegante, Lösung dafür gefunden. Sollte also der Flüchtlingsstrom anhalten, dann musste man halt die Reisefreiheit nach Ungarn einschränken. Das konnte kein sonderliches Problem sein. Warum taten also alle so, als wäre Feuer am Dach?

»Können wir trotzdem kurz den Fall …«

»Jetzt seien Sie doch einmal ruhig, Genosse«, herrschte Jäger den Hauptwachtmeister in erstaunlich aggressivem Ton an. »Die Genossen sind in hellster Aufregung, weil der Staatsbesuch von Staatsratsvorsitzendem Honecker auf der Kippe steht. Es heißt, die DDR wirft uns vor, wir unterbänden die Republikflucht nicht effizient genug.«

»*Wir*? Was haben denn *wir* damit zu tun? Wir lassen ohnehin niemanden über den Semmering. Und was die Ungarn mit den Jugoslawen aushecken, darauf haben wir doch keinen Einfluss.«

»Ich weiß ja auch nicht, was die Genossen da jetzt schon wieder …« Jäger ließ den Satz unvollendet und lauschte weiter konzentriert der Rede Wimmers.

»Wir verhören dann einmal den Wiedler, den wir gestern festgenommen haben. Geht das in Ordnung?«

Jäger nickte nur, während er gleichzeitig mit der linken Hand eine wegscheuchende Geste vollführte.

»Also echt, man kann's auch übertreiben«, meinte Landsrait nur, als er mit Artner auf dem Weg zum Verhörraum war. Immer noch leicht genervt, ließ er sich Wiedler vorführen. Als dieser den Raum betrat, funkelte er Landsrait böse an. Doch damit tat er dem Hauptwachtmeister nur einen Gefallen. Wiedler, so befand Landsrait, würde jetzt einmal sehen, wie effizient die Volkspolizei in diesem Staate war, egal, welche Krisen irgendwelche Politiker auch immer herbeibeten mochten.

»Also, Wiedler«, begann er, »es besteht kein Zweifel, dass du im Keller deines Wohnhauses eine Fälscherwerkstatt betrieben hast, um mittels anschließendem Schmuggel deine Geldgier zu befriedigen. Das nennen die Juristen ein Verbrechen aus niederen Beweggründen. Entsprechend hoch wird deine Strafe ausfallen. Du kannst dein Los also nur noch dadurch abmildern, indem du ein umfassendes Geständnis ablegst und vor uns schonungslos darlegst, wer alles in diese kriminellen Machinationen involviert ist, wer die Kontakte zum Ausland hergestellt hat, und wo wir deine Mittäter finden. Wenn du dann gegen die aussagst, dann kommst du vielleicht mit zwei, drei Jahren davon. Wenn nicht, brauchst du dir für den Silvester zur Jahrtausendwende nichts auszumachen, denn an dem Tag wirst du wie an jedem anderen Tag auch um neun Uhr nur ›Licht aus‹ hören.«

Obwohl Wiedler sich redlich bemühte, unbeeindruckt zu wirken, war ihm deutlich anzusehen, dass ihm der Schreck in die Glieder gefahren war. Die Art, wie er seine Knöchel massierte, war dafür ein ebenso untrügliches Zeichen wie das nervöse Wippen des rechten Beins.

»Na, hat's dir die Sprache verschlagen?«, belferte Artner, »rede! Oder du verrottest im hintersten Kaff unseres Landes!«

Endlich kam Bewegung in den Mann: »Ich weiß gar nicht, was Sie von mir wollen. Ich bin nur ein einfacher Hausmeister …«

»Sicher«, ätzte Landsrait voller Ironie, »und du warst überhaupt niemals im Keller, was?«

Wiedler nickte heftig. »Genau! Ich war da nie unten …«

»Sag einmal, für wie blöd hältst du uns eigentlich? Du warst dort der Hausmeister! Da ist es deine einzige Aufgabe, Nachschau zu halten, ob überall alles in Ordnung ist. Und da willst du uns weismachen, du hättest den Keller nicht betreten?« Landsrait geriet nun erst so richtig in Rage. »Weißt du was, ich werde dem Staatsanwalt mitteilen, dass du das verkommenste Subjekt bist, das diese Republik je gesehen hat. Die Höchststrafe ist noch viel zu milde für dich. Die sollen dir auch noch Spionage und Landesverrat anhängen, dann kommst du erst im Sarg wieder aus deiner Zelle.«

Artner setzte, die schreckensgeweiteten Augen Wiedlers ignorierend, gleich nach: »Und im Gefängnis finden sich sicher ein paar Kriminelle, die gegen ein paar Vergünstigungen an dir ein Exempel statuieren. Du wirst dir wünschen, nie geboren worden zu sein.«

»Gute Idee«, griff Landsrait, sich zurücklehnend, den Gedanken auf, »die sollen ihm zeigen, was man mit einem schlichten Besenstiel so alles machen kann.«

»Du meinst, so wie der Vlad Tepes seinerzeit in Rumänien?« Artner grinste von einem Ohr zum anderen.

»Hören Sie auf«, schrie Wiedler, »ich … will ja … kooperieren. Nur … bitte … ersparen Sie mir … das … alles.« Landsrait entging nicht, dass der Mann tatsächlich zu weinen begonnen hatte.

»Das liegt ganz bei dir. Decke uns auf, wer dieses Verbrechen geplant hat und wer daran beteiligt war, und du kommst vergleichsweise billig davon.«

»Ich …«

In diesem Augenblick wurde die Tür zum Verhörraum aufgerissen. Landsrait musste sich sehr beherrschen, um nicht laut zu fluchen. Die Unterbrechung war wirklich zum ungünstigsten Zeitpunkt erfolgt. »Was ist?«, zischte er zornig.

»Entschuldigung die Störung«, Kellner wirkte richtig verunsichert, »aber da ist ein Genosse Ponomarjow am Apparat, und der meint, seine Information dulde keinen Aufschub.«

Landsrait beruhigte sich wieder ein wenig. »Ja, das wird wichtig sein. Danke, Genosse Kellner. Sie haben richtig gehandelt.« Er wies Artner an, Wiedler unter Bewachung warten zu lassen, während er sich selbst zum Telefon begab. »Genosse Ponomarjow, wie schön, Ihre Stimme zu hören. Ich nehme an, Sie haben eine Information für mich?«

»Ich habe in Ihrer Sache einige Erkundigungen eingezogen. Was ich Ihnen jetzt sage, muss aber unbedingt unter uns bleiben, denn das ist, um es einmal vornehm zu formulieren, für die Sowjetunion nicht unbedingt ein Ruhmesblatt.«

»Von mir erfährt niemand etwas. Also, was haben Sie herausgefunden?«

»Bei uns wurde tatsächlich jüngst eine sehr wertvolle Ikone gestohlen. Die Sache wurde von unserer Presse unterdrückt, weil man nicht Nachahmungstäter ermuntern wollte.«

»*Eine*? *Eine* Ikone? Und deshalb der Aufstand?«

»Das war nicht irgendeine Ikone. Es handelt sich um ein Bildnis des Evangelisten Lukas, und wir gehen davon aus, dass sie von Andrej Rubljow persönlich geschaffen wurde. Vermutlich um das Jahr 1400. Es befand sich in der Tretjakow-Galerie, und jetzt ist es weg.«

Landsrait kannte den Namen Rubljow nicht. Aber er schätzte das Jahr 1400 als einen Indikator dafür, dass die Ikone wirklich sehr wertvoll war. Allerdings würde eine einzige Ikone nicht einen derartigen Aufwand rechtfertigen.

»Das Bemerkenswerte an diesem Bild ist seine Größe. Sie misst kaum 20 mal 20 Zentimeter. Daher kann man sie praktisch unter dem Sakko herausschmuggeln. Aber durch ihre künstlerischen Besonderheiten ist sie, zumindest unter Sammlern, ein Vermögen wert.«

»Das mag ja sein. Aber eine einzige Ikone? Fehlen nicht wenigstens noch ein paar andere, vielleicht weniger wertvolle? Ich meine, niemand zieht einen Schmugglerring für ein einziges Gemälde auf. Wir haben nämlich mittlerweile einen dritten Mittäter erwischt. Hier nimmt die Sache allmählich größere Dimensionen an. Es scheint, als hätten die sogar eigene Ikonen angefertigt …«

Ponomarjow hakte sofort nach: »Wie meinen Sie das?« Landsrait erklärte, was sie bei Wiedler gefunden hatten.

»Das wäre immerhin kapitalistisch gedacht …«

»Was meinen Sie, Genosse?«

»Vielleicht wurde die Original-Ikone zu Ihnen in den Prater gebracht, und dort malten irgendwelche Kunststudenten sie nach. Der Wert großer Kunstwerke liegt ja letztlich auch in ihrer Exklusivität. Eine Blaue Mauritius ist auch nur deshalb so wertvoll, weil es kaum eine Handvoll von ihr gibt. Wenn die jetzt den Lukas nachgemalt haben, dann können sie ihren Käufern gegenüber so tun, als wäre, was sie erwerben, ein Unikat, das eben seinen Preis hat. So verdienen sie viel mehr als auf jede andere Weise.«

Landsrait suchte hinter sich nach einem Sessel und ließ sich nieder. »Sie meinen doch nicht ernsthaft, dass die versucht haben, eine 600 Jahre alte Ikone zu fälschen. Ich meine, die im Westen sind vielleicht blöd, aber so blöd sind sie ganz sicher nicht. Das fällt doch sofort auf.«

»Das kommt noch immer auf den Käufer an. Mit ein paar kleinen Kunstgriffen können Sie leicht etwas alt erscheinen lassen. Und wenn der Käufer kein Experte ist, dann sieht er nur, was er sehen will. Sie wissen schon, Genosse, die Welt will betrogen sein.«

»Also ich weiß nicht, Genosse Ponomarjow – diese Theorie kommt mir doch ein wenig gewagt vor. Abgesehen davon, dass ich Zweifel habe, dass man eine einträgliche Zahl an Personen auf diese Weise täuschen könnte, bräuchte man dafür doch gar nicht erst das Original entwenden. Dazu genügt doch eine Abbildung aus einem Kunstführer oder so.«

Der Russe widersprach. »Ganz und gar nicht. Immerhin gibt es einige Kriterien, die man aus keinem Katalog erschließen kann. Die Beschaffenheit und die Maserung des Holzes, die Patina, die Alterungsprozesse und so weiter. Die müssen zumindest einer oberflächlichen Prüfung standhalten. Selbst bei ahnungslosen Kunden, denn sogar die bekommen die Differenz zwischen 1989 und 1400 mit.«

Landsrait beschloss, nicht länger zu widersprechen. Ponomarjow hatte sich sichtlich in seine Idee verliebt, und daher war es wenig sinnvoll, sie ihm ausreden zu wollen. Immerhin hieß der Spruch doch so schön: Von der Sowjetunion lernen, heißt siegen lernen. Wer war da er, diese Erkenntnis zu hinterfragen!

Vor allem aber konnte er Ponomarjows Verdacht gleich einmal Wiedler um die Ohren hauen. Da konnte man sehen, wie der auf diese Behauptung reagierte. Landsrait dankte also Ponomarjow für dessen Information, versprach ihm auch, die echte Ikone, falls man sie denn fand, sofort an das SIZ zu überstellen, und beendete dann das Gespräch. Kurz darauf war er wieder im Verhörraum.

»Also, Wiedler! Letzte Chance! Erzähl uns etwas, wenn du deinen Hals retten willst – oder schweig und brich dir das Genick!«

Wiedler rann der Schweiß von der Stirn. »Was wollt ihr denn hören von mir? Was denn?«

»Zum Beispiel, wo die Vorlage für eure gefälschten Ikonen ist! Die echte Ikone.«

»Häh?«

»Der Heilige Lukas! Der aus der Sowjetunion. Der auf der Staffelei stand, damit deine Mittäter ihn abmalen konnten. Wo ist der jetzt? Wenn du uns das sagst, wäre das immerhin schon ein Anfang.«

Landsrait nahm ein kurzes Flackern in Wiedlers Augen wahr. Für gewöhnlich ein untrügliches Zeichen dafür, dass der Polizist den Nagel auf den Kopf getroffen hatte. Die Tatsache, dass die Volkspolizei wusste, welche Ikone man kopiert hatte, schien Wiedler zu überraschen. Dennoch bemühte er sich, auch weiterhin als Steher zu erscheinen. »Ich weiß einfach nicht, wovon Sie reden. Ich bin vollkommen unschuldig.«

»Du, wir können auch ganz anders«, knurrte Artner. »Wenn du nicht bald redest, dann drehen wir dich durch den Wolf, dass dir Hören und Sehen vergeht. Und zwar nicht nur metaphorisch.«

»Blind, taub und stumm wirst du durch die Unterwelt wandeln«, zitierte Landsrait genüsslich Homers »Ilias«.

»Und wenn Sie mich umbringen, ich kann Ihnen dennoch nicht sagen, was ich nicht weiß«, jammerte Wiedler.

Selbst Landsrait zuckte überrascht zusammen. Ohne jegliche Vorwarnung war Artner aufgesprungen und hatte Wiedler einen Kinnhaken verpasst, so stark, dass dieser seitlich vom Stuhl fiel und hart am Boden aufschlug. Schon war Artner über ihm und trat zwei-, dreimal gegen Wiedlers Bauch, ehe sich Landsrait aus seiner Schreckensstarre lösen und Artner von Wiedler wegziehen konnte. »Du kleines Stück kapitalistische Scheiße«, fluchte Artner, »dich mach ich fertig! Ich lass mich doch nicht von so einem drittklassigen Element verarschen!«

Landsrait packte seinen Kollegen an beiden Armen. »Reiß dich zusammen«, zischte er. »Es gibt Grenzen! Selbst bei so einem!« Artner kam erst langsam wieder zu sich. Hektisch wischte er sich über die Stirn. »Echt! Ich halte diese Kotzbrocken nicht mehr aus. Einer wie der andere! Alle halten sie uns zum Narren. Und das tun sie, weil sie wissen, dass wir ihnen nichts tun dürfen. Es wird Zeit, dass wir andere Saiten aufziehen, sonst erfahren wir nie etwas Substanzielles!«

Landsrait wusste, dass Artner im Prinzip recht hatte, aber dennoch durfte man sich nicht so gehen lassen. Ein Geständnis, das man aus einem Verdächtigen herausgeprügelt hatte, war in jeder Hinsicht wertlos. Mit solchen Methoden war also rein gar nichts gewonnen. Landsrait postierte Artner an der Wand und kümmerte sich dann um Wiedler, den er hochwuchtete und wieder auf seinen Stuhl platzierte. Wiedler krümmte sich wimmernd vor Schmerz, doch auf den ersten Blick war nicht viel von Artners Gewaltausbruch zu sehen. Die Stelle, die dessen Faust getroffen hatte, würde morgen ein blauer Fleck zieren, und in der Bauchgegend gab es sicher gleichfalls ein paar Blutergüsse, aber wenn sie Wiedler jetzt abführen ließen, dann würden die Schließer noch nichts merken.

»Sie haben mich … geschlagen«, nuschelte Wiedler, »ich bin … ein Fall … für … Amnesty …«

»Du hältst schön deinen Mund. Sonst war das eben nur ein Vorgeschmack auf das, was ich dir dann verpasse«, knurrte Landsrait drohend. Tatsächlich zuckte Wiedler zusammen und verstummte. Landsrait holte die Wächter und wies sie an, Wiedler in dessen Zelle zu führen, wo er 24 Stunden eingeschlossen bleiben sollte, damit er Gelegenheit habe, ein wenig über sich und seine Lage nachzudenken.

Als er wieder mit Artner allein war, sah er diesem tief in die Augen. »Was da eben geschehen ist, bleibt unter uns«, sagte er leise, »aber du musst mir versprechen, dass es unter keinen Umständen noch einmal passiert. Ist das klar?« Artner nickte matt. »In Ordnung. Geh dir draußen die Beine vertreten. Trink einen Tee oder irgendwas anderes, aber sieh zu, dass du wieder ganz ruhig bist, wenn du ins Revier zurückkommst.«

Landsrait sah dem Kollegen noch eine Weile nach, dann ging er in sein Büro, wo er sich ein paar Notizen zu Ponomarjows Ausführungen machte.

Wenn es stimmte, dass die Bande in großem Umfang Ikonen verschoben hatte, dann genügte unter Umständen nicht nur der eine Durchgang in der Neugasse. Die Frage war, gab es eine weitere durchlässige Stelle und wenn ja, wo. Er stand auf und betrachtete ausführlich den Stadtplan von Wien. Die Grenze zwischen Favoriten und Simmering war ebenso gut gesichert wie jene zwischen Transdanubien und dem imperialistischen Teil Wiens. Selbst zwischen der Brigittenau und dem amerikanischen Sektor gab es durch den Donaukanal eine natürliche Grenze. Objektiv war die Wieden der einzige neuralgische Punkt im Verteidigungsnetz der ÖDR. Zumindest, soweit er das beurteilen konnte. Plötzlich kam ihm eine Idee. Er kramte in seinen Taschen, suchte und fand die Nummer, die ihm Müller gegeben hatte. Die rief er kurzerhand an. Es läutete nur zweimal, dann hörte er die Stimme des Agenten.

»Ja, wie Sie sich sicher vorstellen können, Genosse, geht es immer noch um die Schmuggelgeschichte. Und ich habe mich gerade gefragt, ob so etwas, wie wir es hier auf der Wieden erlebt haben, eventuell auch anderswo an der Grenze möglich wäre.«

»Sie glauben, unser Schutzwall hat noch ein zweites Leck?«

»Ich will es lediglich ausschließen können«, gab er diplomatisch zurück.

Müller schwieg einen Augenblick. Dann kam es resignierend: »Sie geben nicht auf, ehe Sie nicht konkrete Ergebnisse erzielt haben. Stimmt's?«

»Davon können Sie ausgehen, Genosse.«

Müller seufzte hörbar und gab Landsrait eine Adresse in der Innenstadt. Ohne längeres Nachdenken war Landsrait klar, welches Gebäude sich dort befand: die bei Freund und Feind sogenannte Stasi-Zentrale. Der Hauptwachtmeister sicherte zu, in 20 Minuten dort zu sein.

Er war ein wenig überrascht, als er vor Ort feststellen musste, dass Müller selbst nur ein mittlerer Angestellter war. Als eigentlicher Kopf der Einheit erwies sich Bühlmann, der aufmerksame Mieter aus dem Haus in der Neugasse. Landsrait las dessen Türschild und erfuhr so, dass Bühlmann Oberst der Staatssicherheit war. Doch er kam nicht dazu, allzu lange überrascht zu sein. Bühlmann winkte ihn und Müller zu sich in sein Büro.

»Es ist ja recht lobenswert, was Sie da an Ermittlungsarbeit leisten. Aber, offen gestanden, kommen Sie uns damit ins Gehege, und das ist etwas unvorteilhaft für uns.«

»Wie sollte ich Ihnen denn ins Gehege kommen? Ich jage nur ein paar gewöhnliche Kriminelle. Ich glaube kaum, dass die von Interesse für die Staatssicherheit sind.«

»Das nicht. Aber Sie wühlen Staub auf. Und damit gefährden Sie eine Operation, die etwas wichtiger ist als ein paar überflüssige Klecksereien.«

»Ich fürchte, ich verstehe nicht ganz …«

»Das Leck in der Neugasse«, erinnerte Bühlmann, »von dem wissen wir schon eine ganze Weile. Allerdings sind wir davon überzeugt, dass da primär Menschen geschmuggelt werden. Die Kunstgegenstände sind nur eine zusätzliche Einnahmequelle, will uns scheinen.«

Das war Landsrait nun wirklich neu. Natürlich hörte er ab und zu Geschichten über Leute, die in den Westen gingen, doch die hatten stets etwas Vages. Nie betrafen sie eine Person, die man konkret gesehen hatte, vielmehr gab es da immer jemanden, der jemanden kannte, von dem er von jemandem gehört hatte. Die Auskunft Bühlmanns nun erschütterte Landsrait mehr, als er sich eingestehen wollte, denn er war schon entsetzt darüber gewesen, dass sich in Ungarn angeblich auch ÖDR-Bürger unter die Flüchtlinge aus der DDR gemischt hatten.

»Sie meinen, es gibt mehr Menschen, die unser Land verlassen wollen?« Bühlmann sah ihn mitleidvoll an.

»Lieber Genosse Hauptwachtmeister, wir alle wünschten, unser Staat wäre für alle seine Bürger das Paradies der Werktätigen, das er objektiv ja auch ist. Aber manche wankelmütige Elemente lassen sich halt von der westlichen Propaganda so sehr beeinflussen, dass sie wirklich glauben, dort drüben würden für sie Milch und Honig fließen.«

Landsrait wusste, wovon der Mann sprach. Immer wieder kamen ihm Leute unter, die mit schlechter Bezahlung, engem Wohnraum oder langsamen Autos haderten und meinten, im Westen sei alles besser. Landsrait war aber auch bewusst, dass all diese vermeintlichen Annehmlichkeiten eine hübsche Stange Geld kosteten. Natürlich gab es in der ÖDR immer wieder Engpässe bei manchen Artikeln, aber wenn sie da waren, dann konnte man sie sich auch leisten. Im Westen waren die Regale allzeit übervoll, aber es blieb den meisten Menschen nichts anderes übrig, als sehnsuchtsvoll auf diese Güter zu blicken, da ihr Geld dazu nicht ausreichte, sie auch zu erwerben.

Und da war dann auch noch die Geißel »Arbeitslosigkeit«, von der Landsrait immer wieder im »Neuen Österreich« las. In der BRÖ hatten fünf Prozent der erwerbsfähigen Bevölkerung keine Arbeit, und die Tendenz war steigend.

»Wirft man einen nüchternen Blick auf den Zustand des kapitalistischen Auslands«, hörte Landsrait wieder die Stimme Bühlmanns, »dann herrscht dort keineswegs die allumfassende Glückseligkeit. Aber diejenigen, die sich bei uns benachteiligt oder gehemmt fühlen, die wollen diese Tatsache nicht sehen. Die denken sich, sie würden es schon irgendwie schaffen. Und dann landen sie auf der untersten Sprosse der gesellschaftlichen Leiter, fristen ihr Dasein als Hilfsarbeiter oder Schlimmeres und bilden sich dabei immer noch ein, sie hätten nun das bessere Los gezogen.«

Die Art, wie Bühlmann über dieses Thema sprach, begann Landsrait zu irritieren. Das klang, als würde nicht eine Handvoll Unbelehrbarer den Weg in den Westen suchen, sondern eine nennenswerte Gruppe von Unzufriedenen.

»Gibt es denn viele solcher Republikflüchtlinge?«

Bühlmann bleckte die Zähne. »Eigentlich dürften wir einen Hauptwachtmeister der Volkspolizei in solche Staatsgeheimnisse nicht einweihen. Aber da Sie jetzt ja irgendwie mit uns zusammenarbeiten, kann ich Ihnen sagen, weit mehr, als uns lieb ist. Und wenn es so weitergeht, mehr, als wir verkraften können.«

Landsrait schluckte. Damit hatte er nun nicht gerechnet. »Aber wieso …«

»Das wüssten wir auch gern. Aber mit dieser Frage dürfen wir uns nicht aufhalten. Wir müssen darauf achten, dass diese Flüchtlinge nicht überhand nehmen. Gerade jetzt. Morgen kommen die Genossen aus der DDR, nächsten Monat dann der Genosse Ceausescu mit einer großen Wirtschaftsdelegation, und im Vorfeld der Jubiläumsfeierlichkeiten in der DDR soll dann sogar Gorbi nach Wien kommen. Da kann es die Partei nicht brauchen, wenn dauernd irgendwer abhaut. Also müssen wir die Grenze ganz genau im Auge behalten. Mehr denn je.«

»Das sehe ich ein. Aber was bedeutet das jetzt für meinen Ikonen-Fall?«

»Der ist, es tut mir leid, Ihnen das so unverblümt sagen zu müssen, sekundär. Soweit wir wissen, haben Sie drei Verdächtige gefasst, die Sie gegenwärtig verhören. Einer davon hat offenbar einen West-Pass. Den werden Sie laufen lassen müssen, denn zum gegenwärtigen Zeitpunkt haben wir kein Interesse an internationalen Verwicklungen.«

»Aber der Westler ist ohne Frage der Kopf der Bande«, entfuhr es Landsrait.

»Das glaube ich Ihnen aufs Wort. Allein das ist derzeit nicht von Belang. Die Westpresse wird bald auf diesen Fall aufmerksam werden, und unseren Informationen zufolge ist sie das schon, und dann wird sie gerade zu dem Zeitpunkt, da die Genossen Staatsratsvorsitzenden konferieren, einmal mehr die Mär vom Unrechtsstaat und von staatlich organisierten Entführungen und so weiter ausbreiten.«

Landsrait rang um Fassung. »Sie wollen ernsthaft, dass wir einen Verbrecher laufen lassen?«

Bühlmann lächelte milde und sah dem Hauptwachtmeister direkt in die Augen. »Seien wir ehrlich: Sie haben nichts gegen diesen Pramer in der Hand …«

»Wir haben die Aussage von Schütz …«

»Ein deklassiertes Element, das schon öfter mit den Prinzipien der sozialistischen Ordnung in Konflikt geraten ist. Das allein ist ein wenig dürftig.«

Landsrait protestierte. »Er hat den Wiedler gewarnt. Und bei dem haben wir die Fälscherwerkstatt entdeckt. Das heißt, der steckt bis zum Hals drinnen in der Sache.«

Bühlmann faltete die Hände und stützte sein Kinn auf diese Konstruktion. Sein Blick schweifte in die Ferne. Müller und Landsrait konnten förmlich spüren, wie der Oberst nachdachte und verschiedene Optionen durchging.

»Gut«, sagte er dann, »es ist ja nicht so, dass ich Sie nicht verstehe. Aber die Staatsräson hat Priorität. Ich gebe Ihnen 20 Stunden. Wenn Sie bis dahin nicht mehr in der Hand haben als jetzt, lassen Sie ihn frei. Bevor die Genossen Honecker, Stoph und Sindermann in Schwechat landen, muss die Causa erledigt sein. So oder so. Haben Sie mich verstanden?«

Landsrait wollte sein Gegenüber davon überzeugen, dass er mehr Zeit brauchen würde, dass es falsch war, Pramer laufen zu lassen, dass ein Staatsbesuch kein Grund sein könne, die Verfolgung von Straftaten auszusetzen – doch ihm war bewusst, dass Bühlmanns Entschluss endgültig war. Nicht einmal Jäger hätte hier noch eine Änderung der Positionen bewirken können. Landsrait sah also seine Niederlage ein und zog sich mit einem kurzen Gruß zurück.

Als er wieder auf der Straße stand, entrang sich ihm ein tiefer Seufzer. Er sah sich mit einem bedrohlichen und abgründigen Gefühl konfrontiert, das ihm völlig neu war. So, als ob ihm mit einem Mal alles entglitt.

Die letzten 20 Jahre waren geradlinig und sicher dahingegangen wie auf einer leeren Autobahn. Erst der Abschluss der POS, dann die Ausbildungsstätte der VP, sein Eintritt in den aktiven Dienst, die Heirat mit Andrea, die Zuweisung der gemeinsamen Wohnung, die Geburt der Kinder. Alles war Schritt für Schritt gekommen, und die Lage war zu jeder Zeit klar und übersichtlich gewesen. Der Staat war dabei die entscheidende Konstante. Für ihn arbeitete er, er sorgte für ihn, gab ihm ein Dach über den Kopf, bildete seine Kinder aus und lieferte ihm ein abwechslungsreiches Freizeitangebot. Für Landsrait war all das selbstverständlich, und nie hätte er sich träumen lassen, dass es zu irgendeiner Zeit einmal anders sein könnte. In der ÖDR war immer eindeutig, was richtig und was falsch war. Und jetzt? Nun musste er mit einem Mal von Dingen hören, die höchst beunruhigend waren. Und er sollte Taten setzen, die nicht im Einklang mit den Gesetzen, denen er sich verschrieben hatte, standen. Und dass die Staatssicherheit sich derart pessimistisch gab, trug auch nicht gerade zu seiner Beruhigung bei.

Landsrait ging langsam die Straße entlang und versuchte nachzudenken. Er sollte unbedingt mit Jäger über das Gespräch mit Bühlmann reden. Doch was genau sollte er dem Major überhaupt sagen? Und warum fühlte er sich auf einmal so verunsichert?

Landsrait merkte, wie die innere Unruhe in ihm überhandnahm. Er überquerte die Straße und setzte sich in ein kleines Café, das am Ende des Häuserblocks eingerichtet war. Er bestellte einen Kaffee und steckte sich eine »Club« an.

Wieso ist mir so philosophisch zumute, fragte er sich. Was war denn plötzlich so anders als gestern noch? Nichts, wenn man es recht bedachte. Und dennoch saß er da und fühlte sich bemüßigt, über sein Leben nachzudenken. Ein Vorgang, der entschieden neu für ihn war.

Nüchtern betrachtet mochte der Westen tatsächlich attraktiver erscheinen als die sozialistische Realität. Doch in einem Punkt schien der Westen niemals mit dem Sozialismus mithalten zu können, und das war die allumfassende Sicherheit, die einen als Bürger der ÖDR umgab. Egal, in welche Lage man auch immer kam, der Staat sorgte für einen. Man brauchte keine Angst vor Arbeits- oder Obdachlosigkeit zu haben, bekam kostenlos medizinische Behandlung und musste auch nicht Unsummen aufbringen, um den Kindern eine umfassende Schulbildung angedeihen zu lassen. Er, Landsrait, funktionierte, weil das System funktionierte. Ließ dieses aber auf einmal aus, was garantierte dann noch, dass er weitermachen konnte? Der Sozialismus schien unüberwindlich, weil er auf das Kollektiv setzte. In der ÖDR brauchte man keine originelle Persönlichkeit zu entwickeln, um Aufmerksamkeit zu erlangen. Im Gegenteil. Je verlässlicher man sich in die Gesellschaft einordnete, umso sicherer konnte man sein, dass die Gesellschaft einen stützte und lenkte. Im Sozialismus war eben nicht nur die Wirtschaft geplant. Hier lief *alles* nach Plan. Man wusste genau, wann man wie lange auf Urlaub gehen konnte, und die Gesellschaft trug dafür Sorge, dass am Ferienort alles genau so war, wie es sein sollte. Man konnte aus diesem festen gesellschaftlichen Gefüge nicht ausbrechen, aber das brauchte man auch nicht, weil man davon in vielerlei Hinsicht profitierte. Im Westen, so wusste er nicht nur aus den offiziellen Verlautbarungen, sondern auch von Leuten, die es aus eigener Anschauung sagen konnten, war man, wie es so schön hieß, frei von Zwang, aber auch frei von Stabilität. Offiziell war dort jeder für sich selbst verantwortlich, und wenn man es nicht schaffte, wenn man ins Unglück kam, dann gab es dort niemanden, der einem half und sich um einen kümmerte. Im Sozialismus half dir die Gesellschaft immer wieder auf die Beine, solange du dich nicht offen gegen die sozialistische Ordnung stelltest. Das war der stillschweigende Vertrag, den die Bürger der ÖDR mit ihrer Republik eingegangen waren. Was aber, wenn genau diese Vertragsgrundlage nicht mehr galt?

Landsrait warf einen Blick zum Nebentisch, an dem ein Mann eine Zeitung las. Die Schlagzeile kündete davon, dass Ungarn weiter Flüchtlinge in den Westen schleuste. Hatte der Sozialismus tatsächlich ein existenzielles Problem?

Trotz der sommerlichen Hitze begann Landsrait zu frösteln. In ihm entstand mit einem Mal der Gedanke, der Westen könne tatsächlich über den Osten triumphieren. Eines war sonnenklar: Wenn die ÖDR unterging, dann würde er nie wieder einen Fuß auf den Boden bekommen, denn nichts würden die Kapitalisten mehr hassen als die staatlichen Ordnungskräfte ihres Gegners. Er dachte an Nadja und Mischa. Die beiden würden es unendlich schwer haben als Kinder eines Kommunisten. Landsrait kannte die Geschichten aus dem Westen, als drüben zeitgleich die KPD in Westdeutschland und die KPÖ in West-Österreich verboten worden waren. Deren Anhänger waren allerorten stigmatisiert und bekamen nirgendwo eine Stellung. Ihre Kinder wurden schutzlos Spott und Häme ausgesetzt, und nicht wenige, die den Druck nicht mehr ausgehalten hatten, waren in die sozialistischen Länder geflüchtet, um sich endlich wieder irgendwo zu Hause fühlen zu können. Doch wenn es keine sozialistischen Länder mehr gab? Die Vorstellung, als Paria zu enden, entsetzte Landsrait so sehr, dass er meinte, eine Panikattacke in sich aufsteigen zu spüren.

Ihm war mit einem Mal so flau im Magen, dass er sich umständlich erhob. Ihm schwindelte. Mit zittrigen

Knien wandte er sich an die Bedienung und fragte, ob es in dem Lokal ein Telefon gab. An die Schank verwiesen, wählte er mit klammen Fingern die Nummer des Reviers und verlangte Genossin Jedelski. Der teilte er mit, dass er sich plötzlich sehr unwohl fühle, weshalb er sich für den Rest des Tages krankmelden wolle. Jedelski nahm diese Auskunft zur Kenntnis und beendete das Gespräch mit dem Wunsch ehebaldiger Genesung. Landsrait dankte ihr und verließ, nachdem er gezahlt hatte, das Lokal. Mit erschreckender Langsamkeit schleppte er sich zur U-Bahn und sah zu, dass er nach Hause kam.

Endlich dort angekommen, stellte er sich einen Tee zu. Auf dem Küchentisch lag eine Broschüre des FÖJ-Jugendlagers, an dem Nadja im Vormonat teilgenommen hatte. Unter normalen Umständen hätte er sentimental gelächelt und sich an seine eigenen Erfahrungen bei der FÖJ erinnert. Nun aber ertappte er sich, ganz gegen seinen Willen, bei der Frage, ob es klug war, Nadja weiter in dieser Organisation aktiv sein zu lassen. Er nahm sich vor, ausführlich mit Andrea über diese Dinge zu reden. Vielleicht wusste sie einen Rat. Vorerst aber blieb ihm wenig mehr, als im wahrsten Sinne des Wortes abzuwarten und Tee zu trinken.

Die Nervosität wich aber nicht von ihm, egal, wie sehr er sich bemühte, seine Gedanken wieder in den Griff zu bekommen. Landsrait stand knapp davor, Andrea in der Arbeit anzurufen, doch das wäre der ultimativen Kapitulation gleichgekommen. Er stand auf und ging ins Wohnzimmer, wo er vor das Regal mit den Ratgebern trat. Doch noch ehe er ein Buch zur Hand nahm, fiel ihm selbst die Antwort auf seine nur sich selbst gestellte Frage ein. Baldrian oder Johanniskraut. Letzteres würde er bei sich zu Hause kaum finden, aber Baldrian war sicher irgendwo im Medizinschrank aufbewahrt, denn Andrea machte den Kindern immer wieder einmal einen Baldriantee, wenn sie vor einer wichtigen Prüfung vor Aufregung nicht einschlafen konnten. Genau die richtige Medizin für meinen gegenwärtigen Zustand, dachte er sich.

Tatsächlich kam er nach und nach zur Ruhe, schaffte es sogar, sich selbst davon zu überzeugen, dass er krass überreagiert hatte. Die ÖDR würde auch noch ihren 50. und ihren 60. Geburtstag feiern, denn die Geschichte bewegte sich, in Brüchen zwar, immer nur in eine Richtung, und zwar vorwärts. Er stand historisch auf der richtigen Seite, weshalb es keinen Anlass gab, Trübsal zu blasen oder gar Angst zu haben. Und genau deshalb würde er am nächsten Tag auch wieder ins Büro gehen, Jäger vom Gang der Ereignisse in Kenntnis setzen und dann darauf warten, was von seinen Vorgesetzten in der Sache entschieden wurde.

Als Andrea nach Hause kam, hatte sich Landsrait endgültig wieder im Griff. Und er hatte die Zeit genutzt, um sich des Abendessens anzunehmen, was bei Andrea sofort ein Gefühl von Dankbarkeit und freudiger Überraschung auslöste. Landsrait wiederum sonnte sich in Andreas Lächeln und wusste, der Tag würde ein wunderschönes Ende nehmen.

VIII.

Schon weit vor der Zeit war an Schlaf nicht mehr zu denken. Die Kinder tobten geschäftig durch die Wohnung, ganz aufgeregt ob der besonderen Aufgabe, die ihnen an diesem Tag zugedacht war. Sie suchten nach ihren blauen Blusen und ihren roten Halsbändern, ließen sich willig frisieren und herausputzen, während sie ganz offensichtlich vor Begeisterung knapp vor dem Hyperventilieren standen. Es bedurfte Andreas ganzer Erfahrung, um die beiden im Zaum zu halten. Landsrait schlurfte, von all dem hektischen Treiben in der Wohnung möglichst keine Notiz nehmend, in die Küche und machte sich einen Kaffee. Den trank er dann in kleinen Schlucken, ehe er ein unverbindliches »bis später« ins Wohnzimmer schickte, wofür er nur einen eilig hingeworfenen Kuss von Andrea erntete.

Als er Punkt acht Uhr sein Büro betrat, saß Artner schon an seinem Schreibtisch. »Ist der Major da?«, fragte Landsrait, aber Artner zuckte nur mit den Schultern. Der Hauptwachtmeister stellte seine Tasche ab und ging, ohne sich vorher zu setzen, gleich zu Jedelski weiter.

»Wieder gesundet?«

»Ja, ich weiß auch nicht, was das gestern war. Ich muss zu Mittag was Falsches gegessen haben oder so.

Aber heute geht es mir wieder gut. Ist der Genosse Major da?«

»Gehen Sie nur durch, Genosse.«

Landsrait tat, wie ihm geheißen. Er klopfte kurz an die Tür, wartete auf das »herein« und betrat dann Jägers Amtszimmer. »Ah, Genosse Hauptwachtmeister! Wir haben Sie gestern am Nachmittag vermisst.«

»Mir war unwohl.«

»Hauptsache, Sie sind heute wieder am Damm, wo die halbe Mannschaft zu dem Staatsbesuch abkommandiert ist. Aber deswegen werden Sie wohl kaum zu mir gekommen sein …«

»Offen gestanden, nein, Genosse Major. Es geht um den Fall …«

»Pramer. Ja, kann ich mir denken. Aber glauben Sie mir, wenn Sie da gewesen wären, hätten Sie es auch nicht verhindern können.«

Landsrait war verwirrt. »Was verhindern?«

»Na die Abschiebung. Wovon reden *Sie* denn?«

»Abschiebung? Pramer ist …«

»… gestern den Westbehörden übergeben worden, ja. Ich habe noch versucht, die Genossen davon zu überzeugen, nicht vorschnell zu handeln, aber die Anweisung kam direkt von der Staatssicherheit. Da waren mir dann natürlich die Hände gebunden.«

Landsrait setzte sich, ohne dazu aufgefordert worden zu sein. »Das erklärt natürlich einiges.«

Jetzt war es Jäger, der Verständnisprobleme hatte.

»Ich hatte gestern, bevor mir schlecht wurde, eine

Unterredung mit Oberst Bühlmann von der Staatssicherheit. Und der wies mich de facto an, Pramer freizulassen. Ich wollte das zuvor noch mit Ihnen besprechen, Genosse Major, doch dann hat mich mein Magen im Stich gelassen.«

»Nun«, resümierte Jäger, »es sieht so aus, als wäre der Westen auf die Sache aufmerksam geworden. Jedenfalls wollte die Staatssicherheit allfällige Komplikationen von vornherein ausschließen, und so erhielten wir dann den Beschluss des Innenministeriums, den Mann direkt am Checkpoint an die Amerikaner zu übergeben.«

»Sie wissen, Genosse Major, was das für unseren Fall bedeutet! Wenn wir den Hauptverdächtigen laufen ließen, dann haben wir eigentlich auch keinen Grund mehr, die anderen beiden in Haft zu halten. Denn mit dem Ausscheiden Pramers bricht der ganze Fall in sich zusammen.«

Jäger bemühte sich, Fassung zu bewahren, und rang sich dabei sogar ein Lächeln ab. »Na, Genosse Hauptwachtmeister, jetzt übertreiben Sie aber. Dem Schütz können wir nachweisen, dass er Gegenstände in den Westen geschmuggelt hat. Wir haben ihn ja quasi auf frischer Tat ertappt. Und dem … wie hieß er noch gleich?«

»Wiedler.«

»Genau. Dem Wiedler können wir ziemlich sicher bald nachweisen, dass er von der Fälscherwerkstatt im Keller wusste. Zumindest ist die Indizienlast erdrückend. Dem werden wir ein wenig die Daumenschrauben anlegen, damit er uns verrät, wer die Ikonen gefälscht hat, und vielleicht verrät er uns sogar, wo sich zur Zeit das Original befindet. Dann machen wir den Deckel zu, verurteilen die Betreffenden, und der Fall ist abgeschlossen.«

»Aber wir hängen nur die Kleinen, die Großen haben wir laufen lassen«, wandte Landsrait ein.

»Man kann nicht immer alles haben«, erklärte Jäger mit Nachdruck. »Und jetzt entschuldigen Sie mich bitte, ich muss auf die Karl Marx-Allee. Die Staatsgäste will ich mir nicht entgehen lassen.« Landsrait gestand sich ein, dass er durchaus auch gerne einen Blick auf Honecker und Co. geworfen hätte, doch die Wahrscheinlichkeit war groß, dass diese ohnehin in gepanzerten Limousinen durch das Spalier brausten, sodass man bestenfalls ein paar Umrisse hinter getönten Scheiben wahrnehmen würde. Und darauf konnte er mit Leichtigkeit verzichten.

Ihn quälte vielmehr die Frage, wie er doch noch an entscheidende Informationen zu den Hintergründen der Ikonen-Sache kommen konnte. Mutmaßlich, so gestand er sich nun ein, war es ein Fehler gewesen, die Razzia bei Wiedler so überstürzt vorzunehmen. Jetzt waren sicher alle, die irgendwie in die Sache verwickelt waren, gewarnt und würden sich hüten, sich aus ihrer Deckung zu wagen. Schütz und Wiedler hielten, soweit sich bislang abschätzen ließ, dicht. Es brauchte also einen gänzlich neuen Ansatz, um wieder Bewegung in die Sache zu bringen. Und dazu fielen ihm nur zwei Möglichkeiten ein: entweder, er begab sich illegal in den Westen, um dort die Fuhrmannsgasse zu observieren, oder er nahm sich den Portier des Hotel Berger vor, von dem er als gegeben annahm, dass er in die Machinationen eingeweiht war.

Die zweite Option war die entschieden einfachere. Er ging zur Fahrbereitschaft, übernahm einen Lada und fuhr nach Floridsdorf. Als er die Lobby des Hotels betrat, zuckte der Portier merklich zusammen. »Ich habe befürchtet, dass Sie wiederkommen«, sagte er mit leiser Stimme.

»Umso besser, dann brauchen wir nicht um den heißen Brei herumzureden. Ich bin hier, weil ich Ihnen ein Angebot unterbreiten will.«

»Ich höre!«

»Meiner Überzeugung nach waren Sie in die ganze Ikonen-Geschichte involviert. Vielleicht nicht von Anfang an, aber immerhin so weit, dass Sie als Informationsdrehscheibe fungieren konnten. Daraus schließe ich, dass Sie Einblick in die Struktur der Bande haben.«

»Also das ist jetzt viel zu hoch gegriff…«

Landsrait hob die Hand und bedeutete dem Portier, er solle sich erst einmal anhören, was er zu sagen hatte.

»Sie wissen, dass allein diese Anschuldigung Sie Ihre Stellung kosten würde. Und das wäre dann noch das geringste ihrer Probleme. Wir können die Angelegenheit aber auch eleganter lösen. So, dass niemand außer uns beiden erfahren muss, dass Sie überhaupt etwas mit diesem Verbrechen zu tun hatten.«

»Ich bin ganz Ohr«, sagte der Portier, in dessen Gesicht neu aufkeimende Hoffnung abzulesen war.

»Wir setzen uns da jetzt ganz gemütlich hin, und Sie erzählen mir alles, was Sie über die Sache wissen. Von Anfang an. Wer daran beteiligt ist, wo man diese Leute finden kann und so weiter. Und wenn uns das hilft, dem Ganovenring das Handwerk zu legen, dann halte ich Ihren Namen aus der ganzen Sache vollständig heraus. Wie klingt das für Sie?«

»Gut genug, um darauf einzusteigen«, entgegnete der Rezeptionist. »Wollen Sie vielleicht Tee oder Kaffee?«

»Eine Tasse Kaffee wäre durchaus nett.«

Zehn Minuten später saßen die beiden im Aufenthaltsraum des Portiers, nippten an ihren Kaffeetassen und rauchten jeder eine Zigarette. Landsrait beobachtete dabei sein Gegenüber. In dessen Antlitz zeichnete sich mit einem Mal eine bemerkenswerte Klarheit ab. Landsrait kannte dieses Phänomen. Er hatte es bei vielen Menschen gesehen, die, kriminell geworden, Erleichterung ob des Umstands empfanden, endlich reinen Tisch machen und eine Phase der Angst, Verunsicherung und Anspannung abschließen zu können.

»Angefangen hat alles mit Wiedler. Der war hier im Hotel bis vor drei Jahren Hausmeister. Eigentlich haben wir uns ganz gut verstanden. Ich meine – gut, er hat sich nicht gerade überarbeitet, aber das hat er stets damit begründet, die Regierung tue so, als bezahle sie uns, weshalb wir so täten, als arbeiteten wir.«

Landsrait empfand den Satz als Provokation, ging aber nicht näher darauf ein, um den Portier nicht in seinem Erzählfluss zu unterbrechen.

»Jedenfalls sahen wir halt immer wieder bei Gästen aus dem Westen, wie sie irgendwelche Mangelware bei uns einschmuggelten, die sie hier teuer an den Mann brachten. So etwas, sagte Wiedler einmal zu mir, müsste uns auch einfallen, dann hätten wir ausgesorgt.«

»Und weiter?« In Landsrait wuchs die Ungeduld. Doch der Portier wollte ganz offensichtlich die Geschichte in seinem Tempo erzählen. »Ich lachte damals nur und meinte, bei uns gäbe es nichts, was jemanden aus dem Westen interessieren könnte. Und damit hätte es sein Bewenden haben können. Wenn …«

Der Mann dämpfte seine Zigarette aus und schwieg eine Weile. »Wenn was?«, hakte Landsrait nach.

»Wenn nicht eines Tages dieser Westler gekommen wäre. Ich glaube, er war Belgier oder Däne, vielleicht auch Holländer, ich weiß es nicht mehr. Der hat ausgerechnet mich gefragt, wo man hier billig Ikonen kaufen könne. Ich habe noch gelacht und gemeint, er sei nicht in Kiew oder in Moskau, solche Dinge gebe es nur in orthodoxen Staaten, doch Wiedler, der das Gespräch zufällig mit angehört hatte, meinte nachher zu mir: Mensch, das ist doch die Idee! Wir verdrehen Ikonen an den Westen. Sag ich noch: erstens war das jetzt der erste Westler, der sich je nach Ikonen erkundigt hat, und zweitens, was noch viel wichtiger ist, wo willst du so viele Ikonen herbekommen, dass sich der Schmuggel auch lohnt. Sagt er, dass solle ich nur seine Sorge sein lassen.«

Wieder machte der Mann eine Pause, in welcher er offenbar seinen Gedanken nachhing.

»Damals war das alles noch ganz harmlos. Wiedler verlor wenig später seine Stelle bei uns, er hatte es mit dem Nichtstun schließlich doch übertrieben, und ich dachte schon lange nicht mehr an die ganze Sache, als er plötzlich vor etwa einem Jahr mit diesem Pramer bei mir auftauchte.«

Das hätte ich früher wissen müssen, kam es Landsrait in den Sinn, dann hätten ihn die Genossen nicht so generös in den Westen entlassen.

»Pramer erklärte mir unumwunden, er könne für einen lukrativen Absatz von Ikonen garantieren. Wir müssten nur genügend an der Hand haben, dann würden wir alle auf bequeme Weise reich. Auf meine Bedenken gaben die beiden nichts. Sie waren schon eifrig dabei auszubaldowern, wie sie den Handel möglichst effizient aufziehen könnten. Ich weiß nicht mehr, wer von den beiden zuerst die Idee hatte, aber irgendwer brachte den Gedanken auf, wir malten die Dinger einfach selbst nach und verkauften die billigen Kopien teuer als vermeintliche Originale.«

Das war also der Beginn der Fälscherwerkstatt gewesen, rekapitulierte Landsrait. Die war offenbar noch kein Jahr alt.

»Dazu brauchten Sie aber Leute, die gut malen konnten, oder?«

Der Portier nickte. »Klar. Aber Wiedler jobbte mittlerweile auch einige Stunden als Hausmeister an der Akademie. Er meinte, dort hätte er genügend frustrierte Studenten getroffen, die ausreichend Talent, aber viel zu wenig Geld hätten. Mit denen, so war er überzeugt, würde man leicht ins Geschäft kommen. Und so war es dann auch.«

»Nur so aus reiner Neugier: Rechnet sich so etwas überhaupt, wenn man bedenkt, dass so viele Personen daran beteiligt waren?«

Der Portier lachte auf: »Das war ja gerade der Witz an der Sache. Wir haben uns das Material ganz billig in der Akademie besorgen können. Dort lagerte alles, was wir brauchten. Und zwar in solchen Mengen, dass es niemandem auffiel, wenn wir da etwas abzweigten. Stellen Sie sich vor, die haben dort sogar speziell behandeltes Holz, das sie selbst zur Restaurierung alter Bilder verwenden. Mit dem konnte man prima arbeiten. Und die Studenten, die bekamen stets zehn Prozent vom Erlös derjenigen Ikonen, die sie selbst gemacht hatten. So gesehen war die Gewinnspanne vom engeren Kreis durchaus befriedigend.«

Landsrait setzte nach: »Von welchen Summen reden wir hier?«

Sein Gegenüber reagierte mit einem Schnaufen. »Schauen Sie, Herr Hauptwachtmeister, der Pramer ist auf seine Art ein Genie. Der kann blitzschnell potenzielle Kunden einschätzen. Sie wissen schon, wie gut kennen die sich mit der Materie aus, wie betucht sind sie, wie groß ist ihr Interesse an einer Ikone wirklich und so weiter. Daher mussten wir manchmal Ikonen um 100 bis 200 Schilling abstoßen, um sie loszuwerden. Wenn Pramer aber einen dicken Fisch an der Angel hatte, dann konnte so ein Bild auch schon einmal um 5.-6.000 weggehen.«

Der Rezeptionist beugte sich vor und sah Landsrait eindringlich an. »Wissen Sie, irgendwelche Amerikaner, die irgendwann draufgekommen waren, dass ihre Vorfahren aus Russland stammten, die machten dann ganz auf Iwan. Und wenn sie dumm waren – und das waren sie meistens – dann erklärten wir ihnen, dass sie die einzigartige Gelegenheit hatten, den berühmten ›Lukas von Twer‹ oder was auch immer erwerben zu können.«

Der Portier klopfte seinen Oberkörper nach Zigaretten ab und nahm dann die »Club«, die Landsrait ihm anbot. »Der Pramer war da echt gefinkelt. Es gelang ihm, in einem ersten Gespräch herauszufinden, wo der Ami seine Vorfahren verortete. Und je nachdem kam die Ikone dann aus Nowgorod, Twer, Saratow oder Tobolsk. Und wenn der Mann dann auch noch ein Faible für das Mittelalter hatte, dann war die Ikone halt 600 Jahre alt. Je nach Bedarf.«

Landsrait staunte: »Und damit seid ihr ein ganzes Jahr lang durchgekommen?«

Er erntete Verwunderung. »Warum denn nicht? Die

Kunden hatten ja keine Gelegenheit, die Ware irgendwie von kompetenter Seite prüfen zu lassen. Ich meine, sie wussten, dass sie die Ikonen nicht auf legale Weise erwarben, da durften sie kaum auf einer Expertise bestehen. Und die meisten erregte die Vorstellung, sie kämen an etwas heran, was normal nicht zu kriegen war, sogar. Die Amis haben da ganz offensichtlich ihre eigenen Vorstellungen von Sammlertum.«

Das konnte Landsrait nachvollziehen. Schon mehrmals hatte er davon gehört, dass es in Amerika reiche Leute gab, die einen besonderen Nervenkitzel dabei verspürten, eine Art Privatmuseum mit gestohlenen Kunstwerken zu errichten. Zumeist waren sie auf irgendwelche Altertümer aus der Antike aus und heuerten Leute an, die römische oder griechische Ausgrabungen plünderten. Es gab aber auch Exzentriker, die ganz konkrete Diebstähle in Museen in Auftrag gaben. Einige der berühmtesten Bilder, die irgendwann einmal aus öffentlichen Galerien entwendet worden waren, hingen nun wohl in irgendwelchen Geheimzimmern zwischen New York und Los Angeles.

»Das klingt einleuchtend«, wandte er sich wieder an den Portier, »aber dennoch, das ist doch ein Geschäft, das man nicht im ganz großen Rahmen aufziehen kann, weil es sonst eher früher als später auffliegt.«

Jetzt lächelte der Rezeptionist verschmitzt. »Ach, es rechnet sich.«

»In Ordnung. Wie viele Ikonen habt ihr auf diese Weise verkauft?«

Der Befragte kratzte sich am Kopf. »Mal nachdenken. 100? 150? So in der Richtung.«

150 Bilder in weniger als einem Jahr. Das war fast ein Gemälde pro Tag. Landsrait musste sich eingestehen, nicht mit einer derart hohen Zahl gerechnet zu haben. Überschlagsmäßig ergab das eine Summe von, vorsichtig geschätzt, 50.000 Schilling. Das waren zwei, drei Jahresgehälter. Allerdings, wenn man davon ausging, dass mindestens zehn Personen an der ganzen Sache beteiligt waren, klang die Summe schon weit weniger beeindruckend.

»Ich weiß, was Sie jetzt denken, Herr Hauptwachtmeister: dass da für jeden von uns nur 5.000 Schilling übrig blieben. Erstens können Sie die Summe getrost verdoppeln, und zweitens müssen Sie bedenken, wir bekamen das Geld für erstaunlich wenig Aufwand. Die Studenten malten so ein Bildchen in ein, zwei Stunden, vielleicht, wenn es einmal etwas aufwendiger sein sollte, in einem halben Tag, und wir hatten fixe Termine, wo sie in Wiedlers Keller gemeinsam arbeiteten. Da sprang für jeden zumindest ein Trabant oder ein Wartburg heraus. Vielleicht sogar eine Datsche im Burgenland. So gesehen also durchaus profitabel.«

»Und hatten Sie niemals Angst, die Sache könnte auffliegen? Ich meine, Pramer muss ja da fast jeden Tag mit einem potenziellen Käufer aufgetaucht sein.«

»Auch das war ziemlich einfach. Manche kauften gleich en gros. Da bestellte einer zehn, 20 Ikonen, die wir dann extra für ihn produzierten. Pramer erklärte dem Mann natürlich, eine solch hohe Zahl brauche etwas Zeit, weil man die Ikonen erst aus der Sowjetunion organisieren müsse. Und die Kunden haben ihm das immer abgenommen. In Wirklichkeit rief Wiedler die Studenten an, die kamen und machten eine Nachtschicht oder auch zwei. Und dann durfte sich der Kunde auch schon über seine vermeintlichen Kunstwerke freuen.«

Der Portier dämpfte seine Zigarette aus und seufzte tief. »Es hätte so schön sein können. Langsam und unauffällig. Aber Wiedler und Pramer wurden gierig. Zu gierig.«

»Wie meinen Sie das?«

»Sie wollten das Geschäft ausweiten. Die ersten Monate übergaben wir ja nur an Personen, die sich hier bei uns aufhielten, kleinere Mengen. Aber dann kam Pramer auf die Idee, man könnte in großem Stil gefälschte Ikonen in den Westen schmuggeln und so die Profite steigern.«

Sofort dachte Landsrait an Schütz, dessen Name bislang noch nicht gefallen war.

»Anfänglich glaubte Pramer, er könnte das in Eigenregie machen. Mit seinem West-Pass wähnte er sich unangreifbar. Zumal er ja bei seinen längeren Aufenthalten hier immer den alten DDR-Pass verwendete. Und er wähnte sich sicher, weil sein Name so gewöhnlich sei, dass den Behörden gar nicht erst auffiele, dass ein DDR-Bürger und ein Westler mit demselben Namen immer wieder ein- und ausreisten. Doch irgendwann wurde ihm diese Methode doch zu heiß.«

»Also suchte er nach anderen Wegen, das Zeug in den Westen zu schaffen«, vervollständigte Landsrait den Gedanken. Um nach einer kleinen Pause nachzuschicken: »Ist unsere Mauer wirklich so löchrig, wie es scheint?«

Der Portier sah den Hauptwachtmeister forschend an: »Ist die Frage ernst gemeint?«

»Natürlich. Sonst hätte ich sie nicht gestellt.«

»Also wenn ich etwas gelernt habe, dann, dass nichts außer dem Tod absolut sicher ist. Aber es ist natürlich stets noch sicherer, wenn man gleichsam mit einem Netz arbeiten kann.«

»Netz?«

»Sie wissen schon, jemand, der quasi von oben schützend seine Hand über dich hält und dich auffängt, wenn es brenzlig wird. Dich zum Beispiel warnt, wenn an einer geplanten Stelle besondere Präsenz der Grenzschutztruppen droht und so weiter.«

Landsrait meinte, sich verhört zu haben. Wenn der Rezeptionist nicht gerade dreist gelogen hatte, dann bedeutete das, dass die Bande zumindest einen Unterstützer bei den staatlichen Organen hatte. Jetzt wurde es wirklich heikel. Er fühlte sich wie in einem Minenfeld. Spätestens jetzt nahm der Fall Dimensionen an, die für jemanden wie ihn entschieden eine Nummer zu groß waren. Mit angehaltenem Atem wartete er darauf, dass ihm der Portier den Namen des Kollaborateurs nennen würde.

»Wenn Sie jetzt aber darauf warten, dass ich Ihnen sage, wer uns da von Ihrer Seite geholfen hat, dann muss ich Sie leider enttäuschen. Das habe ich nie erfahren. Das wusste nicht einmal Wiedler, das war allein Pramers Revier.«

Landsrait sah den Mann von der Seite an. Sagte er an dieser Stelle die Wahrheit? Wusste er diesen Namen wirklich nicht? Oder hielt er bewusst eine Information zurück, weil er dachte, sie könne ihm später noch von Nutzen sein? Landsrait war sich nicht sicher. Doch vorerst mochte es genügen, die Namen der Studenten und eventuell anderer Involvierter zu erhalten.

»Na dann sagen Sie mir einfach einmal die Namen derjenigen, von denen Sie wissen, dass sie dabei waren.«

»Also die Namen der Studenten sind leicht. Und deren Adressen bekommen Sie natürlich samt und sonders in der Akademie. Und Sie lassen mich sicher raus aus der Sache?«

»Das habe ich ja versprochen!«

In schneller Abfolge nannte der Mann fünf Namen, sodass Landsrait kaum mit dem Mitschreiben zurechtkam. »Und das sind alle?«, fragte der Polizist schließlich. Sein Gegenüber nickte. Landsrait machte sich noch einige Notizen, während der Portier seine Hände oberhalb des Schoßes zu einer Art Pyramide zusammenführte. »Was wird jetzt aus mir?«

Landsrait legte den Block weg und kratzte sich am Ohr. »Wie gesagt, ich werde in meinem Bericht betonen, dass Sie es waren, der mit seiner tätigen Mithilfe den Fall aufgeklärt hat. Als Verdächtige werde ich nur die Studenten, Wiedler und Pramer anführen sowie auf Schütz verweisen. Das heißt, aus dieser Richtung haben Sie nichts zu befürchten. Es ist aber anzunehmen, dass die anderen Sie schwer belasten werden, zum einen, um ihre eigene Schuld geringer erscheinen zu lassen, zum anderen, weil sie sich ausrechnen können, wer sie verpfiffen hat, weshalb sie sich an Ihnen werden rächen wollen.«

Im Rezeptionisten keimte Angst auf: »Und was würde das bedeuten?«

»Wenn der Staatsanwalt befindet, dass Sie der Mittäterschaft zu beschuldigen sind, werden Sie wohl auch auf der Liste der Angeklagten landen. Dagegen kann ich nichts machen. Aber wir werden natürlich mit der Staatsanwaltschaft reden und auf Ihre besondere Rolle noch einmal deutlich hinweisen.« Landsrait bemühte sich um ein Lächeln. »Also ich glaube nicht, dass Sie etwas zu befürchten haben. Aber wenn es hart auf hart kommt, dann werden Sie tatsächlich verurteilt.«

Der Portier zuckte sichtlich zusammen. »Allerdings handelt es sich bei allen infrage stehenden Delikten um eher mildere Vergehen, sodass der Strafrahmen zwischen einem und fünf Jahren liegt. Das würde in Ihrem Fall dann maximal ein Jahr bedeuten, und, keine Sorge, Sie brauchen sich nicht ans Herz zu fassen, angesichts der besonderen Verdienste und Ihrer bisherigen Unbescholtenheit würde dieses Jahr ohne Frage zur Bewährung ausgesetzt.«

Landsraits Gegenüber erweckte den Eindruck, als wisse er nicht, ob er nun beunruhigt oder erleichtert sein sollte. »Na ja, engagieren Sie sich halt in den nächsten Jahren verstärkt im öffentlichen Leben. Gehen Sie auf Versammlungen, beteiligen Sie sich an den gesellschaftlichen Aktivitäten Ihres Viertels und so weiter. Zeigen Sie, dass Ihnen die ÖDR ein Anliegen ist, dann ist über die Sache recht schnell Gras gewachsen.«

»Aus Ihrem Mund klingt das alles so einfach, aber irgendwas sagt mir, das wird noch böse enden.«

»Tja, ganz ungeschoren davonzukommen wäre auch ein wenig viel verlangt, meinen Sie nicht? Ich meine, immerhin stecken Sie mehr in der Sache drin als die Studenten. So gesehen wäre ein Jahr bedingt durchaus ein gutes Geschäft für Sie.«

Die Kiefer des Portiers mahlten markant vor sich hin. »Sie haben vermutlich recht«, hörte Landsrait nach einer kleinen Weile, »mehr ist da jetzt nicht mehr drinnen, und so gesehen ist Ihr Angebot nicht einmal schlecht.«

»Sag ich ja«, grinste Landsrait, der sich zum Abschluss noch die detaillierten Daten des Mannes geben ließ, ehe er sich wieder erhob. »Sie haben mir wirklich geholfen, vielen Dank.« Mit diesen Worten verabschiedete sich der Hauptwachtmeister und beeilte sich, in sein Büro zurückzukommen.

Auf dem Revier lief ein Fernseher, damit alle Kollegen, die nicht dabei sein konnten, ebenfalls einen Eindruck vom Gepränge der offiziellen Staatsvisite bekommen konnten. Für einen Moment spielte Landsrait mit dem Gedanken, auch der Übertragung zu folgen, dies in der vagen Hoffnung, die Kameras könnten seine Kinder einfangen. Doch für ein längeres Verweilen beim Spalier war keine Zeit mehr. Muhri und Honecker stiegen aus dem offenen Wagen und begaben sich, Stoph, Schwager, Sindermann und Ministerratsvorsitzender Jurjans im Gefolge, zum Podium, das vor dem Lusthaus aufgebaut worden war. Kurz kam eine Militärkapelle ins Bild, die zu spielen anhob. »Auferstanden aus Ruinen und der Zukunft zugewandt, lass uns dir zum Guten dienen, Deutschland einig Vaterland.« Die Spitzenpolitiker standen stramm, und die sie umgebenden Uniformträger legten ihre rechte Hand an die Tellerkappe. Die Hymne der DDR war kaum verklungen, als, nach höflichem Applaus der Anwesenden, die Kapelle die Hymne der ÖDR intonierte. Auch Muhri, Jurjans und Irma Schwager schmetterten mit Inbrunst »Brüder zur Sonne, zur Freiheit, Brüder zum Lichte empor«. Der anschließende Beifall war eine Nuance lauter als zuvor, doch gleichfalls eher zurückhaltend. Die Kamera fokussierte nun auf Erich Honecker, der noch schnell ein paar Blatt Papier durchsah, ehe er mit seiner Ansprache begann. Nach den üblichen Dankesworten an die Gastgeber kam er erstaunlich schnell zu jenen Themen, die mittlerweile offenbar auch die Führung beschäftigten.

»Aufgrund der Berichte, die der DDR zur Verfügung stehen, bereiten bestimmte Kreise in der BRD weitere Provokationen zum bevorstehenden 40-jährigen Jubiläum der DDR vor, die gegen Ruhe und Ordnung gerichtet sind. Die zuständigen Organe der Deutschen Demokratischen Republik, aber auch das ZK der Sozialistischen Einheitspartei Deutschlands werden solche Angriffe auf den Arbeiter- und Bauernstaat nicht tatenlos hinnehmen.«

Honeckers generell etwas brüchige Stimme überschlug sich an dieser Stelle, was davon Zeugnis ablegte, wie sehr ihn die Thematik aufwühlte. Er hielt kurz inne, um seine Ruhe wieder zu gewinnen. Für einen klitzekleinen Augenblick leckte er sich über die Lippen, dann fuhr er fort: »Die Mitglieder des Staatsrates sind daher nach eingehenden Konsultationen mit den zuständigen Stellen in der CSSR zu dem Schluss gekommen, den pass- und visafreien Verkehr zwischen den beiden Staaten bis zum 10. Oktober dieses Jahres auszusetzen.«

Landsrait pfiff durch die Zähne. Das war einmal eine wirkliche Neuigkeit. Bislang galt der gesamte Raum des real existierenden Sozialismus als Territorium befreundeter Staaten. Dementsprechend leicht konnte man von Dresden nach Prag, von Schwerin nach Danzig und von Eisenstadt nach Constanta fahren. Wenn nun angesichts der Flüchtlingskrise und dem unerwarteten Verhalten Ungarns dieser Konsens infrage gestellt wurde, dann rüttelte man in Wirklichkeit am sozialistischen Grundkonsens.

Das war offenbar auch Honecker bewusst, denn er ging schnell zum nächsten Thema über, vielleicht in der Hoffnung, dieser eine Satz falle den Anwesenden weiter nicht auf. Er kritisierte auf heftige Weise die aggressiv-hetzerische Vorgangsweise des Westens und machte diesen für die aktuelle Fluchttendenz in seiner Republik verantwortlich. Nur durch die leeren Versprechungen des Kapitalismus ließen sich einzelne schwankende Elemente dazu hinreißen, ihre geordnete und gesicherte Existenz hinter sich zu lassen, um den Sozialismus gegen Arbeitslosigkeit, Elend und Kriegsgefahr einzutauschen. Dieses Verhalten belege einmal mehr die Richtigkeit der seinerzeitigen Entscheidung, einen Schutzwall gegen den Imperialismus zu erbauen. An dieser Stelle erhob Honecker warnend den Zeigefinger, und wieder kippte seine Stimme ein wenig in den Diskant. »Die Mauer wird so lange bleiben, wie die Bedingungen nicht geändert werden, die zu ihrer Errichtung geführt haben. Sie wird auch noch in 50 und auch in 100 Jahren noch bestehen bleiben, wenn die dazu vorhandenen Gründe nicht beseitigt sind.« An dieser Stelle erhob sich nun tosender Applaus, und Muhri, breit lächelnd, drückte Honecker ergriffen die Hand. Es schien, als wäre dieser noch gar nicht mit seiner Rede am Ende gewesen, doch die ihm entgegenschlagende Welle der Begeisterung überzeugte ihn spontan davon, an dieser Stelle abzubrechen. Er wandte sich in den Beifall hinein noch einmal dem Mikrofon zu, ballte die rechte Hand zur Faust, streckte sie in die Höhe und rief: »Vorwärts immer, rückwärts nimmer«.

Deutlich konnte Landsrait im Fernseher sehen, wie Jurjans hinter Honeckers Rücken der Kapelle ein Zeichen gab, und tatsächlich ertönten Sekunden später die ersten Takte der »Internationale«, die nun alle Anwesenden mit Begeisterung mitsangen.

Landsrait kratzte sich am Kinn. So mitreißend das auch immer erscheinen mochte, er konnte sich des Eindrucks nicht erwehren, als handle es sich bei dem gesamten Verhalten der Staatsspitzen um Durchhalteparolen, mit denen sie sich gegenseitig Mut machen wollten.

Nun, mit dem Durchhalten hatte es Staatsratsvorsitzender Muhri offenbar nicht so. Seine Erwiderungsrede bestand nur aus wenigen Sätzen, die der stets lächelnde Generalsekretär in seinem typisch steirischen Dialekt vortrug. Um den Sozialismus weiterentwickeln zu können, brauche es auch Selbstkritik, brauche es konstruktive Kritik an Mängeln und Defiziten. Doch auch bei der grundlegendsten Analyse von Fehlern müsse immer nach vorn diskutiert werden. Genosse Honecker habe daher ganz recht: vorwärts immer, rückwärts nimmer.

In den erneuten Applaus hinein begaben sich die Spitzen der beiden Staaten nun ins Lusthaus, während draußen für die versammelte Menge von der Kapelle noch ein abschließendes Medley intoniert wurde. Landsrait hatte genug gesehen und wandte sich nun wieder seiner eigentlichen Arbeit zu.

Sein erster Weg führte ihn zu Major Jäger, doch erfuhr er von dessen Sekretärin, dass Jäger noch bei den Feierlichkeiten im Prater weilte. Landsrait nahm diese Mitteilung achselzuckend zur Kenntnis und rief von seinem Apparat aus die Genossen vom Zentralen Melderegister an, um die Adressen der fünf Studenten in Erfahrung zu bringen. Man bat ihn, sich etwas zu gedulden, man werde ihn zurückrufen, sobald man die Daten habe.

Landsrait blickte auf die Uhr und kam zu dem Schluss, dass es bereits durchaus vertretbar war, sich in die Kantine zu begeben. Dort traf er auf Artner, Rozehnal und Farkas, die gleich ihm davon verschont geblieben waren, für die Staatsgäste aus der DDR den Verkehr zu regeln. »Das trifft sich gut, dass ihr hier alle zusammensitzt«, begann er, kaum an deren Tisch angelangt, »wir müssen am Nachmittag ein paar Festnahmen durchführen, und zu viert können wir mit zwei Wagen fahren, da geht's schneller.«

Die drei waren zwar nicht gerade begeistert, hörten sich aber immerhin an, was Landsrait ihnen zu sagen hatte. Demnach würden er und Rozehnal drei, Artner und Farkas zwei Verdächtige abholen. Er erwarte keinen Widerstand, die ganze Angelegenheit sollte also in recht kurzer Zeit erledigt sein. Zufrieden über die

Zustimmung der Kollegen, wandte er sich der Essensausgabe zu und entschied sich für Thüringer Rostbratwurst mit Mischbrot und einem Schwechater. Er balancierte das Tablett zurück an den Tisch und setzte sich neben die Kollegen.

Er brauchte nur zwei Bissen, um zu wissen, dass die Stimmung am Tisch alles andere als gut war. Da er aber keinerlei Bedürfnis nach einer Grundsatzdiskussion verspürte, tat er so, als merke er nichts und erging sich in ein paar Allerweltsfloskeln, während er schneller als üblich sein Essen zu sich nahm. Eilig trank er auch den letzten Rest seines Biers, dann stand er unter Verzicht auf seine obligate »Club« auf und erklärte, er erwarte erst einen dringenden Anruf und dann die drei Kollegen bei den Einsatzwägen.

Tatsächlich hatte er die verschobene Zigarette noch nicht aufgeraucht, als auch schon der Anruf vom ZMR durchgestellt wurde. Kaum eine Minute später hatte er alle fünf Adressen. Zwei Studenten wohnten in Favoriten, zwei in Floridsdorf, der fünfte auf der Wieden. Landsrait beschloss, sich als Erstes die beiden Favoritner zu holen, während sich Artner um die aus Transdanubien kümmern sollte. Den Wiedner würde er am Schluss kassieren, beschloss er.

Landsrait wies Rozehnal telefonisch an, zwei Wagen zu organisieren, informierte dann Artner und begab sich ohne weitere Verzögerung zu den Autos.

Rozehnal erwies sich einmal mehr als gewiefter Autofahrer. Schneller, als Landsrait gerechnet hatte, erreichten sie die Bleibe des ersten Studenten. Rozehnal parkte vor dem Haus, Landsrait stieg aus und suchte im Hausflur nach dem entsprechenden Namen. Zweiter Stock, notierte er sich geistig und machte sich an den Anstieg. Bei der betreffenden Tür klopfte er. »Thomas Bayer?«, fragte Landsrait, nachdem ihm ein pickelgesichtiger Junge geöffnet hatte. »Das ist mein Bruder«, kam es mit gespenstisch hoher Stimme zurück. »Thomas! Für dich!« Eine halbe Minute später stand ein Möchtegern-James-Dean vor Landsrait. »Was liegt an?«

»Sie sind Thomas Bayer?«

»Ja. Na und?«

»Ich darf Sie bitten, mit mir zu kommen!« Ohne weitere Erklärung hielt Landsrait seinen Ausweis unter Bayers Nase. Der erblasste. Von Deanscher Coolness war rein gar nichts mehr geblieben. »Was wollen Sie von mir? Ich hab doch gar nichts gemacht, ich bin vollkommen unschuldig …«

»Das wird sich auf der Wache klären. Kommen Sie jetzt mit, bitte. Und in Ihrem eigenen Interesse würde ich kein Aufsehen erregen. Sonst müssten wir andere Mittel anwenden, und das wäre Ihnen sicher nicht recht.«

Bayer schlotterte jetzt am ganzen Körper, aber widerstandslos ließ er sich, so wie er war, von Landsrait zum Auto führen. Rozehnal verstaute Bayer am Rücksitz, und schon ging die Fahrt weiter zur zweiten Adresse. Dort wiederholte sich das Spiel. »Herr

Wolfgang Glanz?« »Ja?« »Würden Sie bitte mit uns mitkommen?« »Nein.« Landsrait lächelte. »Eigentlich war es keine Bitte, ich wollte nur höflich sein. Ich kann aber auch anders.«

Auch Glanz zählte nicht zu den Helden, und so saß er nur allzu bald neben Bayer auf der Rückbank des Lada, und Rozehnal lenkte das Auto wieder in Richtung des Reviers. Dort angekommen, ließen Landsrait und Rozehnal die beiden Studenten in Aufenthaltszellen bringen, während sie nun die Adresse auf der Wieden ansteuerten.

Dieser Student wohnte, das ließ sich auf den ersten Blick erkennen, durchaus nobel. Der stadtseitige Teil der Wieden war zu Zeiten der österreichisch-ungarischen Monarchie Wohnstatt des gehobenen Bürgertums und niederen Adels gewesen, und so standen in diesem Viertel immer noch zahlreiche Nobelbauten, die bei allen Volksschichten überaus populär waren. Willy Waber, so hieß der Maler in spe, bewohnte eines jener Bürgerhäuser, von dem aus man freien Blick auf den Stephansdom hatte. Landsrait erklomm das entsprechende Stockwerk und klopfte. Unmittelbar danach fiel ihm die Kinnlade herunter. Ein junger Mann von etwa 25 Jahren öffnete ihm splitternackt die Tür, sodass Landsrait dessen Erektion förmlich entgegen sprang. »Na endlich, ich bin schon so geil, beinahe hätt' ich's mir selber … Scheiße!«

Waber erstarrte ob des Besuchers in Panik, krümmte sich zusammen und versuchte, seinen steifen Penis mit seinen Händen notdürftig abzudecken. »Wer sind jetzt dann Sie?«, fragte er gequält. »Sichtlich nicht die Person, die Sie offenbar erwartet haben«, entgegnete der Hauptwachtmeister, der sich wieder gefangen hatte und sich eines gewissen Amusements nicht erwehren konnte.

»Hauptwachtmeister Landsrait«, fuhr er dann förmlich fort, »von der Volkspolizei. Ich muss Sie leider bitten, mit mir zu kommen.«

Anscheinend war Waber sexuell so erregt, dass ihm die Tragweite der Worte des Ermittlers nicht ins Bewusstsein drangen. »Muss das jetzt sein«, maulte er, »ich kann gleich ficken, wissen S'.«

»Ihren Geschlechtsverkehr werden Sie wohl verschieben müssen«, entgegnete Landsrait sachlich.

»Geh, das ist höchst ungesund. Wenn man so einen Steifen hat, dann muss man auch abspritzen«, erklärte Waber derb, »sonst trägt man Schäden davon. Da kriegt man erektile Dysfunktionen.«

»Wie Sie sich vorstellen können, ist das nicht mein Problem. Zudem, so erigiert scheint mir Ihr Genital gar nicht mehr zu sein, nebenbei bemerkt.«

Tatsächlich war Waber der Schreck, wenn schon nicht in die Glieder, dann zumindest in das Glied gefahren, denn es baumelte verloren hinter Wabers Händen hin und her. In diesem Augenblick schwebte eine ätherische blonde Schönheit um die Ecke, die offensichtlich den Quell von Wabers Ekstase gebildet hatte. Ihre langen Haare wehten ihrer Gestalt hinterher, und Landsrait konstatierte, dass die Frau, die ihm kaum älter als 20 zu sein schien, unter ihrer weißen Bluse keinen BH trug, da man die Höfe unter dem Stoff, der sich über den steif aufgestellten Brustwarzen wölbte, deutlich sehen konnte. Die untere Körperhälfte der jungen Dame war lediglich von einem äußerst knappen Minirock, wie er im Westen lange Zeit in Mode war, bedeckt, während ihre Unterschenkel in weißen Strümpfen steckten. Und obwohl Landsrait völlig von der Schönen eingenommen war, blieb es ihm dennoch nicht verborgen, dass in Wabers Unterleib wieder Bewegung kam. »Gehen S'«, bettelte Waber, »nur ein ganz kleiner, schneller Fick. Dann können S' mit mir machen, was Sie wollen.« Und als Landsrait ungerührt blieb: »Sie dürfen auch mitmachen. Dann dauert das Warten nicht so lang.« Der Hauptwachtmeister schickte dem Studenten einen irritierten Blick, der sich nach und nach in einen zornigen wandelte. »Ziehen Sie sich schleunigst etwas an und kommen Sie mit«, befahl er mit kalter Stimme. Und während Waber sich zurückzog, wandte sich Landsrait dem Fräulein zu. »Es tut mir leid, Genossin, dass ich da offensichtlich ungelegen komme. Aber gegen Wilhelm Waber wurden schwere Anschuldigungen erhoben, denen wir am Revier nachgehen müssen. Sollten sich diese bewahrheiten, so fürchte ich, werden Sie eine Weile warten müssen, bis Sie wieder mit … Herrn Waber … äh … verkehren können.«

Die letzten Worte waren ihm selbst peinlich geworden, und so entwand er sich der Situation, indem er Waber in dessen Wohnung folgte. »Wo bleiben Sie so lange?«, fragte er herrisch, während er in das Schlafzimmer kam. Dort fiel ihm ein zweites Mal die Kinnlade herunter. Waber stand nackt im Raum und onanierte ebenso inbrünstig wie hektisch.

»Das ist doch nicht zu fassen«, entfuhr es Landsrait, »jetzt reißen Sie sich gefälligst zusammen, Sie Perversling.« Der Hauptwachtmeister war nahe daran, die Fassung zu verlieren. »Gleich«, keuchte Waber, »gleich … gehör ich … Ihnen.« Ehe Landsrait noch irgendwie einschreiten konnte, begann Waber wie ein Hund zu hecheln, ehe sein ganzer Körper zu einem einzigen Zittern wurde. Dann erstarrte er für den Bruchteil einer Sekunde, ehe Wabers Samen in wuchtigen Mengen aus dessen Penis geschleudert wurde – mitten auf Landsraits Uniform. Der entsetzte Polizist starrte auf die Spermaflecken auf seinem Gewand, dann auf den selig lächelnden Waber, und noch ehe ihm bewusst wurde, was er tat, verpasste Landsrait dem nackten Waber einen Kinnhaken, der diesen ansatzlos von den Beinen holte. Der Student knallte der Länge nach auf den Boden und blieb benommen liegen.

»Sie Dreckschwein!«, schrie Landsrait in einer Stimmlage, die mehr auf Panik als auf Wut schließen ließ. Instinktiv trachtete der Hauptwachtmeister danach, seine Kleidung zu reinigen, doch schreckten seine Hände davor zurück, in Berührung mit dem

Ejakulat zu kommen. Ein spitzer Schrei hinter seinem Rücken verkomplizierte die Sache zusätzlich. Das Mädchen war nun auch in die Wohnung gekommen und schlug entsetzt die Hände vors Gesicht, als sie der Szenerie ansichtig wurde.

»Sie Schläger«, beschimpfte sie Landsrait, der sich lahm zu verteidigen suchte, indem er auf die Flecken an seinem Gewand deutete. »Ihr Freund ist ja nicht ganz bei Trost!«

»Das mag sein, aber das ist noch lange kein Grund, ihn niederzuschlagen.« Sie ging neben Waber in die Knie und tätschelte ihm sanft die Wangen. »Die wollen mich … wegsperren«, kam es müde aus dem Mund des Studenten. Das Mädchen fuhr herum: »Warum das denn? Wollen Sie noch schnell alle, die nicht so krank sind wie Sie, wegsperren, ehe hier ohnehin alles zusammenbricht?«

»Der Mann hat … ach was, ich bin Ihnen keine Rechenschaft schuldig. Und das Einzige, was zusammenbricht, ist die kriminelle Vereinigung, der Ihr sauberer Herr Student hier angehört hat.« Landsrait sah sich nach der Küche um. »Jetzt ziehen Sie ihm gefälligst etwas an, und dann nehme ich ihn mit«, zischte er über die Schulter. In der Küche fand er ein Geschirrtuch, das er unter den Wasserhahn hielt, um sodann den Versuch zu unternehmen, seine Uniform wenigstens oberflächlich zu reinigen. Er war mit dieser Verrichtung noch nicht fertig, als Rozehnal in der Wohnungstür auftauchte. Dem hatte die ganze Angelegenheit offensichtlich zu lange gedauert, weshalb er nun nach dem Rechten sah. Landsrait, immer noch putzend, erklärte ihm kurz die Lage, und gemeinsam schleppten sie unter dem wüsten Gezeter der jungen Frau den immer noch benommenen und nur notdürftig bekleideten Waber zu ihrem Auto.

Als sie wieder beim Revier eintrafen, stand dort schon das Auto von Artner und Farkas. Landsrait konnte die Aktion daher für beendet erklären und meinte mit einem Blick auf die Uhrzeit, dass sie nun wohl Feierabend machen könnten. Die Studenten sollten ruhig eine Nacht auf der Wache zubringen, dann würden sie am nächsten Morgen umso gesprächiger sein.

Landsrait fuhr auf direktem Wege nach Hause und stellte dort erleichtert fest, dass seine Frau bereits in der Wohnung war. Andreas Dienststelle hatte, wie viele andere auch, dienstfrei bekommen, um an den Feierlichkeiten im Prater teilnehmen zu können, und da diese dann doch früher als geplant zu Ende gegangen waren, hatte Andrea ein wenig Zeit gewonnen, die sie einerseits für ein paar notwendige Einkäufe und andererseits zum Kochen eines guten Abendessens nutzte. Eilig küsste sie Landsrait auf die Wangen, dann wandte sie sich ihren Töpfen zu. »Wie war dein Tag«, fragte sie ihn leichthin.

»Stell dir vor, heute wurde ich von jemandem angewichst. Ich dachte, so dekadente Abartigkeiten gäbe es nur im Westen!« Andrea sah ihren Mann verständnislos an. Mit immer noch geschockter Stimme berichtete

Landsrait von den Ereignissen rund um die Festnahme von Waber, während er sich eilig die verunreinigten Klamotten vom Leibe zog. Andrea schüttelte den Kopf: »Unglaublich, was es alles gibt. Aber wen soll es wundern. In der Stadt gibt es niemanden, der nicht West-Fernsehen empfangen könnte, und ich wette, dort lernen sie genau solche Sachen! Das West-Fernsehen macht die Leute krank.«

»So wie ihr ganzes West-System«, ergänzte Landsrait, der das dringende Bedürfnis verspürte, auch noch zu duschen. »Ich bin gleich wieder da«, bemerkte er daher, ehe er im Badezimmer verschwand.

Sich endlich wieder sauber fühlend, setzte er sich an den Küchentisch und zündete sich eine »Club« an. »Und wie war's in der Marx-Allee?«

»Du, eh super. Aber der Elan früherer Festivitäten, der fehlte irgendwie.« Andrea sah unbestimmt an die Decke. »Weißt du, da war kein Enthusiasmus dabei, und irgendwie habe ich mich bei der Frage ertappt, ob wir uns wirklich in einer Krise befinden. Und ich denke, diese Frage stellten sich heute Etliche.«

Landsrait winkte ab. »Ich kann dieses Krisen-Gefasel schon nicht mehr hören. Immer dann, wenn irgendwo etwas Unvorhergesehenes passiert, dann prognostiziert man gleich den Untergang des Sozialismus. Rennen halt wieder ein paar unverbesserliche Idioten davon. Na und? Das ist ja nicht so wie in Polen vor acht, neun Jahren. Das war damals wirklich kritisch. Aber jetzt? Ich bitte dich, vergiss es!«

Andrea drehte sich zu ihm um und verschränkte die Arme vor der Brust. »Aber selbst damals wäre niemand auf die Idee gekommen, jemanden an die Spitze der Regierung zu setzen, der nicht aus den Reihen der Arbeiterklasse kommt. Und, so ganz unter uns, irgendwie merkwürdig ist das schon. Da bauen wir das eindeutig bessere System auf, weil es im Gegensatz zu dem im Westen nicht auf Ausbeutung beruht, und trotzdem haben wir im Schnitt alle zehn Jahre eine ernsthafte Krise.«

Von Landsrait kam eine abwehrende Geste. »Alle zehn Jahre? Ich bitte dich, jetzt übertreibst du aber …«

»Erinnere dich, was 1953 in der DDR passiert ist. Und dann, acht Jahre später, mussten wir die Mauer bauen, weil uns sonst alle Spezialisten davongelaufen wären. Dazwischen war die Geschichte in Ungarn. Dann vor 20 Jahren die CSSR, und vor zehn Jahren diese katholische Reaktion in Polen. Jetzt ist es anscheinend wieder soweit.«

Landsrait dämpfte seine Zigarette mit Nachdruck aus. »Mit so einer pessimistischen Grundstimmung kann man natürlich keinen Sozialismus aufbauen. Der Gegner versucht naturgemäß mit allen Mitteln, unser progressives Experiment zum Scheitern zu bringen, das ist logisch. Aber davon dürfen wir uns nicht entmutigen lassen. Die Sowjetunion existiert seit über sieben Jahrzehnten. Sie ist der untrügliche Beweis dafür, dass die geschichtliche Entwicklung unumkehrbar ist.«

Für einen Moment lächelte Andrea. »Jetzt hörst du dich schon an wie die aus dem Politbüro. Aber«, wurde sie wieder ernst, »egal, mit wem ich spreche, so schlecht war die Stimmung überhaupt noch nie. Alle sind unzufrieden, alle wollen Veränderung, aber niemand kann dir sagen, worin diese Veränderung bestehen sollte. Und letztlich denkst du dir, sie wollen alle nur Jeans, Designerhandtaschen und überteuerte Kosmetika.«

»Die würden sich alle schön anschauen, wenn wir plötzlich zum Westen kämen. Sie verlören ihren Arbeitsplatz, könnten sich ihre Wohnung nicht mehr leisten, müssten ewig lang auf einen viel zu teuren KITA-Platz warten, und mit der medizinischen Versorgung ging es auch rapid bergab, weil sich niemand von uns leisten könnte, Privatpatient zu sein.«

»Aber daran denken die Leute nicht. Die sehen nur diese bunte Glitzerwelt da drüben, die Leuchtreklamen, das Nachtleben, die bunte Warenvielfalt, und vergessen dabei ganz, dass all diese Dinge für unsereins nie erschwinglich wären.«

»Wo sind eigentlich die Kinder?«, fragte Landsrait unvermittelt.

»Ach, die haben nach dem Spalier ein eigenes Kinderfest organisiert, und ich dachte mir, das wird Nadja und Mischa guttun. Sollen sie sich ein bisschen austoben. Sophia bringt sie dann heim.« Landsrait nickte. Er ging ins Wohnzimmer und ließ sich dort auf die Couch plumpsen. Es war der richtige Zeitpunkt, endlich die

Wolf auszulesen. Doch irgendwie vermochte er sich nicht auf den Text zu konzentrieren. Nachdem er sich zum x-ten Male dabei ertappte, einen Absatz ein weiteres Mal lesen zu müssen, gab er entnervt auf. Erleichtert nahm er das Eintreffen der Kinder zur Kenntnis, mit denen er sich beschäftigte, bis das Essen fertig war. Wenigstens aus ihren Mündern war grenzenlose Begeisterung über die Ereignisse im Prater zu hören, und Landsrait sonnte sich für einen Augenblick in der Hoffnung, die kommende Generation würde die Fackel des Sozialismus weitertragen.

IX.

»Was haben Sie sich eigentlich dabei gedacht, Genosse?« Jägers Kritik traf Landsrait unerwartet. »Was meinen Sie, Genosse Major?« Der stemmte verärgert die Fäuste in die Hüften. »Jetzt tun Sie nicht so naiv! Sie gehen da einfach her und verhaften fünf Studenten der Akademie in Eigeninitiative! Wir sind hier nicht beim FBI, wo jeder tun und lassen kann, was ihm gerade in den Sinn kommt!«

»Ich wollte Sie ja ohnehin von diesem Schritt informieren, Genosse Major, aber …«

»Papperlapapp«, schnitt ihm Jäger das Wort ab. »Sie haben nicht nur völlig unverantwortlich, sondern auch noch politisch höchst unklug gehandelt. Ist Ihnen überhaupt klar, wen Sie da unter anderem verhaftet haben?«

Landsrait schüttelte mit wachsendem Unbehagen den Kopf. »Einer dieser Studenten ist der Neffe von Oberst Bühlmann, Sie Trottel! Können Sie sich vorstellen, wie der Genosse Oberst am Telefon getobt hat? Ich dachte schon, mir platzt das Trommelfell!«

»Aber gegen all diese Männer wurde eine ganz konkrete Beschuldigung in Bezug auf unsere Ikonen-Sache erhoben, und …«

»Nichts und! Der Neffe von Oberst Bühlmann zählt zu den hoffnungsvollsten Nachwuchshoffnungen unserer nationalen Malkunst! Und Sie haben den nicht nur auf einen vagen Verdacht hin gleich verhaftet, Sie haben ihn auch noch, wie man mir mitteilte, verprügelt!«

Ausgerechnet der perverse Waber musste der Neffe von Bühlmann sein. Landsrait seufzte innerlich. Dies vor allem auch deshalb, weil ihm Jäger in diesem Lichte niemals die Geschichte mit der Ejakulation glauben würde.

»Und streiten Sie es ja nicht ab. Immerhin gibt es eine Zeugin. Die ist sofort nach Ihrem Gewaltausbruch zum Oberst gefahren und hat ihm aus erster Hand berichtet.«

»Also erstens war die entsprechende Person gar nicht persönlich zugegen, sondern kam erst später hinzu, und zweitens war der Mann nicht zu bändigen. Auf meine höfliche Aufforderung, uns aufs Revier zu begleiten, leistete der Herr Waber Widerstand, sodass es geboten schien, ihn auch gegen seinen Willen in Gewahrsam zu nehmen. Dabei kam es zu einem Handgemenge. Doch von Prügelei kann keine Rede sein.«

»Das kann ich bestätigen, Genosse Major!« Ohne dass Landsrait und Jäger es bemerkt hatten, war Rozehnal ins Zimmer getreten. »Waber wollte sich uns entziehen, und dabei ist er gestolpert. Die besagte Dame hat ihn dann am Boden liegend vorgefunden und ganz offensichtlich falsche Schlüsse gezogen.«

Jäger sah, während Landsrait Rozehnal einen dankbaren Blick schenkte, forschend ins Gesicht des Polizisten. »Gestolpert? Soso! Warum nicht gleich auch die Kellertreppe hinuntergefallen? So wie sie's im Westen machen?« Rozehnal hielt Jägers Musterung stand. »Ich schreibe Ihnen gern einen entsprechenden Bericht, Genosse Major.«

Jäger kaute den Bruchteil einer Sekunde an seiner Unterlippe. »Gar nichts werden Sie! Sie und Genosse Landsrait fahren jetzt sofort ins Büro von Oberst Bühlmann und schaffen die Sache aus der Welt. Aber zuvor lassen Sie noch diesen Weber …«

»Waber!«

»Wie auch immer, dieses Malergenie umgehend frei! Das ist ein Befehl!«

Landsrait und Rozehnal nickten schweigend und sahen zu, dass sie dem Major aus den Augen kamen. Unterwegs zum Zellentrakt dankte Landsrait seinem Kollegen nun auch verbal für dessen Schützenhilfe. »Keine Ursache, Genosse Hauptwachtmeister! Ich habe genug gesehen, um zu wissen, dass Sie nicht handgreiflich wurden. Der Typ muss ja komplett krank sein.«

»Wie wahr!«

»Umso empörender, dass wir den laufen lassen müssen, nur weil er ein Verwandter vom Oberst ist.«

»Abermals: wie wahr!«

Rozehnal erschrak direkt ein wenig, als er sich plötzlich von Landsrait am Arm gepackt fühlte. Der hatte blitzschnell zugegriffen und seinen Kollegen damit beinahe zurückgerissen. »Mir kommt da ein schrecklicher Verdacht«, kam es leise aus dem Mund des Hauptwachtmeisters. Kaum waren diese Worte ausgesprochen, sah Landsrait Rozehnal durchdringend an, was dieser mit einem fragenden Blick erwiderte.

»Mir fällt gerade ein, was der Portier mir gegen Ende unserer Unterhaltung verraten hat. Er meinte, ihr Unternehmen wäre nur deshalb so lange so erfolgreich gewesen, weil es gelungen sei, einen Vertreter der Staatsmacht als Komplizen zu gewinnen.«

Rozehnals Gesicht erhellte sich: »Ich zähle gerade eins und eins zusammen!«

»Sie denken, was ich denke, nehme ich an.« Rozehnal nickte.

»Das heißt, wir müssen jetzt überaus vorsichtig vorgehen. Keinesfalls darf Bühlmann mitbekommen, dass wir Verdacht geschöpft haben. Wir treten ihm gegenüber geknickt und reuig auf, warten demütig seine Standpauke ab, achten dabei aber auf jedes einzelne Wort von ihm. Wann er es sagt, wie er es sagt und so weiter.«

Rozehnals Miene verdüsterte sich wieder: »Aber er wird uns gegenüber kaum ein Geständnis ablegen. Und wie soll man so jemandem ein Verbrechen nachweisen? Bühlmann ist im Ministerium für Staatssicherheit eine ganz große Nummer und bestens vernetzt.«

Landsrait seufzte. »Ja, er gehört sogar dem ZK an. An dem beißen wir uns die Zähne aus. Es sei denn …«

»Es sei denn *was*?«

»Wir ertappen ihn in flagranti.«

»Ach, wie soll denn das gehen?« Rozehnal war die Ratlosigkeit deutlich anzusehen. Landsrait aber lächelte verschmitzt. »Lassen Sie mich nur machen. Sie werden schon sehen.«

Sie fuhren mit ihrem Lada an die Landsrait bereits bekannte Adresse und wurden sofort zum Obersten vorgelassen. Der thronte hinter seinem Schreibtisch und machte keinerlei Anstalten, ihnen einen Platz anzubieten. Scheinbar gedankenverloren blätterte er in irgendwelchen Akten, als sei er sich der Anwesenheit der beiden Polizisten gar nicht bewusst. Erst nach einer guten Weile blickte er auf.

»Landsrait! Waren wirklich Sie das, der meinen Neffen arretiert hat?«

»Bedauerlicherweise ja«, gab der Angesprochene kleinlaut zurück.

Bühlmann ließ sich zurück in seinen Sessel sinken und seinen Blick auf dem Hauptwachtmeister ruhen. »Dass es sich bei der Person um meinen Neffen handelt, ist dabei nicht das Problem. Die sozialistische Gesetzlichkeit gilt für alle ohne Ausnahme. Wir haben nicht die bürgerliche Ordnung gestürzt, um dann Zustände zuzulassen, in denen wieder jemand aufgrund seiner Herkunft oder wegen anderer Umstände über dem Gesetz steht. Im Sozialismus sind wir alle gleich. Aber, und das ist das Problem, Sie haben sich benommen wie ein Hooligan.«

Und tatsächlich war Bühlmanns Stimme während der letzten Worte immer lauter geworden. Erstaunlich flink sprang der Oberst auf und schlug mit der Faust auf den Tisch. »Was glauben Sie eigentlich, wo Sie hier sind? In Chicago? Bei uns hält man sich an Regeln, Mensch!« Landsrait setzte zu einer Rechtfertigung an, doch Bühlmanns Monolog hinderte ihn daran, auch nur ein Wort sagen zu können.

»Sie können nicht völlig eigenmächtig auf Zuruf von irgendjemandem, der zudem in keinster Weise zu so etwas befugt ist, einfach hergehen und Leute verhaften! Wir sind ja nicht bei den Anarchisten.«

»Es bestand Gefahr in Verzug.« Landsrait nützte rasch die Pause in Bühlmanns Rede, in welcher der Luft holte.

»Gefahr in Verzug, so ein Blödsinn! Wenn Sie eine Gefahr wittern, Genosse, dann machen Sie gefälligst Ihrem Vorgesetzten davon Meldung. Und wenn der nicht greifbar ist, dann wenden Sie sich an das zuständige Parteiorgan. Vor allem aber, und das ist das eigentlich Entscheidende, informieren Sie sich gefälligst über eine beschuldigte Person, ehe Sie gegen diese einschreiten. Das ist doch Grundwissen, Genosse Hauptwachtmeister!«

»Schon, aber …«

»Nichts aber! Als Nächstes kommen Sie noch auf die Idee und verhaften mich, weil irgendein Regimekritiker Ihnen einflüstert, ich machte mit Verbrechern gemeinsame Sache!«, schrie Bühlmann.

Landsrait war wie elektrisiert. Diesen Satz konnte man doch beinahe schon als Geständnis werten! Hier war bei Bühlmann das Unterbewusstsein durchgekommen. Na klar, er reagierte so heftig, weil er sich mit einem Mal selbst bedroht sah. Er hatte Angst, dass ihn sein eigener Neffe oder einer der anderen Studenten an uns verpfeift, und deswegen wollte er die Sache so schnell wie möglich vom Tisch haben.

Landsrait hörte gar nicht mehr auf Bühlmanns Worte. Für ihn ergab mit einem Mal alles einen Sinn. Die Bande hatte die Ikonen in den Westen schmuggeln können, weil ihr Bühlmann den Rücken frei gehalten hatte. Wahrscheinlich lockte er die Grenzschützer immer wieder mit irgendwelchen Vorwänden zu sich in die Wohnung, und das für genau jene Zeitspanne, die seine Komplizen brauchten, um die Ware unter der Mauer durchzuschmuggeln. Perfekter konnte so ein Coup gar nicht durchgeführt werden.

»Hören Sie mir überhaupt zu?« Bühlmanns Ärger steigerte sich ein weiteres Mal.

»Unbedingt, Genosse Oberst. Mir ist die Sache nur so unendlich peinlich, dass ich am liebsten im Erdboden versinken wollte.«

»Zu Recht, Hauptwachtmeister, zu Recht.« Bühlmann ging um seinen Schreibtisch herum und trat ganz nahe an Landsrait heran. »Habe ich Ihnen nicht schon vor Tagen gesagt, dass Ihre absurde Obsession für diesen Fall Ermittlungen von weit bedeutenderer Tragweite behindert?«

»Ja, das haben Sie«, erwiderte Landsrait mit gesenktem Haupt.

»Seit Wochen verfolgen Genosse Müller und ich in der Neugasse die Aktivitäten einer Bande von Menschenschmugglern, die versuchen, Personen durch diesen Durchlass in den Westen zu bringen. Bis jetzt handelte es sich nur um Ungarn, Slowaken und ein paar DDR-Bürger, weshalb wir es uns leisten konnten, mit dem Zugriff zu warten, bis wir endlich an den Kopf der Bande herankommen. Und seit Sie da herumfuhrwerken wie die sprichwörtliche Axt im Walde tut sich an dieser Stelle rein gar nichts mehr. Logisch. Die haben die Gefahr gewittert und treten nun leise.« Bühlmann verschränkte seine Arme hinter dem Rücken und begann, im Zimmer auf und ab zu gehen. »Außerdem haben die das jetzt auch gar nicht mehr nötig. Jetzt schicken sie die Leute einfach an den Plattensee, und von dort geht's über Jugoslawien direkt in den Westen. Einfacher und ungefährlicher. Und wir suchen vergeblich nach jenen Leuten, die auch unsere sozialistische Ordnung zu destabilisieren versuchen.« Blitzschnell wandte er sich zu Landsrait um und kam diesem wieder ganz nahe. »Begreifen Sie, was Sie angerichtet haben?«

Auf das Nicken des Hauptwachtmeisters reagierte Bühlmann ein klein wenig konzilianter. »Was lernen Sie also daraus?«

»Immer im Kollektiv arbeiten?«

»Und?«

»Stets Rücksprache mit den Organen der Partei halten und die Vorgesetzten vorab um ihre Meinung fragen!«

»Spät kommt sie, die Einsicht, doch sie kommt. Wenigstens etwas.« Bühlmann kehrte wieder zu seinem Schreibtisch zurück und setzte sich. »Für den Fall bedeutet das jetzt was?«

»Ich denke, das werden Sie mir gleich sagen, Genosse Oberst.«

»Um genau zu sein, habe ich Ihnen das schon gesagt. Sie sorgen dafür, dass gegen Wiedler und Schütz Anklage erhoben werden kann. Die werden dann abgeurteilt, und damit ist die Sache vom Tisch. Ende der Geschichte.«

»Aber die Studenten haben durch ihre Mithilfe den Schmuggel ja überhaupt erst ermöglicht«, meldete sich erstmals Rozehnal zu Wort. Bühlmann reagierte mit einem milden Lächeln. »Und dafür werden wir ihnen auch ordentlich auf die Finger klopfen. Allen voran meinem geliebten Neffen, der, so ganz privat bemerkt, wirklich eine wahre Nervensäge ist. Außerdem habe ich persönlich ein kleines bisschen den Verdacht, dass er pervers veranlagt ist. Aber das werde ich ihm persönlich austreiben. Er weiß es noch nicht, aber übermorgen wird er sich freiwillig für drei Jahre in der Nationalen Volksarmee verpflichten.«

Landsrait musste dagegen ankämpfen zu schmunzeln. Drei Jahre in der Armee waren für Waber wahrscheinlich eine härtere Strafe als der Knast.

»Und was die anderen vier Vögel anbelangt, so wird uns schon etwas einfallen, sie zu disziplinieren. Aber niemand hat etwas davon, die Leben von hoffnungsvollen Nachwuchskünstlern dauerhaft zu ruinieren. Schütz hingegen ist einschlägig vorbestraft, und Wiedler als reaktionär-dekadentes Subjekt hinlänglich bekannt. Die beiden wandern hinter Gitter, und damit hat auch der Schmuggel ein Ende. Und wir können uns wieder um die wirklich wichtigen Dinge kümmern.« Bühlmann rieb sich demonstrativ die Hände. »Das heißt, Sie machen jetzt den Bericht für die Staatsanwaltschaft fertig, und damit ist die Sache abgeschlossen. Haben wir uns verstanden?«

»Vollkommen, Genosse Oberst. Da ist jetzt nur noch eine einzige Frage, die zu klären wäre. Was machen wir mit den Ikonen, welche die Bande noch nicht ausgeliefert hat? Es gibt noch einen ganzen Stapel davon, den Schütz eigentlich dieser Tage hätte in den Westen schmuggeln sollen, weil dort ein Kunde darauf wartet.«

»Wo befinden sich die Ikonen jetzt?«, wollte Bühlmann wissen.

»Im Prater, in dem Lokal, in dem Wiedler Hausmeister war. Wir haben sie bei der Razzia sichergestellt, aber bislang sind wir noch nicht dazu gekommen, sie abtransportieren zu lassen.«

»Nun, das hat keine Eile, denke ich. Schreiben Sie erst einmal den Bericht, und dann, wenn Sie damit fertig sind, kümmern Sie sich um die Bilder.«

»In Ordnung, Genosse Oberst.«

Am Rückweg zum Auto grinste Landsrait über beide Ohren. Rozehnals Mundwinkel zogen sich ebenfalls nach oben. »Ich wette, ich weiß, was jetzt kommt. Wir warten heute Abend darauf, dass Bühlmann in dem Lokal auftaucht, richtig?«

»Ja. Das werden wir machen. Es ist zwar eine sehr, sehr vage Angelegenheit, aber vielleicht lässt er sich wirklich zu einem solchen Fehler hinreißen. Und dann hätten wir ihn …«

»… in flagranti erwischt«, vollendete Rozehnal den Satz, und beide grinsten in Stereo.

Zurück im Revier wurden sie schon ungeduldig von Jäger erwartet. »Siehe da, ihr zwei Galgenvögel seid nicht an den Ussuri strafversetzt worden?«

»Die Debatte mit Genossen Bühlmann war durchaus konstruktiv. Aber er hat uns befohlen, dass wir Sie, Genosse Major, ab sofort über jeden unserer Schritte im Voraus informieren sollen. Daher Folgendes: Wir müssen bis morgen den Bericht an die Staatsanwaltschaft fertig haben. Zudem sollen wir auch die vier anderen Studenten freilassen. Der Genosse Oberst meinte, deren Bestrafung soll auf anderem Wege erfolgen. Und, ach ja, heute Nacht müssen wir, das heißt, Genosse Rozehnal und ich, noch eine abschließende Observation vornehmen.«

»So? Wozu?«

»Ach, wir gehen nur einem letzten Verdacht nach. Wahrscheinlich kommt dabei ohnehin nichts raus, aber versuchen müssen wir es wenigstens.«

»Verstehe. Und wo?«

»Ist das von Belang?« Landsrait war ein wenig über Jäger verwundert. Sonst interessierte er sich nie für solche Details.

»Na ja, ich muss ja wissen, wo ihr seid. Für alle Fälle, meine ich.« Jäger bemühte sich um ein freundliches Gesicht.

»In Wiedlers Lokal. Ich denke, ab 23 Uhr. Dann schließt das Restaurant. Vorher wird sich dort nichts tun, denke ich. Aber ab dann müssen wir aufmerksam sein.«

»Aber ich dachte, ihr habt die klare Weisung, einfach den Deckel zuzumachen. Wozu dann noch eine weitere Überwachung?«

Landsrait folgte einem Bauchgefühl und beschloss, unverbindlich zu bleiben. Die Geschichte mit den Ikonen war sein Fall, und er wollte unbedingt vermeiden, dass sich im letzten Augenblick jemand anderer damit wichtig machte und die Lorbeeren einheimste. Lag er nämlich mit seiner Vermutung richtig, dass Bühlmann den Kriminellen Rückendeckung gegeben hatte, dann würde das für ein beträchtliches Rauschen im Blätterwald sorgen. Mit der Überführung eines hochrangigen Mitarbeiters des Ministeriums für Staatssicherheit machte man sich für künftige Aufgaben nahezu unentbehrlich. Und das wusste natürlich auch Jäger. Und jemand wie der Major würde keinen Moment zögern, sich selbst in den Vordergrund zu spielen, um, wer weiß, vielleicht mit einem Volkskammermandat oder einem Posten im Parteiapparat belohnt zu werden. Er, Landsrait, hätte all die Mühe gehabt und bliebe dennoch unbeachtet. Und das konnte und wollte er sich nicht bieten lassen. Daher erschien es ihm sinnvoll, Jäger nicht reinen Wein einzuschenken.

»Wissen Sie, Genosse Major, wir haben in dem Lokal noch ein paar Ikonen gefunden, und wir denken, dass die Person, die bislang mit Pramer gemeinsame Sache machte, diese an sich bringen will, um wenigstens noch ein letztes Mal ordentlich Geld mit der Sache zu machen. Immerhin ist dieser Person zwischenzeitlich zu Ohren gekommen, dass wir die Bande geschnappt haben und daher der bisherige Geldfluss versiegt ist. Allerdings bräuchte diese Person nun mit niemandem mehr zu teilen, weshalb die 20 Bilder eine hübsche Summe einbringen könnten. Und deshalb haben wir jener Person, die wir verdächtigen, Pramers Komplize gewesen zu sein, einen dezenten Hinweis gegeben und hoffen nun, dass sie dort auftaucht, um sich die Ikonen zu holen. Und dann, so unser Plan, erwischen wir sie in flagranti. Und zwar, so nehmen wir an, auch gleich die richtige Person, denn an diesem Punkt wird sie niemanden mehr an ihrer Statt schicken, um die zu erwartende Summe nicht teilen zu müssen.«

»Und wie viel sind diese Ikonen wert?«

Landsrait fand die Frage einigermaßen seltsam. Viel naheliegender wäre es gewesen zu fragen, wer denn der Verdächtige sei, oder auch, ob es die Ikonen überhaupt wirklich gab, aber der Major interessierte sich erstaunlicherweise nur für die zu erwartende Geldsumme. Der Hauptwachtmeister beschloss daher, einfach irgendeine Fantasiezahl zu nennen, damit der Major endlich Frieden gab. »Na ja, so 10.000 Schilling, schätzen wir.« Rozehnals aufgerissene Augen ignorierte er, hoffend, dass sie Jäger nicht aufgefallen waren.

»Na ja, tun Sie, was Sie nicht lassen können, Genosse. Aber ich will morgen einen vollständigen Bericht darüber. Haben wir uns verstanden?«

»Sehr wohl, Genosse Major.«

Landsrait war direkt ein wenig überrascht darüber, dass Jägers Interesse beinahe ebenso spontan abflaute wie es aufgekommen war, doch freute er sich darüber, nicht länger Rede und Antwort stehen zu müssen. Er gab Rozehnal einen schnellen Wink, und schon zogen sie sich zurück.

Wieder in Landsraits Büro meinte der Hauptwachtmeister, es sei gut, dass Jäger nicht weiter auf der Thematik insistiert habe. »Sonst hätte der uns womöglich ganz beiseite geschoben und den Ruhm allein für sich beansprucht.«

Rozehnal wirkte weit weniger enthusiastisch als sein Gegenüber. »Ich finde, wir haben uns nicht korrekt verhalten, wenn ich ehrlich sein soll. Er ist unser Vorgesetzter, und wir haben ihn gerade in die Irre geführt. Das kann auch ins Auge gehen.«

Landsrait winkte ab. »Ach was. Wir plagen uns da die ganze Zeit mit den Verbrechern herum, schlagen uns ganze Nächte um die Ohren und riskieren unsere Haut, und dann kommt so ein Offizier daher, der gemütlich von einer Parteisitzung zur nächsten spaziert, und heimst an unserer Stelle die Meriten ein? Nein, dafür bin ich zu lange dabei, um mir das noch gefallen zu lassen.«

Rozehnal zögerte einen Moment, dann zuckte er mit den Schultern. »Sagen wir einmal so: Wenn wir mit Bühlmann richtig liegen, dann ist es im Nachhinein egal, wie wir agiert haben. Und wenn nicht, dann haben wir ohnehin ganz andere Sorgen.«

»Nur, wenn irgendwer spitzkriegt, dass wir Bühlmann überhaupt in Verdacht hatten«, gab Landsrait zu bedenken.

»Ja, das ist richtig«, pflichtete ihm Rozehnal zu, »doch mich beschäftigt auch noch eine andere Frage: Warum sollte Bühlmann ausgerechnet bis zum Abend warten, um sich die vermeintlichen Ikonen zu holen? Genau dadurch würde er doch erst auffallen. Wenn er aber jetzt in das Lokal fährt, dort gemütlich eine Kleinigkeit isst, sich als stinknormaler Gast benimmt und dann, ganz beiläufig, einmal nach draußen geht, dann würde das wahrscheinlich niemand merken. Er war eben kurz einmal weg. Und dazwischen schlüpft er schnell in den Anbau, um sich die Beute zu holen, die er dann einfach in sein Auto lädt. So jedenfalls würde ich es machen, wenn ich er wäre.«

Landsrait begann mit dem Finger vor Rozehnals Gesicht herumzufuchteln. »Gut mitgedacht. Der ist ja auch nicht von gestern. Der kann sich ausrechnen, dass die Aufmerksamkeit nächtens größer ist als am helllichten Tag. Sie haben recht. Wir sollten sofort dort hinfahren und die Szenerie so lange wie möglich beobachten.«

Keine fünf Minuten später saßen die beiden im Wagen und fuhren die ihnen bereits bekannte Route zur Marx-Allee. Dort zeugte nur einen Tag nach Honeckers großem Auftritt nichts mehr von der feierlichen Betriebsamkeit aus Anlass des Staatsbesuchs. Die Allee war beinahe leer, nur einige Pensionisten vertraten sich die Beine. Zwischen den Bäumen konnte man noch einige Schnüre sehen, auf denen am Vortag die Fähnchen der ÖDR und der DDR gehangen waren, aber sonst wirkte der Ort verlassen und auf eine melancholische Art direkt romantisch. Rozehnal parkte das Auto direkt vor dem Lokal, und beide gingen durch das schmale Eingangstor in den Gastgarten, in dem um diese Uhrzeit kaum ein Tisch besetzt war. Sie betraten den Gastraum und setzten sich an ein Fenster, von wo sie praktisch das gesamte Areal im Blick hatten. »Hier ist es perfekt«, stellte denn auch Landsrait zufrieden fest, »linker Hand überblicken wir den gesamten Gastgarten bis hin zu dem Weg, der zum Anbau führt, und rechter Hand haben wir den Saal vor uns. Auf diese Weise kann uns niemand entgehen.«

»Die Herren wünschen?«

Sie waren vom Kellner unterbrochen worden, der ihre Bestellung aufnehmen wollte. Da ihnen auf die

Schnelle nichts Besseres einfiel, bestellten sie zwei Club-Cola.

»Viertel oder Seidel«, fragte der Kellner nach.

Sie würden lange genug warten müssen, dachte Landsrait und optierte für eine Drittelliterflasche. Rozehnal schloss sich ihm an. Wenig später standen zwei charakteristische Glasbehälter mit den beiden eckigen C-Buchstaben vor ihnen, was Landsrait einmal mehr Anlass zu der Frage gab, weshalb »Cola« im Namen des Getränks mit »C« geschrieben wurde, während direkt oberhalb des Schriftzuges »koffeinhaltiges Kola-Getränk« stand, sodass Kola einmal mit K und einmal mit C zu lesen war.

Rozehnal war offenkundig in weitaus weniger philosophischer Stimmung. Er griff einfach zur Flasche und schenkte sich ein. Das Getränk zischte ins Glas, und beinahe meinte der Hauptwachtmeister, er sähe einzelne Gasperlen aus der Oberfläche entweichen. »Prost«, sagte Rozehnal knapp und genehmigte sich einen Schluck. Landsrait wiederum steckte sich eine »Club« an und ließ sodann seinen Blick durch das Lokal wandern. Das werde ich heute wohl öfter tun, sagte er sich, während Rozehnal gedankenverloren aus dem Fenster sah.

Es war kurz nach 16 Uhr, und allmählich begannen sich auch andere Tische zu füllen. Arbeiter kamen, um sich nach getanem Tagewerk ein kühles Bier zu gönnen, einige jüngere Leute hatten sich offenbar zu Kaffee und einem Plausch verabredet. Und bald, so ahnten die beiden Polizisten, würden auch die ersten Gäste eintreffen, die hier abendessen wollten.

Landsraits Aufmerksamkeitsspanne sank unweigerlich in untere Regionen, und so begann er mit Rozehnal über Fußball zu sprechen, um sich weiter wach zu halten. Doch sein Kollege hatte es offenkundig nicht so mit dem runden Leder, denn er erwärmte sich nicht wirklich für den Disput. Und als Landsrait schon darüber Klage führen wollte, dass Rozehnal bei diesem so wichtigen Thema nicht die richtige Begeisterung an den Tag legte, stieß ihn dieser überraschend an und deutete mit dem Zeigefinger aus dem Fenster. »Da«, sagte er nur.

Landsrait folgte der angegebenen Richtung und erstarrte. Direkt neben ihrem Wagen war ein privater Wartburg zu stehen gekommen, aus dem sich niemand anderer denn Oberst Bühlmann schälte.

Gemessenen Schritts kam er auf das Gebäude des Restaurants zu, wobei er sichtlich keine Eile hatte. Auch schien er weder nach links noch nach rechts zu sehen. Er verschwand schließlich kurz aus dem Blickfeld der beiden Volkspolizisten, ehe er Sekunden später im Inneren des Raumes wieder erschien. Landsrait und Rozehnal pressten sich in ihre Nische, um vom Oberst nicht gesehen zu werden, doch der marschierte zielstrebig auf einen freien Tisch zu, an dem er sich ohne Umschweife niederließ. Erleichtert stellten die beiden Ermittler fest, dass Bühlmann ihnen den Rücken zuwandte. Auf diese Weise hatten sie ihn im

Blick, während er von ihrer Anwesenheit keine Notiz nehmen konnte.

Ein Kellner trat an Bühlmann heran, der lehnte sich leicht in dessen Richtung und gab eine offenkundig längere Bestellung auf. Danach saß der Oberst einfach nur da und wartete. Unbeweglich wie ein Denkmal. Nicht einmal den Kopf wendete er, vielmehr sah er stur geradeaus und zeigte keinerlei Regung. Es verging eine kleine Weile, ehe der Kellner mit einem Glas Weißwein zurückkehrte. Wieder einige Minuten später brachte er einen Teller mit Suppe, die der Stasi-Mann ohne Hast auslöffelte. Als er offensichtlich damit fertig war, griff er nach seiner Serviette und tupfte sich Mund und Kinn ab. Gleich danach verfiel er wieder in die apathische Haltung von vorher. Solange, bis der nächste Gang aufgetragen wurde.

Landsrait spürte, wie ihn all diese Vorgänge nervös machten. Ohne dass er es bemerkte, rauchte er eine Zigarette nach der anderen, sodass sein Vorrat rasch schwand. Auch das Cola war längst getrunken. Rozehnal winkte dem Personal und orderte zwei weitere Flaschen sowie eine Packung »Club«, die zeitgleich mit Bühlmanns Braten gebracht wurden. Automatisch sah Landsrait auf die Uhr. Es war kurz nach sechs Uhr. Kein Wunder, dass sich auch bei ihm der Hunger meldete. Er nutzte die Anwesenheit des Restaurantmitarbeiters an ihrem Tisch dazu, einen Tagesteller zu verlangen, der, wie er alsbald herausfand, aus einem faschierten Laibchen mit Erdäpfelpüree bestand. Bühlmann hatte offenbar a la carte gewählt. Und obwohl Landsraits Essen wesentlich später vor ihm stand als jenes von Bühlmann vor diesem, waren beide beinahe gleichzeitig fertig. Landsrait konnte die Spannung kaum noch ertragen. Was, so fragte er sich, würde der Oberst jetzt machen? Nun, er zündete sich eine »Montecristo« an und verlangte nach einem Kaffee. Man konnte sagen, was man wollte, eilig hatte es der Mann offensichtlich nicht. Dafür aber war seine Beherrschung bemerkenswert.

»Meine Herren«, kommentierte denn auch Rozehnal, »der hat echt die Ruhe weg. Sind wir sicher, dass der auf der Suche nach den noch vorhandenen Ikonen ist?«

Landsrait fuhr auf: »Glauben Sie, der kommt einfach nur zum Essen hierher?«

»Na ja, es sieht immerhin so aus.«

Landsrait beugte sich vor. »Ich sage Ihnen eines: der weiß genau, das wir hier sind. Der hat vor dem Lokal unseren Wagen erkannt, und jetzt tut er so, als wäre er vollkommen ahnungslos, um uns einzulullen. Und wenn wir ihm dann auf den Leim gegangen sind, dann schlägt er zu. Aber so weit lassen wir es nicht kommen.«

Zwischen den beiden Polizisten standen zwei leere Gläser, zwei leere Flaschen und ein auffällig voller Aschenbecher, den der Kellner partout nicht austauschte, und Landsrait ertappte sich bei der Frage, wie lange konnte man an einem Kaffee nippen? Bühlmann war immer noch die Ruhe selbst, und klammheimlich beschlich Landsrait der Verdacht, auch der Oberst wartete auf etwas. Beschattete Bühlmann seinerseits sie? Oder ging es hier um eine Art Pokerspiel: Wer verlor als Erster die Nerven?

Landsrait verspürte das Bedürfnis, die Toilette aufzusuchen, doch er schreckte davor zurück, dies auch zu tun, denn dazu hätte er direkt an Bühlmanns Tisch vorbeigehen müssen. Spätestens beim Zurückkommen wären sich ihre Blicke unausweichlich begegnet. Dementsprechend versuchte er, sich zu beherrschen. Rozehnal wiederum sah stumm aus dem Fenster, wobei sich seine Augenlider beinahe unmerklich mehr und mehr schlossen. Beinahe war Landsrait versucht, ihn sanft zu stupsen.

Doch ganz plötzlich schien Rozehnal wieder hellwach. Er richtete sich kerzengerade auf und blinzelte an Landsrait vorbei in die Richtung des hinter diesem befindlichen Fensters. »Ich glaube, ich habe Visionen«, sagte er beinahe tonlos.

Landsrait fuhr herum: »Wieso? Was glauben Sie gesehen zu haben?«

»Etwas schier Unmögliches. Mir war eben, als wäre Major Jäger dort kurz am Fenster vorbeigehuscht.«

Landsrait betrachtete die Wand. Das war fraglos jene, an deren Außenseite es direkt zum Anbau ging, den Wiedler bewohnt hatte. Rozehnal musste geträumt haben. Was um alles in der Welt sollte Jäger hier suchen? Um kurz nach acht? Sie hatten ihm doch gesagt, sie kämen nicht vor elf hierher, also war es völlig ausgeschlossen, dass Jäger sie hier zu finden versuchte.

»Sie müssen sich getäuscht haben. Erstens hat der uns noch nie bei der Arbeit besucht, und zweitens glaubt der ja, wir kommen erst in ein paar Stunden hierher. Das ergibt also gar keinen Sinn.«

»Außer …« Rozehnal machte ein bedeutungsschwangeres Gesicht.

»Außer?«

»Außer, er will uns ausbremsen.«

Landsrait dachte über Rozehnals Satz nach. War es denkbar, dass der Major ihnen zuvorkommen wollte? Kaum. Jäger war sich viel zu schade, um stundenlang auf der Lauer zu liegen. Und er war nach aller Erfahrung auch nicht mutig genug, einen Einsatz alleine durchzuziehen. Diesen Gedanken konnte man also getrost verwerfen. Allerdings, so kam es dem Hauptwachtmeister in den Sinn, hatte Rozehnals Bemerkung auch noch eine zweite Bedeutung. Es war denkbar, dass Jäger auf die Ikonen scharf war. Das würde auch erklären, weshalb er sich nach deren Wert erkundigt hatte. Doch bei aller Kritik an Jägers Persönlichkeit – war ihm so etwas wirklich zuzutrauen?

Ja, war es. Und mit einem Mal kam Landsrait ein ganz anderer Verdacht. Nicht Bühlmann, sondern Jäger war der Beschützer Pramers gewesen. Mutmaßlich hatte Jäger den Westler in Eigenregie laufen lassen, denn eine entsprechende Anordnung hatte er nie gesehen. Dass Pramers Abschiebung auf Bühlmann zurückging, das wusste er nur aus Jägers Darstellung, konnte also ebenso gut reine Erfindung sein.

»Mir kommt da gerade ein beunruhigender Verdacht.«

»Der kam mir auch«, ergänzte Rozehnal. Hektisch warf Landsrait einen Geldschein mit dem Konterfei von Karl Marx auf den Tisch, dann stürzten beide, ohne noch länger auf Bühlmann zu achten, ins Freie. Sie wandten sich eilig nach links und hetzten auf den Anbau zu. Tatsächlich verschwand dort gerade eine Gestalt, deren Physiognomie auffällige Ähnlichkeit mit jener Jägers hatte, im Inneren des Gebäudes. Landsrait zog seine Waffe und sprintete auf die Mauer zu. Direkt neben der Tür nahm er Deckung und wartete, bis Rozehnal ihn erreicht hatte. Der Hauptwachtmeister wirbelte mit der Pistole im Anschlag herum und sicherte den Eingang. Rozehnal schlüpfte an ihm vorbei und sah erst einmal nach oben, wo freilich nichts zu entdecken war. Dafür kamen von unten unzweifelhaft Geräusche. Jäger ging die Treppe hinunter. Dann quietschte das metallene Tor, das in die Kellerräume führte.

Auf leisen Sohlen begaben sich nun auch die beiden Polizisten ins Souterrain. Mit nicht geringem Ärger konstatierte Landsrait, dass die Tür wieder geschlossen war. Sie zu öffnen, würde genau jenen Lärm machen, der Jäger in jedem Fall warnen musste. Doch ihnen blieb keine andere Wahl. Er tröstete sich damit, dass es keinen zweiten Ausgang aus dem Keller gab. Jäger saß also so oder so in der Falle. Landsrait bedeutete Rozehnal, er möge die Tür öffnen, gleich danach hielt er die Waffe in das Innere des Raumes, ehe er sich vorsichtig umsah.

Alles war noch so wie an dem Tag, an dem sie Wiedler geschnappt hatten. Doch so angestrengt Landsrait auch in das Dunkel spähte, er konnte keine Person im Raum ausmachen. Also drehte er sich um und schaltete das Licht ein.

»Waffe weg!«

Der Befehl kam ebenso überraschend wie schneidend. Und Landsrait erkannte die charakteristische Stimme sofort. Es war die von Jäger. »Genosse Major, was soll das?«

»Maul halten, Landsrait! Sagen Sie mir lieber, wo die Ikonen sind? Aber dalli!«

Trotz der prekären Lage, in der er sich befand, musste Landsrait grinsen. »Tja, Herr Major, das ist der Witz an der Sache. Es gibt keine Ikonen. Gab es nie! Das war eine Falle, die wir dem noch nicht gefassten Täter stellen wollten. Ich gebe allerdings zu, ich wäre nie auf die Idee gekommen, dass Sie das sind.«

»Verarschen Sie mich nicht! Ich weiß genau, dass Waber noch zwei oder drei exklusive Lukasse gemalt hat. Im Stil des 14. Jahrhunderts. Die müssen hier irgendwo sein.«

»Wenn sie hier irgendwo wären, dann hätten wir sie längst gefunden. Finden Sie sich damit ab, dass es hier nichts mehr zu holen gibt. Nichts außer der verdienten Strafe für Verrat an der Republik.«

Landsrait hatte gehofft, dass Rozehnal, der sich bewusst hinter ihm hielt, es schaffte, seine Waffe zu ziehen und gegen Jäger zum Einsatz zu bringen. Doch irgendetwas lief ganz schrecklich schief. Jäger erkannte, was die beiden vorhatten, und ließ seine Makarow zweimal kurz aufbellen. Rozehnal wurde gegen die Wand geschleudert, wo er mit einem seltsam verwunderten Blick, der sich in seine Züge einkerbte, langsam zu Boden rutschte. »Und jetzt zu dir, du dummer Streber«, knurrte Jäger, »ich habe immer große Stücke auf dich gehalten, weil du so faul warst und auf die ganzen Sitzungen und Versammlungen nichts gegeben hast. Darum habe ich dich auf diesen Fall angesetzt, weil ich davon überzeugt war, dass du, schon allein, um deine Ruhe zu haben, dich darauf beschränken wirst, diese beiden Idioten ablieferst und den Rest von uns in Ruhe lässt. Aber nein, du musstest dich da ja in diese Sache verbeißen, musstest einfach jetzt, fünf Minuten vor Schluss, noch sozialistische Initiative entwickeln. Selbst schuld, du Trottel, jetzt stirbst du eben dafür. Aber tröste dich, wenigstens brauchst du nicht mehr miterleben, wie die ÖDR untergeht, denn du beißt noch vor der Republik ins Gras.«

»Warum tun Sie das? Das haben Sie doch gar nicht nötig?«, fragte Landsrait ehrlich erstaunt.

»Bist du wirklich so blöd? Merkst du nicht, dass alles zusammenbricht? Den Sozialismus wird's in drei Monaten nicht mehr geben. Dann werden alle Staaten des Warschauer Vertrags der NATO angehören. Und anstelle von Planwirtschaft, Volksdemokratie und internationaler Solidarität wird es wieder das Privateigentum an Produktionsmitteln, Oligarchie und Kleinkriege geben. Das alles wird die Masse der sozialistischen Menschen nicht zu kümmern brauchen. Die werden dann halt unter kapitalistischen Bedingungen weiterwursteln. Aber wir Polizisten? Uns werden sie genauso in die Wüste schicken wie die Generäle, die Parteisekretäre und die Stasi-Leute. Wenn das hier vorbei ist, dann sind Leute wie ich geliefert. Was also bleibt mir, wenn ich nicht untergehen will wie der Staat, dem ich 25 Jahre lang gedient habe? Eben!«

Beinahe hätte Landsrait für Jäger Mitleid empfunden. Wenn dieser nicht wieder die Pistole in Anschlag gebracht hätte. »Ich würde dir ja liebend gerne trauen. Aber die letzten Tage haben mich davon überzeugt, dass du ein Unverbesserlicher bist. Na ja, Rotbannerorden postum. Ist auch etwas! Und jetzt, Freundschaft, Genosse!«

»Nicht so schnell, Jäger!«

Auch diese Stimme erkannte Landsrait sofort. Es war die von Bühlmann. »Wusst ich's doch, dass Sie dahinter stecken, Sie abgefeimter Lump. Kann sein, dass unsere sozialistische Ordnung in Gefahr ist. Aber für dich Verbrecher langt's noch allemal!«

Jäger war hin und her gerissen. Nervös fuchtelte er mit der Makarow erst in Landsraits, dann in Bühlmanns Richtung. Dann hechtete er blitzschnell nach vorn, bekam Landsrait zu fassen, drehte ihn um und hielt ihm die Pistole an die Schläfe, während Bühlmann die freie Schussbahn durch Landsraits Körper verstellt war. »Ich mach den Idioten kalt, wenn Sie mich nicht ziehen lassen!«

»Das nützt dir doch nichts! Oben wartet Müller, spätestens bei dem ist Endstation. Und Ikonen, die du drüben versilbern könntest, gibt es auch keine mehr. Du hast nicht einmal genügend Geld, um einen Schleuser zu bezahlen. Und das müsstest du, denn alle dir bekannten Schlupflöcher sind gestopft. Du kommst nicht mehr raus, Jäger.« Der Oberst machte einen Schritt auf den Major zu. »Das hat doch alles keinen Sinn mehr, Jäger. Gib auf!«

»Nie im Leben!«, kreischte der. »Zur Seite. Aber schnell! Los! Zurück! Oder ich schieße. Auf wen von euch, ist mir dabei egal! Also weg da!«

Bühlmann wog die Chancen ab und lenkte schließlich ein. Er hob die Arme und ging langsam von der Tür weg. »Werfen Sie die Waffe ins Stiegenhaus. Los!« Bühlmann tat, wie ihm geheißen. Hektisch schlüpfte Jäger an Bühlmann vorbei und zerrte dabei Landsrait mit sich. Kaum aus dem Raum, warf er die Stahltür zu und hastete nach oben. Am Treppenabsatz angekommen, gab er Landsrait einen wuchtigen Stoß, sodass dieser das Gleichgewicht verlor und kopfüber die Treppe hinunter fiel. Krachend landete er am Absatz und empfand noch für den

Bruchteil einer Sekunde heftig pochenden Schmerz, ehe er ohnmächtig wurde.

Jäger aber hetzte ins Freie und schickte sich an, mit seinem Wagen zu flüchten. Langsam kam Landsrait wieder zu sich und wunderte sich, warum Bühlmann den Major nicht verfolgte. Dann fiel ihm der arme Rozehnal ein, und mühsam rappelte sich Landsrait hoch, um sich sodann nach nebenan zu schleppen.

Tatsächlich versorgte Bühlmann den Verwundeten. Als er Landsraits ansichtig wurde, sagte er knapp: »Er hat zwei schwere Treffer abgekriegt, aber auf den ersten Blick würde ich sagen, er kommt durch.«

»Der Jäger leider auch«, knurrte Landsrait.

»Da habe ich meine Zweifel.«

Wie aus weiter Ferne hörten die beiden einen peitschenden Knall und gleich darauf noch einen. Landsrait sah, dass sein Kollege in guten Händen war, und humpelte mühsam nach oben. Endlich wieder im Freien, erkannte er als Erstes Jäger, der der Länge nach auf dem Kies hingestreckt lag. Unter seiner Brust sickerte ein dünner Faden Blut hervor. Landsrait sah hoch und bemerkte Stasi-Mann Müller, der lässig an der Vordertür von Bühlmanns Wagen lehnte. »Ich habe ihn vorschriftsmäßig gewarnt, bevor ich ihn ebenso vorschriftsmäßig umgenietet habe«, grinste der, und Landsrait sah in Müllers Gesicht ein gerüttelt Maß an Selbstzufriedenheit. Der Hauptwachtmeister nickte erschöpft und ließ sich dann auf die Motorhaube plumpsen. Er ignorierte die Menge an Neugierigen, die sie mittlerweile umgab, und verspürte nur noch den Wunsch, nach Hause zu kommen, um sich auszuruhen. Automatisch klopfte er auf das Blech unter sich. »So etwas sollte man haben. Da käme man schnell und leicht nach Hause.« Dabei bemühte er sich um ein Lachen. Müller stieß sich vom Auto ab und schickte sich an, sich zu Bühlmann zu gesellen.

»Da haben sie recht, Genosse Hauptwachtmeister«, sagte er noch über die Schulter, ehe er im Anbau verschwand.

X.

Vier Wochen später rollte ein gletscherblauer Trabant langsam den Weg zwischen den Wohnblöcken entlang. Ob der geringen Geschwindigkeit war der Motor kaum zu hören, und es deutete für den Beobachter einiges darauf hin, dass der Fahrer den Wagen buchstäblich nur mit Standgas in Betrieb hielt. Als er die von ihm anvisierte Stiege erreicht hatte, hielt er an und kurbelte das Fenster hinunter. Der Mann, der niemand anderer als Landsrait war, streckte den Kopf hinaus und betätigte die Hupe. Lautstark und mehrmals. Tatsächlich schien er den von ihm gewünschten Effekt zu erreichen, denn in mehreren Wohnungen wurden Fenster geöffnet. Köpfe tauchten auf, um zu eruieren, wer denn da so nachhaltig um Aufmerksamkeit rang. Doch die derben Aufforderungen, wonach die Ruhe sofort wieder einzutreten habe, deuteten darauf hin, dass Landsrait wohl die falschen Personen auf sich aufmerksam gemacht hatte.

Und tatsächlich, so sehr er auch hupte, just Andrea ließ sich nicht blicken. Was auch nicht weiter verwunderlich war. Die gemeinsame Wohnung war einfach viel zu weit oben, als dass man in solch luftiger Höhe noch den Lärm einer Autohupe hätte wahrnehmen können. Landsrait blieb also nichts weiter übrig, als den Wagen abzustellen und in die Wohnung zu gehen.

Dort fand er alle seine Familienmitglieder im Wohnzimmer vor. Während Nadja allein ihre Aufgaben löste, war Andrea damit beschäftigt, Mischa zu helfen. »So«, erklärte Landsrait anstelle eines Grußes, »jetzt hat alles andere Pause, jetzt gehen wir einmal alle an die frische Luft.«

Andrea sah ihn an, als hätte er den Verstand verloren, doch da Landsrait so nachhaltig insistierte, gab sie schließlich ihren Widerstand auf und folgte ihrem Mann nach unten. Dort sah sie sich erst einmal, wie auch die Kinder, neugierig um. Keiner der drei schien zu begreifen. Erst als Landsrait lässig zu dem Trabant marschierte und sich dagegen lehnte, wurde Andrea bewusst, worum es hier eigentlich ging. Sie schlug die Hände vors Gesicht. »Ja bist du denn verrückt geworden?«, entfuhr es ihr.

»Eigentlich nicht«, replizierte Landsrait sachlich.

»Das ist wirklich unserer?«, fragte Andrea fassungslos.

»Ja. Zweitakt-Ottomotor, 600 Kubik, 26 PS und keine 600 Kilo Leergewicht.«

»Ja Peter, du spinnst ja. Der muss doch ein Vermögen gekostet haben.«

»59.900 Schilling. Aber keine Sorge, ich habe mir das ganz genau überlegt. Ich habe 20.000 angezahlt, und der Rest geht monatlich vom Gehalt ab. Wir von der Volkspolizei haben da ganz günstige Konditionen.«

»Trotzdem«, schüttelte Andrea den Kopf, »mit dem Ding da hast du uns auf Jahre hinaus verschuldet.«

»Aber geh, man gönnt sich doch sonst nichts! Und jetzt können wir endlich, wann immer wir wollen, auf Urlaub fahren, ohne immer schauen zu müssen, ob es da eine Bahnverbindung hin gibt.«

»Na gut«, lenkte Andrea ein, »das ist schon ein sehr positiver Aspekt.«

»Sag ich doch. Und weil ich eine Woche Sonderurlaub habe, habe ich mir gedacht, wir fahren gleich einmal die Tage weg. In die DDR oder so, was meinst?«

»Nein, Peter, das ist keine gute Idee. Da ist jetzt sicher alles verstopft wegen der 40-Jahr-Feiern. Fahren wir lieber woanders hin!«

»Aber dort sprechen sie wenigstens unsere Sprache, und die Feierlichkeiten sind vielleicht ein zusätzlicher Pluspunkt. Wann erlebt man so etwas schon leibhaftig mit.«

»Ach, die DDR wird noch 50, 60 und gar 100 Jahre alt. Da versäumst du nichts. Fahren wir lieber irgendwo hin, wo es schön ruhig und entspannend ist. Spindlermühle zum Beispiel! Da waren wir ohnehin schon lange nicht mehr. Wandern auf die Schneekoppe. Der Elbfall, das wäre doch was. Selbst jetzt im Oktober.«

Landsrait seufzte. »Na wie du meinst. Hauptsache, wir fahren. Immerhin muss das Auto ja eingefahren werden.«

Und endlich erntete er, worauf er schon die ganze

Zeit gehofft hatte. Während Nadja und Mischa begeistert auf und ab sprangen und vergnügt quietschten, legte Andrea ihre Hände auf Landsraits Wangen und gab ihm einen langen und innigen Kuss.

ENDE

Weitere Krimis finden Sie auf den folgenden Seiten und im Internet:

WWW.GMEINER-SPANNUNG.DE

ANDREAS PITTLER
Der göttliche Plan

978-3-8392-1821-1 (Paperback)
978-3-8392-4899-7 (pdf)
978-3-8392-4898-0 (epub)

IRRGLAUBE Andrew O'Connor, irischer Aufständischer gegen Englands Königin, hat alles verloren, was ihm lieb und teuer war. In der katholischen Kirche findet er eine neue Familie, die ihn nach Wien entsendet, um dort einen protestantischen Laienprediger zu verhören, der des Ketzertums angeklagt wird. Die beiden ringen um Glaubenswahrheiten und gehen der Frage nach, welchen Sinn die menschliche Existenz nun wirklich hat. Als dann auch noch Andrews totgeglaubte Ehefrau plötzlich wieder auftaucht, wird alles, woran Andrew bis jetzt glaubte, in Frage gestellt.

GMEINER SPANNUNG

WWW.GMEINER-VERLAG.DE
Wir machen's spannend

Das Neueste aus der Gmeiner-Bibliothek

Unser Lesermagazin

Bestellen Sie das kostenlose Krimi-Journal in Ihrer Buchhandlung oder unter www.gmeiner-verlag.de

Informieren Sie sich ...

www ... auf unserer Homepage:
www.gmeiner-verlag.de

@ ... über unseren Newsletter:
Melden Sie sich für unseren Newsletter an unter www.gmeiner-verlag.de/newsletter

f ... werden Sie Fan auf Facebook:
www.facebook.com/gmeiner.verlag

Mitmachen und gewinnen!

Schicken Sie uns Ihre Meinung zu unseren Büchern per Mail an gewinnspiel@gmeiner-verlag.de und nehmen Sie automatisch an unserem Jahresgewinnspiel mit »mörderisch guten« Preisen teil!

GMEINER SPANNUNG

WWW.GMEINER-VERLAG.
Wir machen's spannen